Sten Johansson

Skabio

I0636458

SERIO ORIGINALA LITERATURO

STEN JOHANSSON

Skabio

Romano

MONDIAL

Mondial
Nov-Jorko

Sten Johansson:
Skabio

Originala romano en Esperanto

Kovrilo: Mondial

ISBN 9781595693006
Library of Congress Control Number: 2015938779

www.librejo.com

Lia korpo ekskuiĝas. Li palpas apud si, sed trovas nenion kaj neniun. Kien malaperis la ino? Ĉu restas sango? Lia koro bategas. Li aŭdas sian rapidan spiradon kaj flaras sian rancan ŝviton sed vidas nenion en la mallumo. Li estas sola, kuŝante surdorse sur la lito. Denove li sonĝis ion, sed restas nur flikaĵoj de tio. Iu virino sangis. Ĉu oni tranĉis al ŝi la gorĝon? Kiu faris tion? Restas nur ia maltrankviliga obtuza sento. Oni strangolis lin. Aŭ ĉu li mem strangolis? Ŝajne iu parolis al li. Eble liaj oreloj vere perceptis voĉon de ekstere, kiu penetris en la dormon. Sed de kie venis la timiga etoso? Li tremas, kvazaŭ io minacus lin. Nun tamen ĉio kvietas. Kio povus minaci lin ĉi tie, en la ŝlosita ĉelo?

Li levas sin surlite. Ĉirkaŭas lin mallumo. Nur la fendoj de la porda klapeto etendas du mallarĝajn lumstriojn sur la planko. Palpserĉe li trovas la brakhorloĝon subkusene. Dudek post la dua. Li tute malsekas pro ŝvito, la kruda littuko ĉifiĝis, li plu anhelas kvankam malpli laŭte. Kia idiota sonĝo! Kial ĝi ripetiĝas? Kiu estis tiu virino? Li ne rekonis ŝin. Kiu ajn ŝi estas, li ne konas ŝin. Ĉu vere estis sango? Li ne kulpas pri ĝi. Li neniam mortigis eĉ kuniklon. Stultege!

Prefere ne cerbumi pri tio. Li devas reendormiĝi. Restas multaj horoj ĝis la mateno. Morgaŭ aŭ postmorgaŭ li ekscios, kio sekvos. Li bezonus dormigilon, sed sendube ne indas voki por peti tion. Oni ne volonte venas, kaj kiam tamen iu aperos, tiu ne ŝatos doni. Necesos dormi sen tio.

Sed tio ne eblas. Li ne povas reendormiĝi. Li turnas la kusenon por eviti la parton, kiu malsekas pro lia ŝvito. Tio neniel utilas. Li frotas al si la brakojn, kiuj jukas. Strange. Tiu jukado devus jam finiĝi. Ĝi ja ĉesis, tamen ĝi reaperas fojon post fojo, sen komprenebla kaŭzo. Li gratas kaj regratas, sed tio tute ne helpas. Male, la jukado intensiĝas.

Li rekuŝiĝas. Morgaŭ li do ekscios. La advokato taskita defendi lin evidente kredas ke li kulpas. Se li estos akuzita kaj kondamnita, laŭdire sekvos longa malliberigo. Nu, ne povos esti pli aĉe ol en ĉi tiu vomodora arestejo. Vere li preferus malliberejon, kie li rajtus labori, devus labori. Sendube estus teda, monotona laboro, tamen li liberiĝus de ĉi tiu vakuo, ĉi tiu senaga torturo. Sed eble ne estos juĝproceso. Mankas bazo de tio. Se la prokuroro finfine ne akuzos, li liberiĝos. Ne facilas imagi, kia estos la vivo post tio.

Kian diablaĵon li do faris por trafi en ĉi tiun absurdan inferon? Li ja faris nenion! Li estas senkulpa pri ĉio. Tamen eble ne pri ĉio. Verŝajne neniu homo senkulpas pri ĉio en ĉi mondo, sed tion, pri kio oni akuzas lin, li certe ne faris. Kiel li povus fari tion? Kaj kial? Estas freneza akuzo.

Sed li nun ĉesu pensi pri tio. Necesas dormi. Necesas forgesi la jukadon. Li bezonas ripozon. Morgaŭ li bezonos ĝin, kiam li renkontos la prokuroron. Ĉu li efektive renkontos ŝin? Aŭ ĉu li nur ekscios ŝian decidon, ĉu akuzi lin aŭ ne? Eble la polica enketisto kaj la advokato sciiĝos al li ŝian decidon. Li ne konas la rutinojn. Kiel li povus koni ilin? Li estas ordinara honesta persono, nenia krimulo.

Li nepre bezonas dormi. Sed prefere ne plu sonĝi. Kial do tiaj premsonĝoj kaptas lin, turmentas lin kaj detruas lian dormon? Sonĝoj laŭdire estas mesaĝoj de la subkonscio. Kia damnita mesaĝo? Stultaĵo! Sendube la deprima medio ĉi tie plantis en li tiun koŝmaron. La krimuloj ĉirkaŭ li. Se estas mesaĝo, ĝi devas veni de iliaj mensoj. Lia subkonscio ja ne tranĉas la gorĝon de homoj. Jen vera frenezaĵo. Li devas forgesi tion kaj klopodi por ripozi kaj endormiĝi. Li forgesu la maltrankvilon, la jukadon, ĉion.

La aerumado susuras. Jen kaj jen aŭdiĝas obtuzaj sonoj nedifineblaj. Cetere regas silento. La arestejo estas kvazaŭ granda maŝino ripozanta. Morgaŭ ĝi refoje eklaboros kun tre diversaj bruoj. Krioj, klakoj, tintado de ŝlosiloj, grincado de ĉarniroj, paŝoj, ridoj, blekoj kvazaŭ el bestokaĝo en zoo. Li jam rekonas la plej multajn sonojn. Sed morgaŭ li espereble adiaŭos ilin. Morgaŭ...

* * *

Komence Stefan ne komprenis pri kio parolas la viro. Kion li celis. Ĉio ŝajnis nebulo nereala, kvazaŭ koŝmaro. Ili estis duopo. Tamen ne kiel en usona filmo, kie ĉiam estas unu malica kaj unu amika. Ŝajne amika. Ĉi tie estis unu muta kaj la alia babilema. Ambaŭ estis inter kvardek-kaj kvindekjaraj; ambaŭ similis oficistojn de ia ne tre vigla kompanio; la mutulo estis kalva sed la parolanto havis blondajn harojn, kiujn li kombis flanken. Parolante li nur modere disigis la lipojn. Dume liaj fingroj tamburetis sur la skribtablo.

"Rakontu ĉion ekde la komenco", li diris. "Ne hastu. Prenu al vi tempon. Simple rakontu per viaj propraj vortoj."

Kies vortojn do uzi, se ne la proprajn? Sed kio estis la komenco? La komenco de kio? Ĉu de la vivo? Li naskiĝis. Jen la komenco. Li naskiĝis malgraŭ ĉio, kaj li plu vivas malgraŭ ĉio. Sed evidente ne tion oni volis aŭdi. Stefan rigardis la demandanton, poste ties mutan kolegon. Li klopodis kompreni, pri kio temas, kaj kial li estas ĉi tie.

"Kion vi volas scii?" li fine raŭkis.

"Kion vi faris antaŭhieraŭ?"

Antaŭhieraŭ. Ĉu vere antaŭhieraŭ? Ŝajnis al li, ke li jam pasigis jarojn en la ĉelo, sed ŝajne oni malliberigis lin nur antaŭ du tagoj, aŭ pli precize, antaŭ du noktoj.

"Nenion. Mi faris nenion. Kion do?"

"Ni kaptis vin en la bierejo Mitropa. Kiel vi venis tien?"

"Kiel? Piede."

"De kie?"

"De festenejo. Estis jubilea festeno."

"Kia jubileo? Ĉu la via?"

"De samklasanoj. Pasis dudek kvin jaroj."

"De kio?"

"De nia abituro."

"Bone. Kiel pasis la festeno?"

"Normale. Ni manĝis kaj trinkis. Babilis kaj dancis."

"Kia estis la etoso?"

Nu, kia ĝi estis? Iom streĉita, sendube. Malkomforta. Almenaŭ por li. Unuafoje post dudek kvin jaroj li renkontis tiujn homojn, kun kiuj li iam ĉiutage pasigis multe da tempo. Ne ĉiujn, sed kelkajn el ili.

"Normala", diris Stefan.

"Ĉu okazis io atentinda dum la festeno?"

"Kio okazu?"

"Eble kverelo?"

"Mi ne aŭdis. Estis laŭta muziko."

"Bonvolu nomi tiujn, kun kiuj vi interparolis dum la vespero."

"Ĉu ĉiujn? Mi eĉ ne memoras."

"Do la plej gravajn."

"Neniu aparte gravas. Estis iamaj samklasanoj, kiujn mi apenaŭ plu konas. Plej longe mi eble babilis kun Anneli kaj Helen. La familiajn nomojn mi ne plu memoras. Cetere ili eble ŝanĝiĝis."

"Do, ĉu vi certas, ke vi kverelis kun neniu?"

"Mi certas."

"Kiam vi forlasis la festenon?"

"Mi ne scias. Eble je noktomezo."

"Ĉu tiam la festeno finiĝis?"

"Ne tute. Kelkaj ŝajne restis pli longe."

"Kun kiu vi foriris?"

"Kun neniu. Mi alvenis sola, kaj sola mi foriris."

"Ĉu vi certas pri tio?"

"Mi certas."

"Do, rakontu kio plu okazis."

"Mi foriris. Promenis al mia hotelo."

"Kiu hotelo?"

"Drott. Ĉe Tunnbindaregatan."

"Kaj ĉu vi atingis ĝin?"

"Ne. Vi venigis min ĉi tien."

"Ne tro rapidu. Kiun vojon vi iris de la festenejo?"

"La plej mallongan. Dalsgatan. Gamlebro. Garvaregatan."

"Vi bone konas la stratojn."

"Mi iam vivis ĉi tie."

"Ĝis kiam?"

"Ĝis tiu abituro."

"Do ĝis antaŭ dudek kvin jaroj."

"Prave."

"Tamen vi bone memoras la stratnomojn."

"Ekzistas nomtabuloj."

"Kaj ĉu vi vere ekiris sola de la festenejo?"

"Jes ja."

"Do kie vi renkontis sinjoron Fredrik Ahlström?"

"Ĉu Fredrikon? En la festenejo."

"Sed survoje de tiu?"

"Mi ne plu revidis lin. Li restis en la festenejo."

"Vi ja kverelis kun li sur la ponto Gamlebro."

"Tute ne. Nek tie, nek aliloke."

"Oni vidis vin."

Damnitaj urbanoj, kiuj ŝovas la nazon en fremdan vazon. Ili devus dormi en siaj litoj, anstataŭ vagadi laŭ noktaj stratoj. Kredeble la enketisto nur blufis. Neniu vidis Stefanon. La urbo estis dezerta, regis mallumo kaj krome pluvetis. Neniu povus vidi ion ajn, eĉ se iu ja ĉeestus.

"Ĉu vere?"

"Jes, ni havas atestanton."

"Nu, oni misvidis."

"Mi pensas ke ne. Vi laŭte kverelis kun via iama samklasano Ahlström, starante sur la ponto dum kelkaj minutoj. Kio okazis poste?"

"Mi ne scias, ĉar mi ne estis tie. Se Fredrik kverelis sur ponto, do ne kun mi."

"Laŭ la atestanto, vi puŝis lin."

"Vi fantazias. Mi neniam puŝis Fredrikon, nek hieraŭ, nek antaŭ dudek kvin jaroj. Se mi tiam puŝus, li sendube batus al mi la faŭkon."

"Vi puŝis lin trans la parapeton."

"Certe ne."

"Li falis suben en la riveron."

Stefan imagis la scenon, kiun prezentis la enketanta policisto. Ĝi estis terura sceno, kaj li vane klopodis viŝi ĝin el sia imago. Iel ĝi pensigis lin pri lantmova mutfilmo. Kvazaŭ ia ĉina tajĝi-ekzercanto kiu malrapidege puŝas Fredrikon. Tiu kelkatempe ŝvebas super la parapeto kaj poste sinkas suben en la nigran abismon. Ĉu efektive tion faris li?

"Kial vi puŝis lin?" insistis la policisto.

"Mi ne puŝis."

"Pri kio vi kverelis?"

Stefan simple kapneis.

"Respondu laŭte, mi petas. Por la registrado. Pri kio?"

"Nenio."

Lia voĉo jam dekomence estis raŭka. Nun restis el ĝi nura siblado kvazaŭ de gaskrano.

La pridemandado okazis en normala oficĉambro, ĉe skribtablo. Kvar seĝoj, el kiuj unu vaka. Kurtenoj kun ia senfigura grizblua desegno. Polvoplena kakto sur fenestrobreto. Nu, li ne vere vidis polvon, nur imagis ĝin. Foto pri du infanoj en simpla kadro. Surmura tabulo kun diversaj notoj, bildetoj, eltondaĵoj. Komputilo, telefono, stako da paperoj, aparato por registri la pridemandadon. Ordinara skribtabla lampo. Surplanke neniu tapiŝo.

Oni donis al li plastan tason da akvo, sed li jam delonge eltrinkis tiun. La babilemulo sidis malantaŭ la skribtablo, rekte kontraŭ Stefan. La mutulo duondormis apude.

"Ĉu vi volas kafon?"

"Dankon, sed mi preferus teon, se vi havas."

"Mi ne scias. Bengtsson, ĉu vi serĉos teon?"

La mutulo vekiĝis kaj flegme forlasis la ĉambron. La restanto etendis siajn brakojn por rektigi la dorson.

"Aĉa vetero, ĉu ne? Kaj tion oni nomas somero. Ĉu estas pli bele en Skanio?"

Interese. Ĉu nun ili amike societumos, kaj poste li atakos el neatendita flanko?

"Hodiaŭ mi ne scias", Stefan respondis. "En la pasinta semajnfino estis bele."

"Ankaŭ ĉi tie. Poste revenis la malvarmo. Ĉu tiu bierejo estas bona?"

Stefan senresponde gapis al li.

"Mitropa, ĉu ne", pluis la demandanto. "Stranga nomo."

"Mi ne scias. Oni vendis bieron. Ĉeĥan bieron."

"Tiu estas bona. Ankaŭ dana. Ĉu vi ofte vizitas Kopenhagon?"

Stefan nur levis la ŝultrojn. Kiel Kopenhago rilatis al la afero? Kredeble temis nur pri provo plu malstreĉi lin. Ĉiuj ja ŝatas la mirindan Kopenhagon.

La mutulo revenis kun du plastaj tasoj. Unu kun tesaketo en varmeta akvo, por Stefan. Alia por la babilemulo, sendube kun kafo. Poste li remalaperis.

Pasis minuto, dum kiu unuafoje regis silento. Li kelkfoje hisis kaj malhisis la tesaketon, okulserĉis ujon kien demeti ĝin, sed lasis ĝin plu naĝeti en la brunflava akvo. La mutulo revenis kun kafo por si mem.

"Je kiu horo vi alvenis al tiu bierejo?" demandis la parolema policisto per ruze flegma tono.

"Mi ne scias. Iom post noktomezo, supozeble."

"Laŭ la kelnero vi alvenis je la dekdua kaj duono, proksimume."

"Do mi supozis ĝuste, ĉu ne?"

"Ĉu vi ne scivolas, kio okazis al Fredrik Ahlström?"

Do, ĉi tion preparis la lertulo per sia babilado pri somera vetero kaj dana biero.

"Mi jam diris, ke mi ne vidis lin post la festeno. Kio do okazis al li?"

Sed la policisto ne respondis. Kredeble li konservis tiun informon por superruzi Stefanon pli malfrue.

"Via kverelo kun sinjoro Ahlström sur la ponto tamen ne estis la unua", li ŝanĝis temon. "Jam dum la festeno vi disputis kun li, ĉu ne?"

Stefan trinketis iom.

"Tute ne."

"Viaj samklasanoj asertas ke jes."

"Ili eraras."

"Vi tamen ja parolis kun li."

"Iomete. Kun li kaj kun aliaj."

"Pri kio?"

"Pri la kutimaj aferoj."

"Tio estas?"

Stefan suspiris. Ŝajnis al li, ke li rajtas je tio.

"Ĉu vi neniam renkontis iaman samklasanon?" li diris.

"Lasu al mi demandi, mi petas. Do, pri kio?"

"Pri tiamaj instruistoj. Pri kio fariĝis kelkaj el la klasanoj, profesie kaj tiel plu. Kio okazis al kelkaj, kiuj ne ĉeestis."

"Do, kio okazis al tiuj?"

"Diversaĵoj. Unu mortis pro kancero. Iu elmigris. Aliaj ne ŝatas jubileojn."

"Kaj ankoraŭ?"

"Vere mi ne multe parolis kun li."

"Sed tiam, antaŭ dudek kvin jaroj, ĉu vi estis proksimaj amikoj?"

Stefan iom prokrastis la respondon, vidante antaŭ si Fredrikon ĉe la lageto Lillsjön, kaj poste ĉe la pli granda Ågelsjön. Aperis ankaŭ Camilla, antaŭ ol lia imago revenis al la nuno.

"Amikoj jes, sed ne tro proksimaj."

"Do, ĉu malamikoj? Ĉu vi tiam malkonsentis pri io? Eble pri knabino?"

Ĉu Fredrik iam ajn havis inon? Stefan neniam rimarkis. Kaj nun li ne sciis, ĉu Fredrik havas familion. Pluraj en la jubilea festeno aludis ion pri siaj infanoj, sed li ne. Cetere, tio nenion pruvis. Ankaŭ Stefan plejparte prisilentis la siajn.

"Bonvolu respondi", insistis la viro antaŭ li, kies nomon li eble devus enkapigi.

"Mi jam diris. Amikoj, do ne malamikoj. Neniu kverelo, nek tiam, nek nun."

Refoje iĝis silento, dum kiu la polica duopo rigardis unu la alian, kvazaŭ por telepatie interkonsiliĝi. Ĉu ili sukcesis aŭ ne, restis neklare. Dum kelka tempo ili ambaŭ rigardis Stefanon penseme. Poste la babilemulo foliumis kelkajn paperojn sur sia skribtablo. Tio ŝajnis ŝarado. Li ne vere legis ilin. Li aktoris antaŭ la arestito.

"Bone", li fine prononcis kaj malŝaltis la registrilon. "Ni baldaŭ revidos nin kaj daŭrigos."

Ili ambaŭ stariĝis.

La pridemandado daŭris tagon post tago, plejparte per ripetado de jam faritaj demandoj. Stefan ricevis advokaton, kaj oni precizigis la akuzon. Li eksciis, ke Fredrik dronis en la rivero, kiel li jam supozis; do oni suspektis lin pri mortigo sen antaŭmedito aŭ alternative pri senintenca kaŭzo de morto.

Laŭ la advokato, lia neado ne estis la plej fruktodona taktiko. Pli bone estus, se li nenion memorus pro troa ebrio. Stefan dankis pro la konsilo sed klarigis, ke li trinkis nur tri glasojn da vino en la festeno kaj sekve memoras ĉion tre bone, eĉ post la pluaj du bieroj en la bierejo. Nu, unu kaj duona biero, ĉar li ankoraŭ ne fintrinkis la duan, kiam la polico trovis lin kaj invitis lin ĉi tien. La advokato tiam menciis, ke kio faras plej malbonan impreson ĉe suspektato, tio estas aroganteco. Ĝenerale Stefan ne tre bone akordiĝis kun sia advokato.

Cetere, ankaŭ la enketanta policisto – kies nomon li nun konis: Ivar Skullman – interesiĝis pri lia konsumo de alkoholo.

"Kial vi ne faris sangoteston, kiam vi arestis min?" diris Stefan.

Li forgesis, ke ĉi tie demandas la policisto. Sed je lia surprizo tiu ĉi-okaze respondis.

"Tio ŝajnis nenecesa. Sed nun via malbona memorkapablo indikas, ke vi eble trinkis pli multe ol vi memoras."

"Male", paciencis Stefan. "Mi tre klare memoras ĉion, la vinon, la promenon kaj la bieron."

"Sed ŝajne ne la kverelojn."

"Mi memoras perfekte, ke mi mem ne kverelis, nek rimarkis kverelon de aliuloj."

"Tamen, laŭ niaj informoj oni konsumis konsiderinde pli da alkoholo en tiu jubileo. Viskion, koktelojn, konjakon."

"Certe oni konsumis. Sed mi ne."

"Kaj laŭ la nekropsio ankaŭ Fredrik Ahlström havis altan promilon de alkoholo en la sango."

"Tio ne surprizas min. Necesus sufiĉe multe por stumble fali en la riveron."

"Do, ĉu li kutime multe drinkis?"

"Mi tute ne scias."

"Ĉu li drinkis kiel junulo?"

"En la gimnazia tempo? Kredeble ne."

"Kaj vi?"

"Tre malmulte."

Li pensis pri la malforta biero, kiun ili kelkfoje trinkis tiuepoke, dum inspektoro Skullman paŭzis kaj ripetis sian jam kliŝan ŝaradon kun foliumado de paperoj. Sed ĉi-foje li levis unu kaj laŭaspekte vere legis.

"Unu el viaj iamaj samklasanoj, kiu ĉeestis en la jubileo, diras ke vi kaj Fredrik Ahlström disputis pri iu knabino nomata Camilla. Kiu ŝi estas?"

Dum momento li hezitis. Necesis elekti. Tamen li tuj ekkonsciis, kio plej sekuras.

"Mi ne scias. Ĉi-momente mi memoras neniun kun tiu nomo, kaj mi absolute ne disputis kun Fredrik. Nek pri knabino nek pri alio. Mi jam kelkfoje diris."

"Sed kiel eblas, ke oni aŭdis vin diri tiun nomon?"

"Eble oni aŭdis lin, sed certe ne min. Tamen mi memoras, ke mi menciis instruiston kun la nomo Gunilla Wide. Eble oni misaŭdis tion."

"Ĉu do estis neniu Camilla en la klaso?"

"Neniu."

"Sed eble en alia klaso?"

"Tio ja eblas. Mi ne konas ĉiujn homojn en la mondo."

"Ne temas pri la mondo, sed pri viaj rondoj, tiuj de vi kaj Ahlström. Ĉu la nunaj, ĉu tiuj antaŭ dudek kvin jaroj."

Denove Stefan pripensis dum momento, sed ne eblis nun ŝanĝi trakon.

"Mi memoras neniun."

Lia advokato ŝajne jam endormiĝis sur sia seĝo. Stefan havis neniun intencon veki lin. Male, li enviis lin. Volonte li tradormus ĉi tedaĵon. Sed tio ne eblis; la pridemandado plu daŭris, la demandoj ripetiĝis kun etaj variaĵoj, la akuzoj reaperis kiel fantomoj. Tamen li ne povis vere timi. Ĉi tio tute ne similis la noktajn koŝmarojn. Ĉi tio ja estis kafkeca, sed ne horora. Se estis torturo, tiu konsistis el la ĝismorta enuo, kiun vekis la enketado de inspektoro Skullman. Li miris nur, ke tiu ĝis nun ne endormigis sin mem.

La muta policisto plej ofte ne plu ĉeestis. Unufoje gastis ĉe la sesio relative juna policistino. Bedaŭrinde ne tre alloga. Ankaŭ ŝi restis muta, cetere, do Stefan eĉ ne havis ŝancon sperti, ĉu ŝia voĉo eble pli plaĉas ol la rigida vizaĝo kaj kompakta korpo. Vere, ŝi estis neniu por la vespera revado kaj fantaziado en lia ĉela lito.

Post horo da tedado oni vekis la advokaton per taso da kafo, kaj Stefan refoje povis fiŝhokadi per tesaketo en varmeta akvo. Sekvis plua oscediga horo. Kiam la posttagmeza suno jam pasis preter angulo de la policejo kaj komencis penetri en la ĉambron, Ivar Skullman stariĝis por fermi la ŝutrojn. Jen la plej ekscita evento dum tiuj du horoj.

* * *

Li ne scias, kiel longe li kuŝas sendorma sur la mallarĝa lito, kies matraco plenas je kavoj kaj tuberoj. Kelkfoje li rigardas la horloĝon, sed rigardinte li tuj forgesas la horon. Fine li tamen ja reendormiĝas, kaj vekiĝas denove je kvarono antaŭ la sepa. Li turnas sin sed restas kuŝanta, atendante la matenmanĝon. La ĉelo restas sama kiel hieraŭ, tute nature. Palverdaj muroj kun malnovaj skribaĉoj kaj desegnaĉoj duone superskribitaj, duone viŝitaj. Fenestreto kun fortika krado, tra kiu videblas nur betonmuro. Planko grizaĉa, nigre makulita de io neidentigebla. Nemoveblaj lito kaj tableto, kaj fine seĝo, kiu ial ne estas fiksita al la planko. Do eblus levi ĝin, ĵeti ĝin, eble eĉ frakasi ĝin. Li ĝis nun ne provis tion, sed eble iu alia jam faris, ĉar ĝi ŝajnas pli nova ol la cetero.

La kolegoj en lia instituto scias, kie li estas. Necesis kontakti ilin por eviti, ke ili iniciatu serĉadon. Tamen li sendube ne vere mankas al ili, kaj eble ili eĉ preferus, ke li restu ĉi tie poreterne. Ĉi tie aŭ en malliberejo. Supozeble la klaĉado viglas. Pluraj havos okazon diri, ke ili ja delonge antaŭvidis ion similan. La mondo plenas je homoj, kiuj scias retrospektive antaŭdiri katastrofojn. Envio rajdas duope kun ĝuo de fremda malfeliĉo.

Karin kaj la infanoj nenion scias, krom se iu konato de kolego informis ŝin, sed ŝi ne vivas en la samaj profesiaj rondoj kiel li. Li ne havis kialon kontakti ŝin. Se li liberiĝos, ne indos. Se ne, ŝi sendube ekscios laŭ iu vojo. Ĉiam ekzistos helpemuloj, kiuj ŝatas informi siajn kunhomojn pri la malfeliĉo de aliuloj, pri skandaloj kaj hontindaĵoj.

Li trovas la arestejan matenmanĝon neluksa. Ĉi tie ja ne necesas fari ion apartan por allogi gastojn, nek por konvinki la jamajn gastojn, ke ili restu. Tamen li pli-malpli alkutimiĝis. Cetere la hotelaj matenmanĝoj jen kaj jen en iuj partoj de Eŭropo ne tre superas ĝin. Kio precipe mankas al li, estas vera teo infuzita en vera tekruĉo, kiun oni antaŭe varmigis kaj poste tenas sub tekapuĉo, por ke la teo estu samtempe forta kaj varmega. Sed kie disponeblas tia lukso, krom hejme per lia propra memservado?

La matenmanĝon de hotelo Drott li neniam havis okazon provi, nek la rezervitan ĉambron. Espereble oni ne plu konservas tiun ĉambron je lia konto, ĉar tio povus iĝi multekosta. Kaj li dubas ĉu la polico pagos tiun kalkulon.

Lia dekstra najbaro ŝajne ne alkutimiĝis al la matenmanĝo, aŭ eble ne al la arestejo ĝenerale. De du tagoj tiu nekonato kelkfoje tage bategas la pordon hurlante ion nedistingeblan. Kiam malintensiĝas lia batado kaj hurlado, gardisto alvenas por peti lin silenti, kio donas al li novan energion, kaj tiel daŭras la afero dum duonhoro aŭ pli. Ankoraŭ Stefan ne havis okazon vidi tiun ulon, sed tio ne tro ĉagrenas lin.

Estas vere, ke la tempo ĉi tie pasas ekstreme malrapide. Malgraŭ tio li sukcesas iom distri sin. Krom la emociaj eruptoj de la najbaro kaj la ĉiutagaj pridemandadoj ne okazas tre multe da eksteraj eventoj. Li do devas okupi la menson per sia propra interna vivo. Sendube estus interese studi la aliajn arestitojn kaj grupigi ilin laŭ aĝo, sekso, socia klaso, nacia deveno kaj kompreneble kialo de ĉeesto. Sed li apenaŭ havos okazon fari tian studon. La gardistojn li ja renkontas, sed nur tre mallonge, kaj ili ne ŝajnas tre interesaj el sociologia vidpunkto, almenaŭ se juĝi laŭ la unua supraĵa impreso.

De temp' al tempo li konstatas, ke aperas ankaŭ vizitantoj. Evidente kelkaj el la arestitoj estas severe izolitaj por ne saboti la policenketadon, sed aliaj rajtas renkonti proksimulojn. Li eĉ ne scias, al kiu kategorio li mem apartenas, ĉar ĝis nun neniu volis viziti lin. Almenaŭ tiel li supozas. Sola escepto estas la advokato taskita defendi lin. Tiu estas viro apenaŭ kvardekjara, kiu ŝajne trovas lin ĝena kliento. Eble oni promesis al li brutalan murdiston, kaj li antaŭvidis interesan kaj draman juĝaferon, kie li brile pledos, ke oni konsideru la malfeliĉan infanaĝon de la akuzato. Li ne atendis renkonti senkulpan universitatanon, kiu eĉ ne bezonas lian helpon. Ĝis nun ĉiu lia vizito finiĝis per plena malkonsento pri kiel defendi Stefanon. Hieraŭ li eĉ demandis pri tiu Camilla, pri kiu parolis la inspektoro, kaj proponis serĉi ŝin por eble ekscii ion malfavoran pri Fredrik. Li ŝajne ne kredis Stefanon, kiam tiu diris ke ŝi ne ekzistas.

Li petis ankaŭ permeson alvoki la edzinon de Stefan, por ke ŝi atestu, kia bona homo li estas. Espereble Stefan sukcesis forpeli tiun ideon. Se Karin povus influi la aferon, ŝi sendube aldonus kelkajn jarojn da malliberigo. Li mem proponis, ke oni prefere serĉu ion malfavoran pri la nokta vaganto, kiu laŭdire vidis lin puŝi Fredrikon. Sed tiu propono ne interesis lian advokaton. Eble pro tio, ke la polico simple blufas asertante, ke ekzistas tia persono. Li esperas, ke tiel statas la afero. Kiam li demandis pri tiu eventuala atestanto, la advokato paŭtis kaj admonis lin ne zorgi pri tiu. Ĉu li do pensas, ke ĝenaj aferoj malaperas, se oni ignoras ilin? Stefan ne komprenas la iradon de juraj aferoj. Espereble la advokato ja komprenas ĝin, sed tio tute ne ŝajnas certa.

* * *

Neniam antaŭe la invitoj al lerneja jubileo logis lin. Almenaŭ dufoje venis tiaj alvokoj de iamaj samklasanoj en la gimnazio, sed li eĉ ne konsideris ĉu iri tien. Ĉi-foje, kiam venis invito al la dudekkvinjara jubileo, li same formetis ĝin kun la intenco neniel reagi. Sed post kelkaj tagoj li komencis pripensi la aferon. Lastatempe li havis preskaŭ neniujn ĉiutagajn interrilatojn. Karin estis for, la infanoj ne volis viziti lin, li ne plu mentoris studentojn, kaj almenaŭ kvar tagojn el kvin li laboris sola hejme. Do vojaĝo al Norrköping kaj renkontiĝo kun tiuj iamaj konatoj povus esti ia distraĵo, li ekpensis. Finfine li akceptis la inviton kaj mendis trajnbileton kaj hotelĉambron. Iel li sentis, ke li devas defii la malnovajn fantomojn.

Pasis kelkaj semajnoj, kaj de temp' al tempo li pensis pri la vojaĝo al tiu jubileo, sed nur supraĵe. Sendube li elektis ne cerbumi tro multe pri ĝi. Li simple antaŭĝojis pro la onta vojaĝo kaj revizito en urbo, kie li vivis kiel adoleskulo. Li supozis, ke tio almenaŭ iom rompos la ĉiutagan rutinon. Nu, li ja pravis pri tio.

Alvenis la tago de la vojaĝo. Sidante en vagono, rapidante norden tra Svedio, li jam komencis heziti, ĉu li faris ĝuste, kiam li decidis partopreni. Li klopodis por memori siajn samklasanojn. Ĉio estis sufiĉe nebula. Kelkaj ja aperis klare: Jonas, Fredrik kaj Peter. Aliaj iomete konfuziĝis.

La trajno forlasis Skaniajn kampojn kaj fagarojn por pluiri inter Smolandaj lagoj kaj picearoj. Samtempe la suno kaŝiĝis trans nuboj. Ĉio iĝis malpli hela. Li turnis la pensojn al la knabinoj. Li vidis ilin antaŭ si, iliajn grandajn frizaĵojn tipajn de la okdekaj jaroj, la ŝminkitajn vizaĝojn, la helkolorajn bluzojn, kiuj tiuepoke ne estis same dekoltitaj kiel hodiaŭ, kaj la pantalonajn postaĵojn. Sed de kiuj? Ili iĝis ia knabina amaseto en lia memoro. Iu blondulina triopo ĉiam estadis kune, kontraste al la kutimaj duopoj de pli fruaj jaroj. Tiu triopo eble iel decidis pri kio gravis inter la inoj. Ĉu Linda, Pernilla kaj... eble Katarina? La trajno bremsiĝis kaj haltis ĉe la rando de lago. Oni anoncis, ke tio estas Alvesta. Jen nomo, kiu signifis al li nur mallongan halton kaj ŝancon por ŝanĝi trajnon. Krom tio li sciis absolute nenion pri ĝi. Ĉu iu efektive loĝas tie? Li sentis impulson elvagoniĝi por esplori tion. Stultaĵo, kompreneble. Anstataŭe li stariĝis por ŝovi fenestron suben, kaj residiĝis memorante, ke tio jam delonge ne plu eblas en la rapidaj trajnoj. Feliĉe la aŭtomata klimatizado ĉi-vagone funkciis. Li jam kelkfoje spertis, ke ne. Dum momento li sentis jukadon sur la maldekstra manartiko kaj iom tordis sin por nerimarkate grati. Nur ke tio ne rekomenciĝu!

De ekstere li aŭdis orelskrapan laŭtparolilon anonci la foriron de la trajno al Stokholmo. Baldaŭ poste la halto finiĝis kaj lia trajno pluiris norden. Lia ŝanco ŝanĝi trajnon por iri al Kalmar aŭ Värnamo jam preterpasis. Same la eblo retreti hejmen, fajfante pri tiuj iamaj knaboj kaj knabinoj. Li diris al si, ke ili ne plu ekzistas, ke ili ŝanĝiĝis en mezaĝulojn same kiel li mem, ke ili evidente jam estas tute aliaj personoj, kun kiuj li havas nenion komunan. Des pli, ĉar li apenaŭ havis tion tiuepoke, kiam ili estis junaj. Se tiam iu antaŭdirus, ke li post dudek kvin jaroj iros al jubileo kun tiuj onte plenkreskaj knaboj kaj knabinoj, li eble nur gapus senkomprene. Tiam dudek kvin jaroj estis neimagebla tempo. Pli longa ol kiom li vivis ĝis tiam.

Pasis piceoj, lago, piceoj, lago. Esceptokaze iu segejo aŭ mekana laborejo. Kaj la suno ŝajne definitive enlitiĝis sub dika nubkovrilo. Nu, tio ne gravis. Li pensis pri tio, ke vespere li sidos ĉe tablo kun manĝaĵoj kaj trinkaĵoj, babilante kun nekonataj konatoj. Pli ĝuste do, kun konitoj. Aŭ eble eĉ ne tio. Kun homoj, kiuj en iu pli frua ekzistoformo pasigis tri jarojn en la samaj klasĉambroj. Cetere, li ne sciis, kial tiom antaŭzorgi. Tiu renkontiĝo ne povos esti pli aĉa ol amaso da konferencoj, en kiuj li jam partoprenis. Espereble eĉ pli bona. Almenaŭ estos ŝanco je pli egala ekvilibro inter la nombroj de viroj kaj virinoj. Subite li ekpensis, ke eble iuj el la knabinoj evoluis en tute tolereblajn virinojn. Kaj se ili decidis veni al la jubileo, eble ili sentas, ke mankas io en la ĉiutaga vivo.

Li jam pli bonfartis kaj decidis viziti la restoracian vagonon por preni aperitivon. Restis kvar horoj ĝis la jubilea supeo, do li eĉ havos tempon por biso.

Li alvenis frue vespere. Li jam sciis teorie, ke la urbo ŝanĝiĝis. La iama fermita zono kun eksaj teksfabrikoj nun estis bonveniga kvartalo kun muzeoj, koncertejoj – kaj antaŭ ĉio kun universitato. La griza kaj kriza laborista urbo iĝis floranta studenta centro. Inter la malnovaj brikaj muroj laŭ la rivero situis kafejoj, kie studentoj kaj familioj kun infanoj ĝuis laktokafon kaj glaciaĵon, kolaon aŭ bieron.

Li havis tempon mallonge promeni laŭ la rivero. Ĉi tie li iam estis feliĉa, enamiĝinta adoleskulo. Kaj ĉi tie li estis malesperanta vrako de adoleskulo. En tiu aĝo la vivo estis ondotrajno el emocioj. Nun ĉio iĝis pli meza, meze griza kiel la hodiaŭa ĉielo.

Ili renkontiĝis en festenejo lokita en eksa teksfabriko, je kiaj plenplenis la urbo. Duono de la klaso ĉeestis, deko da virinoj kaj kvin viroj. Kelkajn li tuj rekonis, aliajn nur aŭdante ilin paroli aŭ vidante ilin moviĝi. Lia iama amiko Jonas ne ĉeestis, sed ja Fredrik. Li rigardis tiun suspekteme dum li klopodis trovi ion por diri al Helen kaj Fatme. Helen estis tiu, kiu organizis la aferon, kaj ŝi lokis la virojn dise inter la virinoj ĉe la tablo. Ŝi ankaŭ bonvenigis ĉiujn, transdonis salutojn de kelkaj forestantoj, kaj rakontis pri la bedaŭrindaj mortoj de Peter kaj Michael. Oni tostis je tiuj kaj je ĉiuj forestantoj.

La salono mem estis relative kruda kaj nuda, iama fabriko, kie li imagis virinojn iam en ŝvito, polvo kaj terura bruego teksi aŭ ŝpini lanon aŭ kotonon. La tekslaboristoj iam estis mokataj kiel "aciduloj", pro odoro de humida lano, ŝpinoleo kaj ŝvitaj, nelavitaj korpoj. Nun la ejo estis senŝvita kaj senpolva, iom ornamita kaj meblita per tabloj. Fone sonis iom tro laŭta populara muziko. Tamen ŝajnis al li, ke nek la ornamoj nek la muziko sukcesis kaŝi nek transformi la karakteron de la ejo. Sub la alta plafono restis tuboj kaj fortikaj feraj teniloj, kiuj jam portis nenion. La fenestroj sendube estis multfoje purigitaj, tamen li imagis, ke ŝtofa polvo iel kunfandiĝis kun la vitro, vualante la eksterajn konstruaĵojn nebule videblajn trafenestre. La muroj estis refarbitaj en blanka koloro, kiu tamen ne sukcesis kaŝi la fendojn kaj rompitajn angulojn de subaj brikoj. La iama acida fetoro de teksfabriko tamen plene malaperis. Anstataŭis ĝin koktelo el parfumoj de liaj eksaj samklasanoj.

Li sidis en tia parfummilito inter Fatme kaj Linda, kiuj ambaŭ plu loĝis en la urbo. Li eksciis, ke unu el ili estas sekretario en privata transportkompanio kaj havas kvar infanojn, dum la dua estas reklamdesegnisto kaj havas du ĉevalojn. Li rimarkis kun rekono, ke ili ambaŭ konservis la lokan akĉenton, kiu iam ŝajnis al li komika, antaŭ ol li alkutimiĝis. Ili ŝajnis surprizitaj ke li estas universitata docento sed ne tre interesiĝis pri lia fako. Li supozis, ke ili ne volas demandi, kia diferenco efektive estas inter demografio kaj demokratio.

Oni prezentis ian antaŭpladon, kiu konsistis el aro da malfacile identigeblaj etaĵoj, kaj poste ĉefpladon el longe kuirita porkaĵo, la lastatempa furora modaĵo de diletantaj kuiristoj. Tamen ne indis plendi. Ĝi estis almenaŭ facile maĉebla. Sekvis preskaŭ same kliŝa deserto el kuirita kremo kun marĉaj rubusoj.

"Do finfine vi revenis al la loko de krimo", diris Fredrik al li, kiam ili jam forlasis la tablon kaj ne plu eblis eviti lin.

Stefan ne komentis tion. Dank' al la fona diskeja muziko, eblis aŭdi nur tion, kion oni volis aŭdi.

"Ĉu vi restas enurbe?" li demandis Fredrikon por montri normale ĝentilan scivolon.

"Damne ne. Ĉi tie nenio prosperas."

La fruvespera impreso de Stefan estis ĝuste la mala. Sed eble Fredrik volis diri, ke li mem ne prosperis ĉi tie. Li ne diris, kie li do vivas nuntempe, kaj Stefan ne demandis. Fredrik ne ŝanĝiĝis draste, sed li iel ŝrumpis kaj paliĝis. Stefan ne memoris, ke Fredrik pli malaltas ol li je plena decimetro. Kompreneble lia hararo frunte iom retretis, same kiel tiu de Stefan, sed li ne ekhavis similan vertan maldensaĵon.

"Ĉu vi kaj Jonas plu renkontiĝas?" Stefan daŭrigis.

"Jonas?" diris Fredrik kaj surprizite kapneis. "Pasis jaregoj."

Li turnis sin por paroli al Magnus, kiu jam ŝajnis ebria. Do Stefan povis plu societumi kun la inoj kaj dume eviti proksimiĝi al Fredrik.

Dum kelka tempo li diskutis la furorajn svedajn krimverkistojn kun Anneli, kiu estis bibliotekisto en Helsingborg.

"Do ni facile povus renkontiĝi", li diris. "Mi loĝas en Lund."

Ŝi ridetis sed ne komentis tion. Evidente ŝi preferis resti ĉe siaj verkistoj. Li nebule memoris ŝin kiel diketan palulinon, sed nun ŝi estis preskaŭ tro malgrasa kaj sunbrunigita, kun riĉa kaŝtana hararo. Ĉu ŝia propra? Li sendube neniam scios. En ŝia dekoltaĵo la mamzono klopodis puŝe estigi ian fendaĵon inter la mamoj. Iel tiu vana peno igis ŝin simpatia. Tamen, kial ne lasi la naturajn formojn en paco? li demandis sin, pensante ke la virina korpo eble ĉiam restos materialo de ambiciaj skulptistoj.

"Estas strange, ke ili lokas ĉiujn murdojn en urbetojn, ĉu ne?" ŝi diris. "Mi supozas ke reale ne okazas multaj murdoj tie."

"Ili ja okazas, tamen ne tiaj", li diris. "La realaj murdoj temas pri alkoholulo, kiu ŝovas tranĉilon en sian kundrinkanton, aŭ ĵaluza edzo, kiu strangolas sian edzinon. Sed tio ne faras interesan romanon."

"Ne, verŝajne ne. Ĉu vi laboras pri tiaj aferoj?"

"Pri murdado?"

Ŝi ridis.

"Mi pensis pri krimologio."

"Ne, tute ne. Sed tio estas branĉo de sociologio, do ne tro malproksima fako."

"Mi mem lastatempe laboras plejparte en la infana sekcio", ŝi informis.

"Bone. Do ankaŭ vi ne okupiĝas pri murdoj, espereble. Krom se la infanoj tro bruas en la biblioteko."

Ŝi denove ridis. Li ne memoris, ĉu ŝi antaŭ dudek kvin jaroj estis simpatia aŭ ĉarma. Kredeble li ne multe zorgis pri la knabinoj en sia klaso. Ĉiuokaze ne dum tiuj jaroj, kiam li havis Camillan. Kaj ankaŭ poste ja daŭris iom, ĝis li refoje klopodis trovi iun.

"Ĉu vi havas familion?" li demandis iom tro bruske.

Ŝi rigardis lin iel prijuĝante.

"Jes. Kunvivanton. Mi ne havas proprajn infanojn, sed la filino de mia kunvivanto venas al ni ĉiun duan semajnfinon."

Li sentis impulson rakonti, ke lia edzino forlasis lin kaj venigis kun si ambaŭ gefilojn. Aŭ pli precize, ke ŝi ekzilis lin el la familio. Sed Anneli ŝajne nenion scivolis, do li silentis. Iom poste ili kvazaŭ senintence disiĝis, kaj li dum kelka tempo vagis inter la ĉeestantoj sen partopreni en la konversacioj.

Volonte li parolus pli longe kun Anneli. Ne nur pro tio, ke li trovis ŝin iom simpatia, sed ankaŭ ĉar ili trovis temojn pri kiuj interparoli.

Krome ŝi estis pli sobra ol la plej multaj aliaj. Sed li evidente ne plu interesis ŝin. Ŝi turnis sin al Linda kaj Fatme, kiuj vigle kundividis memorojn pri iamaj instruistoj kaj lernantoj, kaj kvankam Anneli ŝajne ne kontribuis per propraj rakontoj, ŝi tre atente aŭskultis la duopon.

Li rondiris por trovi iun alian, kun kiu babili. La aranĝema Helen zorgis ankaŭ pri la muziko. Ĝi ŝajnis esti miksaĵo el melodioj de tiu tempo, kiam ili estis gimnazianoj, kaj muzikaĵoj pli modernaj. Ĉi-momente sonis nuntempa sveda kantistino, kies voĉon li bone rekonis, kvankam ŝia nomo eskapis lian memoron.

Ekvidante lin, Helen ridetis bonvole.

"Do, Stefan, finfine vi konsentis veni al jubileo", ŝi diris. "Bona decido."

"Jes. Bone, mi pensis ke tio ja ne povas malutili. Certe mi travivos."

"Bonege! Ĉu mi ĝuste memoras, ke via loĝadreso estas en Skanio?"

"Prave. En Lund."

"Nu, tio tamen ne estas trans maroj."

"Nek trans montoj. Nur trans lagoj kaj arbaroj."

Eĉ pli larĝa rideto. Dume ŝi rigardis ĉirkaŭ si, kvazaŭ serĉante taskon aŭ personon, kiu liberigus ŝin de la devo konversacii kun li. Aŭ eble ne. Eble li nur projekciis sian propran mankon de konfido sur ĉiujn aliajn.

"Sed vi restas ĉi tie, kiel fidela urbano", li provis spritumi.

"Pli-malpli. Mi studis en Upsalo, kaj post kelkaj jaroj en Stokholmo ni ekloĝis kampare iom oriente de Norrköping. Ni ambaŭ estas veterinaroj, mia edzo kaj mi, kaj la kamparo estas bona medio por la infanoj."

"Eble."

Li iom surpriziĝis pro ŝia profesio. Tion li ne atendus. Nek hodiaŭ, nek antaŭ dudek kvin jaroj. Ĉu ŝi vere akuŝigas bovinojn en staloj? Kredeble ne. Li bone konsciis, ke la sveda kamparo hodiaŭ ne tre diferencas de la urboj. Sendube ŝia laboro temas plejparte pri amataj hundoj kaj katoj, kiuj ne rajtas amori nature, nek malsani kaj morti nature.

"Absolute", ŝi insistis. "Mi ne volas ke miaj infanoj kresku enurbe kun drogoj kaj krimoj kaj malbonaj amikoj."

Li ŝatus kontraŭdiri al ŝi, kontesti tiun etburĝan iluzion. Li emus demandi, ĉu trafis ŝin etna paniko. Ĉu ŝi eble estas unu el tiuj, kiuj malbonfartas aŭdante tro da fremdlingvaj voĉoj promenante tra la urbocentro, kaj kiuj do rifuĝas kampare, kie aŭdiĝas neniu ajn voĉo, krom la propra. Sed li nek povis nek volis rompi la etoson. Prefere konsenti kaj konservi la amikan tonon ol alporti konflikton.

"Bona ideo", li do hipokritis. "Sed kiam ĉiuj komprenos tion kaj agos same, eble la urboj dezertiĝos kaj la kamparo iĝos homplena. Kompreneble, tiam vi ja povos transloĝiĝi en la forlasitan urbon."

Ŝi rigardis lin kvazaŭ vidante frenezulon. Tiun mienon li rekonis. Ĝuste tiel ŝi preskaŭ senĉese aspektis kiel gimnaziano. Almenaŭ vidante lin. Kun aliaj ŝi kredeble alprenis alian esprimon.

"Tio estis ŝerco", li aldonis. "Aŭ provo ŝerci."

Evidente Helen subite ekpensis, ke ŝi devas helpi al Magnus pri la preparado de koktejoj, aŭ eble malhelpi al li mem eltrinki ilin. Do Stefan rekomencis sian rondiradon. Efektive ili estis nur dek kvin personoj, do li baldaŭ preterpasis ĉiujn kaj eĉ diris kelkajn neŭtrale ĝentilajn vortojn al deko el ili. Sed pli ol tiom li ne profitis de sia vagado.

Tiam revenis al li la penso, ke estis vana decido vojaĝi ĉi tien. Kion komunan li havas kun ĉi tiuj mezaĝaj teduloj? Eĉ antaŭ jardekoj, kion komunan ili havis, krom ke ili estis samtempaj dekokjaruloj? Iam Fredrik kaj Jonas estis liaj amikoj, sed tio ja ĉesis jam antaŭ la abituro. Ankaŭ Magnus iam ŝajnis al li simpatia, kaj same Peter, pri kiu Helen rakontis, ke li mortis pro kancero antaŭ du jaroj.

Li ne sukcesis daŭre eviti Fredrikon. Li ekvidis lin ŝancele paŝi liadirekten. Evidente Fredrik jam same ebriiĝis kiel Magnus. Ankaŭ Pernilla ŝajnis vaporkapa, kiam ŝi postsekvis Fredrikon, klopodante diri al li ion, kion li tamen ne rimarkis.

"Jen vi estas", elsputis Fredrik. "Jen la granda trompulo."

Stefan klopodis iri flanken, sed Fredrik baris al li la vojon.

"Ĉu ne?" li diris. "Ĉu vi ne trompis ĉiujn? Vi estas tia bonulo, ĉu ne? Tute ne faras fiaĵojn. Blanka anĝelo."

La muziko de Roxette dampis liajn vortojn, envolvis ilin en vaton, sed ĝi ne kaŝis ilin. Stefan liberigis sian brakon, kiun kaptis Fredrik, kaj premis lin flanken por preteriri. Tiam li kunpuŝiĝis kun Pernilla, kiu ridis oblikve.

"Kion vi volas? Ĉu danci?" ŝi gajis.

Li ne planis danci, sed kial ne? Kaj kial ne ĝuste kun ŝi? Ŝi almenaŭ prezentis ŝancon eskapi de Fredrik plejeble rapide.

"Jes, bone, ni dancu", li diris, kaptante ŝin kaj ŝovante ŝin foren, sur la liberan pecon da planko, kiu estis destinita roli kiel dancejo. Li ĉirkaŭprenis ŝin, kaj ŝi algluiĝis al li. Komence ili estis la solaj dancantoj, sed post iom da tempo ankaŭ Roger kaj Helen aperis, moviĝante iom pli dece ol ili.

Pernilla nun estis intense rufa, sed iam ŝi estis unu el la tri nedisigeblaj blondulinoj. Linda, la dua, plu restis blonda. La tria – nun li subite memoris ŝin tre klare – ne estis Katarina, kiel li antaŭe pensis, sed Sofia. Bedaŭrinde ŝi ne ĉeestis. Fakte ŝi estis tiu, kiu tiam plej plaĉis al li. Je la fino, dum iu malseka abitura festeno, li eĉ klopodis amindumi ŝin. Efektive, ŝi ne estis tute malema, sed ŝi rapide menciis sian koramikon, kiu tiam soldatservis. Do, ŝi volis nenion pli ol kisi kaj palpi. Tamen eĉ tio por li estis kvazaŭ erotika renaskiĝo, post la afero okazinta pli frue.

Nun li sentis, ke Pernilla ripozigas la kapon sur lian ŝultron, kaj li flaris ŝian odoron de alkoholo kaj parfumo. Li jam decidis, ke dank' al ŝi li provos eskapi el ĉi tiu jubilea infero. Leĝere karesante ŝian dorson, li remorkis ŝin en malpli lumigitan angulon, kun la intenco proponi komunan taksion al lia hotelo. Tiam io puŝis lin de malantaŭe. Li cedis flanken ŝovante kun si Pernillan. Refoje puŝo, jam pli forta. Li turnis sin flanken, ankoraŭ karesante ŝian dorson, kaj ekvidis la ruĝan torditan vizaĝon de Fredrik.

"Kion vi faras?" diris Stefan. "Lasu nin."

"Kial vi demandis min pri Jonas?" balbutis Fredrik.

"Mi ne. Lasu min."

"Ĉu pro tio ke li scias?"

"Mi fajfas pri Jonas, kaj same pri vi."

Li firme ĉirkaŭprenis Pernillan kaj komencis ŝoveti ŝin al la vestiblo.

"Venu", li mallaŭtis al ŝi. "Ĉi tie la amuzo ŝajne jam finiĝas. Ni iru eksteren, ĉu ne?"

Ŝi iom rezistis, sed ne tro. Malrapide ili forlasis la salonon kaj venis en la vestiblon. Fredrik postsekvis ilin plu parolante.

"Jonas sciis, kaj li diris al mi, kion vi faris."

"Kie estas viaj vestaĵoj?" Stefan demandis Pernillan.

"Vi estingis la fajron, ĉu ne?" krietis Fredrik.

Stefan ignoris lin kaj plu manovris kun sia espereble onta samlitulino inter la vestaĵoj.

"Vi tretis sur la fajro por ke Camilla nenion vidu!" Li atingis sian jakon kaj surmetis ĝin. Pernilla ankoraŭ serĉadis sian mantelon en la obskura kaj tro vasta vestiblo, sed ne tre celkonscie. Subite ŝi haltis kaj turnis sin al Fredrik.

"Kia fajro?" ŝi balbutis. "Pri kio vi parolas?"

Stefan refoje ĉirkaŭprenis ŝin, sed ĉi-foje ŝi liberigis sin.

"Li tretis sur la fajro", ripetis Fredrik, nun jam al ŝi. "Li estingis ĝin, por ke ŝi ne retrovu la teron."

Li ne plu povis ignori Fredrikon.

"Simple fermu la faŭkon!" li diris tre klare. "Ne babilaĉu pri aferoj, kiujn vi ne konas."

"Mi ja konas. Jonas rakontis. Vi estingis ĝin, do ŝi ne povis vidi, kie estas la tero."

"Kretenaĵo! Estis somera vespero sufiĉe hela. Oni vidis ĉion tute klare."

"Tamen Camilla perdiĝis, ĉar vi tretis sur la fajro."

Fredrik singultis, kaj Stefan flaris miksaĵon el diversaj drinkaĵoj, kiujn tiu ĝenulo glutis dumvespere. Li retretis unu paŝon.

"Ne deliru", li diris. "Ŝi simple naĝis tro foren, kaj la akvo estis malvarma."

"Jonas diris, ke..."

"Ĉu Jonas diris? Mi fekas sur ĉio kion li diris. Kaj vi scias nenion pri la afero, ĉar vi kuŝis vomante inter iuj arbustoj."

Li vidis Pernillan konfuzite rigardi alterne inter la du viroj, dum Fredrik balanciĝante tien-reen enspiris por ripeti aŭ daŭrigi siajn stultaĵojn. Stefan volis batfermi al li la faŭkon, sed anstataŭe li puŝis lin foren inter pendantajn mantelojn kaj turnis sin por foriri. Li jam tute perdis la emon treni Pernillan kun si. Kredeble ŝi emus pli babili ol amori. Do li eliris tra la pordo, dirinte nek ĝis nek adiaŭ.

Eksterdome blovis malvarmeta vento, kaj la strato estis senhoma. Falis tre leĝera pluveto. De maldekstre eĥiĝis raŭkaj voĉoj el ekster iu drinkejo, sed li ekiris dekstren. Li jam havis sufiĉe de ĉi tiu jubileo. Ĝi estis lia unua lerneja jubileo, kaj sendube ĝi estos la lasta.

Li enspiris la nokte freŝan aeron, dum li preterpasis la koncertejon, konstruitan en iama granda paperfarejo. Ĝi estis malluma kaj silenta. Simila estis la malnova placo. La statuo de valona kapitalisto, kiu en la deksepa jarcento fondis ĉi tie la unuan uzinon, transformante dorm-eman urbeton en ĉefan industrian urbon, aspektis nigra kaj malbon-veniga, turnante sian kapon suben kaj foren, kvazaŭ por diri, ke li fajfas pri ĉio, kio sekvis pro lia iniciato.

Ne estis tre malvarme, sed la pluveto kaj vento evidente forpelis homojn de la urbocentraj stratoj. Soleca aŭto preterpasis, stirata mal-certe kvazaŭ de fremdulo serĉanta ian vojmontrilon. De maldekstre aŭdiĝis sono de falanta akvo en la rivero. Li flaris ian svagan odoron de la akvo, kvazaŭ el kelo aŭ profunda tera truo. Ial li ekpensis pri ĵus fosita tombo. Tamen li sciis, ke la rivera akvo ne estas troege malpura, ĉar oni kaptas salmojn kaj aliajn fiŝojn en ĝi, meze de la urbo. Nu, fiŝado neniam logis lin. Aŭ pli ĝuste, li neniam vere lernis fiŝi. Sed kuiri fiŝojn li ja lernis. Ankaŭ tio estis arto, kaj eĉ ne la plej facila.

Li pluiris antaŭen laŭ senhoma strato. Li ne volis tre longe pro-menadi sub la pluveto. Sur malnova ponto trans la riveron neregulaj sonoj de piedpaŝoj atingis lin de malantaŭ lia dorso. Li rigardis trans la ŝultron kaj ekvidis Fredrikon, en hela ĉemizo, sen jako kaj kun hirta kaj humida hararo. Malvolonte li haltis.

"Atendu, atendu!" kriis Fredrik, pli-malpli falante en liajn brakojn.

"Ne koleru, Stefan!"

Stefan repuŝis lin kaj duonpaŝis malantaŭen.

"Mi ne koleras. Sed ĉesu babili stultaĵojn pri aferoj, kiujn vi ne konas."

"Mi diris nur... kion rakontis Jonas", balbutis Fredrik, svingante la brakojn. "Ne koleru. Sed diru, ĉu vi fakte... faris tion?"

Rigardante Fredrikon ŝanceliĝi antaŭ li, kiel piceo en forta vento, li klopodis memori, kion komunan li iam havis kun tiu. Ja sendube ili havis ion. Sed nun li ne plu povis revoki tion. Ili iam babilis pri ĉio kaj nenio, veturis mopede tra la najbaraj kvartaloj kaj ĝis la urbocentro, vizitis kinejon aŭ luis filmon por spekti hejme. Kaj kompreneble ili iris naĝi en la lagoj. Sed kial kun li? Supozeble Jonas estis tiu, kiu tenis ilin kune. Ili estis la lokanoj, dum Stefan estis novulo ĉi-urbe. Ili estis la fanoj de urba futbalklubo, dum li fajfis pri sporto.

Cetere, Fredrik ne nur ŝanceliĝis kiel piceo; iel la tuta viro aspektis kiel malzorgita, malseka, duone velkinta piceo. Sendube li ne tre prosperis en la vivo. Eble li jam rakontis, pri kio li laboras, kaj eble li diris ion pri familio, sed Stefan tuj forgesis. Aŭ eble li rakontis nenion. Oni kutime rakontas nur pri sukcesoj. Kaj estis dube, ĉu li jam spertis multajn.

"Silentu, Fredrik." diris Stefan. "Reiru al via festeno."

Fredrik ŝanceliĝis sur la trotuaro apud la ponta parapeto kaj kaptis Stefanon je la maniko. Stefan deskuis liajn manojn. Li ne volis, ke Fredrik tuŝu lin.

"Lasu min", li diris. "Ĉesu babili, reiru, kaj mi iros mialoken."

"Sed diru, kial vi tretis tiun fajron? Ĉu vi faris...?"

"Lasu min, damne!" Stefan kriis. "Mi faris nenion!"

Ŝajnis al li strange, ke meze de la urbo oni ne metis pli altan parapeton sur la ponto. Ĝi altis apenaŭ metron, kaj la distanco suben al la akvo estis eble ok aŭ dek metroj. Pro la proksima sonkuliso de akvofalo Stefan ne aŭdis lin trafi la surfacon. Baldaŭ li tamen vidis la blankan ĉemizon flosi foren laŭ la forta fluo kaj baldaŭ malaperi en la nigra akvo.

Li povis nenion fari. Liaj kruroj tremis, kaj estis granda tubero en lia gorĝo. Li unufoje provis voki post li "Fredrik!" – sed tio iĝis apenaŭ flustro. Lia voĉo perdiĝis. Eĉ se li kurus laŭ la stratoj ĝis la sekva ponto, li neniam atingus lin. Se Fredrik estus sobra, li povus naĝante atingi la riverbordon. Nun, ne eblis scii. Povus esti, ke la malvarma fluanta akvo sobrigos Fredrikon. Aŭ eble ĝi dronigos lin.

Li urĝe bezonis ion por refortigi sin. Do li pluiris norden por atingi sian hotelon. Supozeble li trovos ion en la fridujeto de sia ĉambro. Sed survoje li hazarde flaris odoron de lupolo kaj jen li stumblis en etan malfermitan bierejon, kie du lacaj noktuloj ĉe la bufedo babilis kun la bufedisto. Li falis sur seĝon ĉe libera tablo – fakte, preskaŭ ĉiuj tabloj estis liberaj – kaj ricevis bieron eĉ sen antaŭa mendo.

"Vi ŝajne bezonas ĉi tion", diris la bufedisto.

Li pravis.

La bufedisto donis al li ankaŭ menuon, kaj li fluglegis ĝin, trinkante bieron en grandaj glutoj. Ŝajne ĉi tio estis ne nur bierejo, sed ankaŭ restoracio kun ĉeĥaj specialaĵoj. Sed li jam ricevis sufiĉe da porkaĵo ĉi-vespere.

Kial Fredrik elfosis tiun kretenaĵon pri la apudlaga lignofajro? Ĉu Stefan kulpis pri la akcidento? Li ja estis tie, tamen ne kun ŝi, sed kun Fredrik kaj Jonas. Kiel li povus scii, ke ankaŭ ŝi venos tien? Li eĉ ne eniris la lagon. Ĝi estis profunda kaj ĝia akvo nur malfrue varmiĝis. La afero okazis en aŭgusto, do ĝi devus jam esti sufiĉe varma, sed la vetero delonge ne estis favora. Kaj tiutage blovis el oriento, tiel ke la varma akvo de la supraĵo drivis foren. Nur ŝi kaj iu pli aĝa knabo naĝis. Se iu kulpis, do tiu kiu logis ŝin enakviĝi. Li eĉ ne parolis kun ŝi. Delonge li ne plu parolis kun ŝi.

Subite li ekpensis pri la falo de Fredrik. Ĉu li sukcesis atingi la teron? Eĉ se li kapablus naĝi kelkajn metrojn, ne facilus grimpi supren el la akvo. Ĉiuokaze jam eblis nenion fari por li. Nek por nek kontraŭ.

Li mendis duan bieron. La ejo estis simpla, kun brunaj, fortikaj mebloj. Iomete laŭ mezeŭropa stilo. Eble kiel en Prago aŭ Berlino.

Cetere, en Berlino tiaj tradicie simplaj knajpoj ne plu ŝajnis oftegaj. Je lia lasta vizito li vidis malmultajn inter diversstilaj trinkejoj kaj restoracioj. Baldaŭ la aŭtentaj gastejoj de diversaj landoj eble restos nur aliloke, kiel ekzotaj pastiĉoj. Sed eble oni simple devus paŝi iom ekster la plej ŝikaj stratoj de Berlino. Tie eble ĉio restis kiel iam. Efektive, li ja vizitis tian flankstraton, sed tie li jam serĉis alion.

Sidante tie kun mano ĉirkaŭ la glaso, li sentis la jukadon reaperi sur sia haŭto. Surbruste, laŭ la pojnoj io urtikis. Tamen li ja delonge liberiĝis de tiu infekto. Li kuracis ĝin kaj resaniĝis. Do kial ĝi revenis? Li prenis grandajn glutojn da biero, sed tio nur momente mildigis la jukadon. Li devus ne grati, tion li bone konsciis, sed liaj manoj ne obeis la racion. Ĉi tie li tamen ne povis grati al si la bruston subĉemize, tio estus iom malbona konduto. Li tordis sin, trinkis plu, sed nenio vere efikis.

La jukado memorigis al li la knabinon en Berlino. Kio poste okazis al ŝi? Feliĉe li fine liberiĝis de ŝi, kvankam li nur nebule memoris, kiel finiĝis la afero. Ĉiuokaze li ja faris nenion kriman. Aŭ ĉu? Ne, certe ne.

Li glutis bieron. Estus bone, se eblus bridi kaj konduki la pensojn laŭ vojoj, kiujn ili prefere laŭiru. Sed li neniam sukcesis pri tio. Lia cerbo ĉiam vagadis laŭ siaj propraj malkonvenaj padoj, kaj ofte ĝi eĉ misvagis en la plej strangajn lokojn. Ankaŭ nun li devis senĉese peni por pensi pri io ajn, nur ne pri tio, kio ĵus okazis surponte. Bloki tiujn pensojn per alio, jen kio gravis.

La du viroj antaŭ la bufedo plu diskutis kun la bufedisto. Ŝajne ili malkonsentis pri ia sporta afero. Kiuj estos mondaj ĉampionoj. Kiu plej elstaras, ĉu Messi aŭ Neymar. Li neniam povis vere partopreni en la pasio pri tiaj aferoj. Bela golo, sukcesa driblado, bone, en ordo. Sed tiun ĝisostan entuziasmon, tiun zelotismon, fanatikecon, li neniam komprenis. Eble ĉar li ne havis naturan hejmurbon, des malpli amatan kluban teamon, kaj do ne iĝis fano. Kiel infano li ĉiam nur atendis, kien oni sendos lin venontfoje. Ne indis ligiĝi al iu specifa loko, nek al specifaj personoj.

La bufedisto evidente klopodis kvietigi la du disputantojn. Eble li pensis, ke se Svedio ne sukcesis kvalifikiĝi por la turniro, ne indas ekscitiĝi. Aŭ eble li zorgis pri alia lando. La bierejo havis mezeŭropan stilon, la biero venis el Ĉeĥio, sed la bufedisto ŝajnis havi pli forajn radikojn. Liaj malhelaj haroj kaj agla nazo igis Stefanon pensi pri Turkio kaj ties ĉirkaŭaĵoj. Aŭ eble li estis homo senradika, kiel Stefan.

Restis menuo sur la tablo. Stefan ne povus nun manĝi ion ajn, post la jubilea porkaĵo. Tamen li oblikve legis. Efektive, porkaĵoj tute ne plu logis lin. Nek gulaŝo kun knedlikoj. Ĉu Viena bovidtranĉaĵo? Ankaŭ tian li delonge ne manĝis. Supozeble ĝi iĝis eksmoda. Fakte, ĉi tiu ejo entute impresis tre eksmode. Sendube pro tio li sentis tiel nature, ke li devas eniri. Ĉiuokaze tio estis bona ideo. Ĉi tie estis trankvile, kaj la du futbalemuloj efektive nur helpis distri la pensojn.

Li glutis pli da biero. Ŝajne lia gorĝo restis nekuraceble seka. Tamen estis bona biero de Pilzena speco. Sed estis io en ĉi tiu urbo, kio fiksiĝis en lia gorĝo kaj rifuzis lasi ĝin. Morgaŭ li forveturos de ĝi. Li devintus neniam reveni.

Je tiu penso li ekvidis du uniformitajn policistojn enpaŝi tra la pordo kaj komenci okule ekzameni la malmultajn gastojn, unu post la alia. Kiam ili venis al lia tablo, li lasis la glason kaj stariĝis. Li ne sciis, kial ili serĉas lin. Ja neniu vidis lin. Sed li komprenis, ke ne indas protesti. Inter la duopo li paŝis ĝis la bufedo por pagi siajn du bierojn. Ekstere li sidiĝis en la policaŭton, kiu tuj ekiris, kaj post du minutoj li jam estis en la policejo.

* * *

Ĝis nun la vivo en la arestejo ŝajnas konsisti grandparte el petado de permesoj kaj posta atendado. La atendado povas esti vana aŭ rekompencota per plenumo de la peto – ne eblas antaŭvidi, kiu peto kondukos al kia rezulto. Li petas permeson iri al la necesejo. Li petas pri io por legi. Li petas permeson telefoni, aŭ li petas, ke mesaĝo estu transdonita al iu. Jam en la unua mateno li petis alporti lian komputilon el la hotelo. Ĝis nun li ricevis nek jesan nek nean respondon, kaj kompreneble neniun komputilon. Li petis pri papero kaj skribilo, kaj efektive ricevis ilin post ok horoj. Li petis pri vera teo ĉe la matenmanĝo, kaj ricevis la respondon, ke tio, kion li ricevis, ja estas teo. Li petis esti liberigita, ĉar li nenion kulpas, kaj estis informita, ke pri tio decidos prokuroro kaj juĝisto.

Kiam li petis pri legaĵo, oni alportis librojn el la aresteja biblioteko. Ŝajnas al li, ke kiu ajn kunmetis tiun libraron, tiu havas strangan literaturan guston. Duono konsistas el krimromanoj, tamen neniu de pli alta nivelo. Krom tiuj oni proponas historiajn verkojn pri diversaj militoj, kaj aventurojn por junuloj, sed ankaŭ inter tiuj oni evitis ĉion kun eĉ nur grajno da literatura valoro. Sed eble la elekto ja estas trafa, se konsideri pli bone. Kiu troviĝas ĉi tie, tiu havas pli gravajn aferojn por pripensi, ol komplikajn romanintrigojn. Ĉi tie literaturo servas nur por dume forgesigi la realon. Kaj krimromanoj kutime estas sufiĉe malrealismaj por forpeli ĉiun penson pri veraj krimoj.

Post la matenmanĝo li do dediĉas sin al la atendado. Li atendas nenion specifan, li simple atendas ion ajn. Kredeble li devus fari fizikajn ekzercojn, brakpuŝojn, marŝadon tri metrojn tien-reen aŭ saltadon surloke. Sed li preferas ekzerci la menson kuŝante surdorse sur la lito. Li pripensas kelkajn flankojn de certa scienca esplorprojekto, en kiu li estos engaĝita. Temas pri la ebla socia heredo de difinitaj demografiaj kondutmanieroj, kiel la aĝo de gepatriĝo, la tempo inter naskiĝo de idoj, la daŭro de kunvivado kaj alio. La demando estas, kiugrade la konduto de personoj el unu generacio influas tiujn el la sekva. Li jam scias, ke la idoj de junaj gepatroj ofte mem frue ekhavas infanojn. Tio ja ne validis pri li mem, sed neniam eblas apliki statistikajn rilatojn al individuoj. Sed ĉu tio validas sendepende de aliaj faktoroj, kiel eduko kaj ekonomio? Kaj ĉu tiuj, kiuj havas gefratojn proksimaĝajn ankaŭ generas kaj naskas infanojn je mallongaj intertempoj? Ĉu personoj, kiuj vivis kun vicpatro aŭ vicpatrino, plenkreskinte traktas kunvivadon alimaniere ol tiuj, kiuj kreskis kun ambaŭ siaj veraj gepatroj? Li cerbumas, kiel organizi la esplorojn en plej efika maniero. Estus bone, se li povus logi iun studenton fari parton de ĝi kiel sian ekzamenan verkaĵon. Domaĝe, ke li ne plu rajtas mentori.

Li sidiĝas ĉe la eta tablo por fari kelkajn notojn. La kradita fenestro enlasas grizan lumon, sed oni vidas nenion de la ĉirkaŭaĵoj. De temp' al tempo tamen aŭdiĝas sono de preteriranta trajno. Longe kaj peze, kredeble vartrajno. Mallonge, rapide pasante, supozeble regiona trajno al la najbaraj urboj. La rapidajn trajnojn suden al Malmö kaj Kopenhago li ne povas distingi kun certeco.

Kial li venis ĉi tien? Ne ĉi tien en la arestejon, sed kial ĉi-urben, al la lerneja jubileo? Nenio bona iam ajn okazis dank' al lerneja jubileo. Ĉiuokaze tiel li supozas. Ĉi tiu ja estis lia unua. Kaj lasta.

Kio efektive okazis sur la ponto? Li memoras, ke ili disputis, aŭ pli ĝuste, Fredrik kibice ĝenadis lin per siaj aludoj kaj akuzoj. Nun li vidas lin fali de la ponto; tiu imago estas tute klara, kvankam lantmova. La korpo de Fredrik ŝvebe pasas super kaj trans la parapeton, dorsen, kaj malrapide sinkas en la abismon, suben ĝis la nigra rivero. Li ja ne puŝis lin! Ĉu li puŝis lin? Jes, sendube li puŝis lin. Neniu alia ĉeestis sufiĉe proksime por fari ion. Fredrik ne povis leviĝi propraforte, levitacii, nek ŝvebe drivi foren de la ponto. Iu puŝis lin, kaj Stefan sola ĉeestis por fari tion. Li jam provis ĉion por silentigi Fredrikon, tamen vane. Nenio alia restis. Estis neevitable. Tamen li ne povas vidi tion, nek senti, ke li tuŝis lin. Vere, li ne tuŝis lin. Neniam li tuŝus lin! Pri tio li certas. Preskaŭ certas. Do la akuzoj estas absurdaj. Li eĉ muŝon ne povus mortigi. Estis akcidento. Fredrik simple falis. Li estis ebriega kaj ekscitita, li ŝanceliĝis svingante la brakojn, ili iomete kunpuŝiĝis, kaj tiu parapeto estas neakcepteble malalta. Kulpas la urbaj aŭtoritatoj, kiuj ne protektas la paŝantojn per barilo sufiĉe alta. Tio ne tuŝas Stefanon. Li ne vivas ĉi-urbe. Li estas okaza vizitanto, kiu tuj reiros hejmen kaj neniam plu revenos ĉi tien. Li havas nenion plu por fari ĉi tie. Li devus entute neniam vojaĝi ĉi-urben. Li kulpas pri nenio. Kioma horo estas? Naŭa kaj dudek. Ĉu oni vokos lin al plua demandado? Lastfoje estis nur ripetoj, eĉ ne unu nova demando. Kompreneble oni esperas, ke li kontraŭdiru tion, kion li pli frue respondis. Sed kiel longe? Kiomfoje? Oni devos finfine decidi, ĉu akuzi lin antaŭ tribunalo. Aŭ ĉu oni serĉas pliajn pruvojn? Novajn atestantojn? Frustras lin ne scii, kio okazas malantaŭ la kulisoj dum li atendas.

Kiel pasigi la tempon? Li povus masturbi sin, sed li ne sentas veran urĝon. Li ja faris hieraŭ. Prefere li prokrastu tion ĝis vespere. Necesas iom ekonomii pri la distraĵoj, kaj vespere en la mallumo la imagoj pli buntas. Ankaŭ tiuj nedezirataj, sed li simple metu imagon kontraŭ imago. Kiel diras la francoj: kontraŭ pirato – pirato kaj duono.

Gardisto malfermas lian pordon kaj vokas lin al telefono. Ĉu telefono? Kiu do volas paroli kun li? Dum momento li pensas, ke tio devas esti Karin, sed kial ŝi telefonus? Ŝi eĉ ne scias, ke li estas ĉi tie.

Li paŝas laŭ la koridoro, la gardisto malŝlosas kaj enlasas lin en etan kameron kun tablo, seĝo kaj telefono. Li sidiĝas kaj prenas la aŭskultilon, dum la gardisto restas ĉe la pordo.

"Bonvolu", li diras suspekteme.

"Saluton! Ĉu ĉio en ordo?"

Estas la voĉo de lia advokato, kiu prononcas tiun bizaran demandon. Parolante li afektas altklasan stokholman akĉenton. Stefan tre dubas, ĉu li vere estas stokholmano, kaj certe ne altklasulo. Se jes, kion li farus ĉi tie? Se li estus altklasa stokholmano, Stefan ne estus lia kliento. Tiuokaze li prefere defendus altklasajn kokainvendistojn el ĉefurbaj luksaj restauracioj.

"Ne", li do respondas.

Estus troigo diri, ke ĉio enordas.

"Mi planis veni al vi por paroli, sed aperis alia tre urĝa tasko. Do mi decidis telefoni. Mi volas nur sciigi, ke morgaŭ la prokuroro decidos pri la akuzo. Matene. Aŭ ĉiuokaze antaŭ lunĉo. Do poste ni devos renkontiĝi por plani la defendon, ĉu ne?"

"Se ŝi decidos persekuti."

"Jes, kompreneble. Sed mi konsilus esti preta je tio."

"Do, kie ni renkontiĝu?" demandas Stefan. "Ĉu ĉe vi aŭ ĉe mi?"

Lia advokato ĝis nun montris neniun signon de humura sento, sed Stefan ne ĉesas klopodi veki tian. Tamen ankaŭ ĉi-foje vane.

"Mi venos al vi, sed eble ne morgaŭ. Mi estas tre okupita. Kaj ni havos sufiĉe da tempo. La juĝafero sendube prokrastiĝos. Do ne timu."

"Venu kiam vi havos okazon. Mi atendos vin ĉi tie."

"Intertempe, ĉu mi povus peti vin refoje pripensi, kiujn atestantojn ni povus alvoki por subteni vian karakteron."

"Bone, mi pripensos tion je okazo, kiam mi havos liberan tempon."

"Do, ĝis revido."

Per tiu iom mistrafa saluto la advokato finas la telefonan interparolon kaj malkonektas. Stefan remetas la mutan aŭskultilon, kaj la tedita gardisto kondukas lin reen al la ĉelo. La pordo fermiĝas, li sidiĝas surlite kaj rigardas la horloĝon. Deka kaj kvindek.

Li pensas pri la peto de la advokato. Kie do trovi homon, kiu subtenus lian karakteron? Denove bizara demando, sed la ideo de la advokato estas trovi iun, kiu rakontos al la juĝantoj, ke Stefan estas bona persono, kiu neniam perfortus eĉ muŝon. Do iun, kiu konas lin kaj lian karakteron. Li ne vere komprenas, kiel tio helpus antaŭ tribunalo. Li ne supozus, ke oni juĝas homojn laŭ ilia karaktero. Sed eble li estas naivulo. Efektive li ne konas la juran mondon.

Sed kiu do konas lin kaj povus atesti, ke li estas tia bonulo? Pri familianoj ne plu indas pensi. Nek pri universitataj kolegoj, almenaŭ de lia propra fakultato. Kiu do restas? Li ekpensas pri la studentoj, kiuj ankoraŭ ne infektiĝis de envio kaj konkurado. Antaŭ kelkaj jaroj li sendube povus trovi studenton, kiu pretus atesti favore pri lia karaktero. Eble Emma. Aŭ Felicia. Sed lastatempe li iel misfamiĝis ankaŭ inter la studentoj, kaj troviĝas nenio, kion li povus fari por malhelpi tion. Kiu sin ekskuzas, tiu sin akuzas.

Li kuŝiĝas por plu cerbumi, kiu hodiaŭ povus favori lin. Sed neeviteble li glitas el la nuno en la pasintecon. Iam oni ja favoris lin. Iam oni eĉ amis lin. Nekredeble, sed tiel li almenaŭ supozis.

* * *

Li tuj sentis, ke Felicia estas aparta. Ne laŭ aspekto, nek laŭ la vesto. Ŝi aspektis proksimume sama kiel centoj da aliaj nuntempaj studentinoj. Haroj brunaj, ĉe la nuko malzorge kolektitaj en ion meze inter plektaĵo kaj tufo. Kritikema buŝeto neniam ridetanta, kun malhela liprugô. Grandaj okuloj nigre kadritaj. Korpo svelta sed ŝajne trejnita. Mallonga jako falspelta, kiun ŝi ne demetis dum la lekcioj. Kaj nigra ĝinzo ŝirita ĉe la genuoj, tra kiu blanke okulfrapis ŝia haŭto. Sed la defia rigardo elstarigis ŝin. Ĝi estis maloftaĵo. Li ofte demandis sin, kio okazis al la juna generacio. Ĉu neniu plu edukas ilin renkonti la rigardon de alia homo? Maksimume duonan sekundon ili tenas la okulkontakton; poste la rigardo forvagas, kvazaŭ eskapante de io abomena. Li tamen ne estas naŭza bufo! Kial ili ne eltenas rigardi en liajn okulojn?

Ĉe Felicia tio estis alia. Ŝia rigardo ne cedis. Entute ne. Efektive, ankaŭ tio estis iom incita aŭ provoka. Liaflanke li plurfoje trovis, ke li daŭre rigardas nur ŝin, parolante kvazaŭ nur al ŝi. Espereble la aliaj studentoj nenion rimarkis. Certe nenion, ĉar ili tute profundiĝis en siajn telefonojn. Sed ŝi ja rimarkis, kaj li kredis konstati en ŝia rigardo ian kontentiĝon, ian konscion pri ŝia potenco.

Tio okazis en la kurseto pri scienca teorio, kiun trairis ĉiuj studentoj de socisciencaj fakoj en sia dua jaro. Li tie parolis interalie pri la ideoj de Karl Popper, kio vere ne estis lia fako, sed la fakultato ne povas havi specialistojn pri ĉio en la universo. Persone li trovis Popper simpatia sed iom ambigua, se ne diri eĉ paradoksa. Kutime la studentoj tamen ne rimarkis tion. Ili ne protestis, ne disputis, sed ĉefe glutis kvazaŭ malsataj birdidoj. Se ili demandis, temis ĉefe pri kiom oni postulos por aprobi ilin. Li povus respondi, ke ili trankvile sidu sur la postaĵo, fingrumante siajn telefonojn, kaj ili estos aprobitaj. Sed ne indas ĉiam trudi al la homoj la veron. Iom da hipokritado necesas kiel lubrika oleo en la universitata mekanismo.

Li ne tre surpriziĝis, kiam Felicia iutage restis lasta forironto postlekcie. Li jam konis la koreografion de studentaj-docentaj interrilatoj. Plej ofte temis nur pri bezono diskuti iun studan dilemon aŭ demandi pri venonta ekzameno. Iufoje la celo estis alia – aŭ iom post iom iĝis alia. Tiel okazis pri Felicia.

Baldaŭ li eksciis, ke ŝi devenas el Gotenburgo kaj studis etnologion kaj sociologion, unue tie, poste ĉi tie en Lund. Ŝi volis labori en muzeo, aŭ pri io ajn alia, krom kiel instruisto. Ili parolis unue pri aferoj de la studoj, poste pri diversaj eblaj profesioj, kaj plue pri la socia vivo en la urbo, kie ŝi sentis sin iaspeca fremdulo, same kiel granda plimulto de la universitatanoj. Fine ili tuŝis siajn privatajn vivojn. Li diris al ŝi, ke "mia edzino ne komprenas min", ridante kaj gestante egajn citilojn perfingre. Hipokritajn citilojn, kompreneble, ĉar evidente Karin estis jam absoluta fremdulo al li, kaj li al ŝi. Jen vera paradokso – ju pli oni ekkonas iun, des malpli oni konas ŝin. Do ili babilis pri ĉio ajn, eĉ pri tiu Karl Popper, dank' al kies verkaro ili renkontiĝis.

Felicia cetere havis sian propran interpreton de li.

"Tiu Popper kredeble legis Winnie-la-Pu", ŝi diris.

Li ekridis senkomprene.

"Kial do?"

"Ŝajne li adoptis la Pu-an filozofion pri kiel serĉi kaj trovi. Iam Pu kun amikoj ne trovis la vojon hejmen sed ĉiam revenadis al la kavo, de kie ili ekiris. Tiam Pu proponis anstataŭe serĉi tiun kavon, por trovi ion, kion ili ne serĉis, kio eble estos tio, kion ili ja serĉis, ekzemple la hejmon."

"Hm", li diris. "Tio do estas via koncepto pri Popper."

"Precize. Jen Popper en nukso."

Li ŝatis aŭskulti Felician, kiam ŝi rakontis pri siaj studoj. Li enviis ŝian entuziasmon. Kelkaj aferoj, pri kiuj ŝi parolis, estis tute nekonataj al li, kaj li eĉ ne povis prijuĝi, ĉu ŝi pravas aŭ ne. Aliaj estis banalaĵoj, kiujn li supozus bone konataj de ĉiuj homoj. Sed por ŝi ĉio estis same interesa, same nova, kvazaŭ ĵus trovita lando. Ŝi estis Kristoforo Kolumbo ĉe la bordo de Ameriko, kaj tute ne gravis al ŝi, ĉu ĝi estas Barato aŭ Ĉinio.

La malkonfirma principo de Popper ne povis malhelpi al ili trafi en saman liton, pli precize en la ŝian. Ĝi staris en studenta ĉambro troviĝanta en koridora sistemo kun komuna kuirejo, kiun li tamen evitis viziti. Li tre aprezis, ke ŝi havas sian propran necesejon kun duŝejo. Li ne ŝatus noktomeze survoje de komuna duŝejo renkonti alian studenton, kiun li eble pli frue nutris per Popper, populacioj aŭ popolnombradoj.

Laŭ lia koncepto la ĉambro de Felicia ne estis granda, sed ordinara studenta ĉambro luigata kun mebloj. Sur la skribtablo kaj tableto li ĉiam vidis stakojn el libroj, kompendioj, magazinoj, paperoj kaj diversaj aliaj objektoj. Sur la brakseĝo kaj lito kuŝis vestaĵoj, kiujn ŝi translokis en alian stakon, por liberigi sidlokon aŭ kuŝejon. Ĝis tiam li supozis, ke virinoj ĝenerale pli ordemas ol viroj, sed Felicia forpelis de li tiun ideon.

En ŝia ĉambro li trovis ankaŭ kelkajn objektojn, kiuj pensigis pri novepokaj kredoj, kaj sur breto staris libroj pri similaj temoj. Surmure pendis fotografaĵo de ŝi kun ruĝe-viole miskolorigita fono. "Tio estas foto de mia aŭro", ŝi klarigis. "Mi havas tre varman aŭron, kiu montras grandan komprenemon, sentemon kaj empation."

"Bonege", li respondis. "Do, kiam ni kverelos, vi montros al la foto, kaj mi scios, ke pravas vi, ne mi."

"Mi jam sciis, ke vi mokos tion. Fakte la historio montras, ke la sciencistoj senĉese eraras. Iam ili diris, ke la tero platas."

"Kompreneble la scienco senĉese eraras, sed kiam ĝi evoluas, ĝi eraras ĉiam malpli. La religioj kaj pseŭdosciencoj male fiksiĝas je eternaj veroj, do ili ne ŝanĝiĝas kun la kresko de scio."

"Mi pensas male. La scienco ne estas objektiva vero sed parto de la kulturo. Aliaj kulturoj interpretas la aferojn malsame. Kaj ekzistas multaj pruvitaj aferoj, kiujn la sciencistoj rifuzas akcepti, ĉar ne ili malkovris ilin."

"Kiel...?"

"Aŭroj, ekzemple. Aŭ telepatio."

"Bone", li diris. "Do, mi responde pensos kontraŭargumenton. Bonvolu atente legi miajn pensojn."

"Ŝerco ne estas argumento. Ĝi nur montras ke vi ne scias kontraŭdiri ion seriozan."

"Kio do estas argumento? Montru al mi", li diris, kuŝiĝante sur ŝian liton.

Ŝi ne respondis, sed lante alproksimiĝis, malbutonis kaj malzipis lian pantalonon kaj tiris ĝin suben.

Felicia neniam petis ekscii ion pri lia vivo, nek la unua, nek lia historio. Kiam li foje menciis sian edzinon, ŝi tuj metis sian manon sur lian buŝon.

"Silentu. Ni ne trenu aliajn homojn inter nin."

Unufoje ŝi ŝerce luktis kun li kaj faligis lin sur la liton. Ŝi sidiĝis diskrure sur li kaj fiere streĉis la bicepsojn de ambaŭ brakoj. Ŝi surhavis senmanikan ĉemizeton kaj ĝinzon.

"Diable", li diris. "Farante tiel vi ege similas mian koramikinon Ulrika, kiam mi estis en via aĝo."

"Ne komparu min kun viaj iamulinoj. Mi estas mi."

"Tre bone, sed eĉ pli bone se vi senvestiĝos."

"Nun ne. Eble poste se vi brave luktos. Ĉu vi tiel senfortas?"

"Evidente", li diris. "Mi ne kapablas rezisti vin."

"Nun luktu, damne! Nepre rezistu, sed ne pensu ke vi venkos min. Jen mia terapio."

"Ĉu vi do malsanas?"

Li faris subitan flankenĵeton kaj duone faligis ŝin, sed ŝi baldaŭ rekaptis lin kaj premis lin suben kiel antaŭe.

"Vi ne ŝajnas tre malsana", li anhelis.

"Luktu do! Mi konvaleskas."

"Post kio?"

"Luktu! Ne demandu."

"Mi rezignas. Indulgu min, mi petas!"

Fine ŝi lasis lin sen klarigi, kion signifis ŝiaj vortoj. Evidente okazis al ŝi io, pri kio ŝi ne volis paroli. Kaj li ne plu demandis. Ŝi estis juna, kaj li supozis ke ŝi vivis sendraman vivon. Li konsciis, ke tio estas senmotiva penso, sed li ne volis fosadi en ŝiaj antaŭaj spertoj. Ja ankaŭ ŝi ne demandis pri la liaj.

"Rakontu ion amuzan el via fako", ŝi iutage petis.

"Bone. Do, aŭskultu. Ekzistas pozitiva korelacio inter eduka nivelo kaj kvociento de edzoj aŭ kunvivantoj rilate al soluloj. Alivorte, ju pli alta eduko, des pli da edzoj aŭ kunvivantoj. Ju pli malalta eduko, des pli da soluloj. Ĉu vi komprenas?"

"Jes, sed tio ne tre amuzas min."

"Atendu. Kion mi diris, en nia lando validas pri la viroj. Pri la virinoj validas la malo, do negativa korelacio. Ju pli alta eduko, des pli da solulinoj."

"Hm. Interese, tamen ne tre amuze."

"Ĉu ne?" li diris. "Do provu klarigi al mi, kial estas tiel."

"Kial? Nu... Evidente la saĝo kreskas kun la eduko."

"Ĉu ĉe la viroj aŭ ĉe la inoj?"

"Ĉe la virinoj, evidente. Viroj estas neeviteble malsaĝaj. Eduki ilin estas malŝparo de mono. Perlojn antaŭ la porkojn."

"Bone, dankon. Vi solvis sciencan enigmon."

"Ĉu mi do pravas?"

"Kiel mi sciu? Mi estas porko."

"Evidente."

De kelkaj jaroj li pli-malpli perdis la entuziasmon pri kuirado. La infanoj aprezis lian gastronomian arton ĉiam malpli, kvankam normale ilia gusto devus rafiniĝi kun kreskanta aĝo. Krome ĉiuj familianoj kun la paso de tempo evoluigis tute diverĝajn gustojn kaj preferojn. Oskar manĝus alterne hamburgerojn, picojn kaj spagetojn kun bolonja raguo, se li mem decidus. Alice iĝis vegetarano kun precipa ŝato al tofuo. Karin preferis suŝion, kiun ŝi aĉetis pretan el japanstila restoracieto, kaj je festaj okazoj ostrojn, kiuj postulis nenian ajn kuiradon. Do li ofte kuiris pladojn sole por si mem, kaj tio iom tedis lin.

Li ja ŝatus kuiri por Felicia, sed tio estis malfacile aranĝebla. En la komuna kuirejo de ŝia studenta ĉambro li ne volis pasigi tro da tempo, pro la risko ke aliaj studentoj klaĉos pri li. Kaj hejme lia familio ne bonvenigus ŝin.

Unufoje li tamen invitis ŝin al si. Karin kaj la infanoj estis ĉe la bogepatroj, do neniu ĝenos ilin. Felicia ja venis, sed ne tre volonte.

"Mi ne ŝatas viziti vin ĉi tie", ŝi diris. "Jen mi tro sentas la ĉeeston de viaj edzino kaj infanoj. Mi sentas min kiel ia konkubino el alia jarcento."

Kompreneble ŝi rifuzis eniri la dormoĉambron, kvankam li ĵuris, ke Karin ne plu kutimas dormi tie. Do ili restadis en la kuirejo, kie li kuiris, dum ili petolis kaj babilis.

"Ĉiuj knabinoj ja ŝatas ĉevalojn, ĉu ne?" li diris. "Do mi elektis regali vin per lasanjo."

"Ha, ha. Tre amuze."

Kompreneble ŝi kaptis lian aludon al la lastatempa skandalo pri uzo de ĉevalaĵo anstataŭ bovaĵo en diversaj pretaj pladoj vendataj en ĉiuj butikoj, kie precipe la ĉevala lasanjo fifamiĝis. La afero ja disvastiĝis tra tuta Eŭropo kaj kaŭzis indignon kaj ŝercojn pli aŭ malpli spritajn.

"Nu, serioze, ankaŭ mi iom falsis la recepton, ĉar mi aĉetis hakitan alkaĵon", li diris. Li antaŭe atendis, ke ŝi alte aprezos lian alkolasanjon, sed tio estis misa supozo. Efektive ŝi manĝis tre malmulte, kaj ĉefe de la salato el laktuko, eruko kaj raspita rafano. De la vino ŝi tamen ja trinkis, kaj post du-tri glasoj la etoso jam iĝis pli malstreĉita. Ŝi restis ĝis vespere, kaj kiam ŝi ne volis tranokti en lia hejmo, li mendis por ŝi taksion. La restantan lasanjon li dividis en porciojn, kiujn li frostigis por estonta mikroondumado.

Ili kelkfoje ekskursis en Danion por rigardi diversajn vidindaĵojn, kaj por povi promeni kune, brakon ĉe brako, sen risko ĉiupaŝe renkonti kolegojn kaj konatojn. Aŭ lian edzinon. Dum unu el la Kopenhagaj promenoj li fine direktis iliajn paŝojn al la stratoj Istedgade kaj Halmtorvet. Lia ideo estis interesi ŝin pri la virinoj deĵorantaj tie, kune elekti relative bonaspektan putinon kaj poste lui hotelĉambron por agrabla horo triope. Sed aperis obstakloj. Unue, la inoj tie vere impresis malpli alloge ol li memoris ilin. Due, montriĝis ke Felicia tute ne estas ano de triopismo. Aŭ almenaŭ malpli ol de feminismo.

"Ĉu vi konscias entute nenion?" ŝi elsputis. "Ĉu vi eĉ ne komprenas, kial tiuj virinoj staras ĉi tie?"

"Certe. Pro mono. Kaj ĉar hazarde mi havas tion, do ni interkonsentos."

"Ili estas la plej ekspluatataj, plej mistraktataj, plej malestimataj homoj de nia socio. Kaj vi volas partopreni en tio, ĉu?"

"Nu, kaj do? Ĉu ili gajnus ion, se mi rezignus? Mi pensis, ke vi volas iomete amuziĝi. Tamen, se tia aventureto ne logas vin, ni elpensu ion alian."

"Ili vendas sin mem ĉar vi aĉetas ilin. Rekonu tion!"

"Ne, tute ne. Mi ne respondecas pri tio. Kulpas malriĉo, senlaboreco, drogoj, prostituistoj, antaŭa mistraktado kaj alio. Mi ne kaŭzis tion."

"Stefan, vi estas cinikega porko! Mi iros hejmen."

Jen ŝi ekpromenis al la stacidomo per energiaj paŝoj, dum li postkuris ŝin, klopodante elpensi ion por moligi ŝin.

"Felicia, mi scias ke ĉi tiu mondo estas maljusta. Estas io putra en la dana ŝtato. Sed kiel ni povus ŝanĝi tion? Cetere, kiu kudris vian bluzon? Kiu faris viajn ŝuojn? Ĉu vi scias, kiel vivas tiuj laboristoj?"

Ŝi haltis dum du sekundoj por rigardi lin.

"Do laŭ vi tio egalas? Aĉeti bluzon aŭ virinon, ĉu sama afero?"

"Ne, tute ne. Sed se vi promenus ĉi tie nudpiede kaj senbluze, ĉu tiuj laboristoj en Ĉinio kaj Bangladeŝo vivus pli bone?"

Felicia ne respondis sed rekomencis paŝi al la trajno hejmen. Kaj li sekvis ŝin. Dum la posta veturo sur la ponto al Svedio, ili sidis flankon ĉe flanko, silente. Li cerbumis pri tio, kio okazis. Kiel ŝi povis tute miskompreni lian bonan intencon? Dume li sentis jukadon reaperi sur sia brusto, kaj li koncentris sin por ne pensi pri ĝi.

Veturante tra Malmö li fine sukcesis diri ion.

"Pardonu min, Felicia! Estis malbona ideo, vi pravas. Tamen mi ne estas tiel naiva kiel vi pensas. Mi ja konas la realon."

"Vi estas pli cinika ol naiva, laŭ mi."

"Eble. Mi estas pli aĝa ol vi. La vivo korodas nin, bedaŭrinde. Ne eblas resti juna idealisto por ĉiam. Sed mi tre admiras vin. Vi havas puran koron."

Ŝi nur paŭtis, gapante eksteren al la vespera Skania ebenaĵo. Kaj poste estis tempo elvagoniĝi en Lund kaj disiri ĉiu en sia direkto.

Li pli-malpli atendis, ke ŝi ne plu volos renkontiĝi, sed post iom da flatado kaj pliaj pardonpetoj, li sukcesis refoje invitigi sin al ŝi. Ĉio denove estis kiel antaŭe. Almenaŭ ŝajnis al li tiel. Eble ilia plua kunestado iĝis malpli spirita, pli ekskluzive fizika. Ŝi jam malpli babilemis. Sed li ankoraŭ tre ĝuis renkonti ŝin. Kun ŝi la vivo estis pli leĝera, pli multe kvazaŭ ludo.

Surdorse, iom sub la dekstra skapolo, Felicia havis kaveton. Li palpis ĝin perfingre, kaj ŝi iom tordis sin flanken.

"Lasu", ŝi diris.

"Kio ĝi estas?"

"Estas truo, simple. Iu tendeno, kiu mankas aŭ ŝoviĝis flanken."

"Ne. Mi pensas, ke vi estas arbara nimfo."

"Kia nimfo?"

"Arbara. Ĉu vi ne lernis pri tiu en la etnologio? Ŝi estas fama en la sveda popola kredo. Viroj en la arbaro renkontis belan, junan virinon, nudan kiel vi, kiu logis ilin veni kun ŝi. Sed kiuj sekvis ŝin, tiuj neniam revenis. Kaj kiam ŝi turnis al ili la dorson, ĝi estis nura truo."

"Ha, ĉu tia nimfo. Mi pensis, ke vi volis diri nimfomano."

"Eble ŝi estis. Samkiel vi."

"Ha, ha. Vi fantazias."

Efektive Felicia certe ne estis nimfomano, kaj ilia seksa kunestado jam komencis iomete tedi lin. Por igi ĝin pli ekscita li proponis strangoladon. Ŝi tuj diris ke ŝi ne volas, sed li estis certa ke ŝi ĝuos tion, do ĉi-foje li ne cedis. Kompreneble li ĝentile proponis al ŝi komenci la ĝuon. Tio estis paragrafo numero unu en la baza manlibro; unue la ino. Sed ŝi rifuzis esti strangolata. Do li petis ŝin anstataŭe strangoli lin. Eĉ tio ne plaĉis al ŝi, tamen ŝi provis. Rajdante lin ŝi mane ĉirkaŭprenis lian kolon kaj premis. Tro malforte kaj mallonge, tamen. Li sentis absolute nenion. Li klopodis persvadi ŝin, sed ŝi rifuzis.

"Mi ne ŝatus alvoki la policon, dirante ke mi trovis mortinton en mia lito", ŝi klarigis.

"Stultulino, mi ne intencas morti. Trankvile premu ĝis mi signos al vi ĉesi."

"Kiel vi signos sveninte?"

"Mi ne svenos. Mi ĝuos."

Nenio helpis. Li decidis didaktike montri al ŝi, pri kio li parolas. Li renversis ŝin, sidiĝis sur ŝi kaj komencis strangoli ŝin. Tamen ŝi tute ne dankis pro tio. Male ŝi tordis sin, baraktis, batis kaj lukte subigis lin. Li simple ne fortis plenumi la aferon.

"Foriru!" ŝi grakis kaj masaĝis al si la kolon.

"Ne kontraŭbatalu! Malstreĉiĝu kaj atendu ĝis vi sentos ĝuon. Atendu, lasu min denove penetri vin, poste ni reprovos."

Sed ŝi puŝegis lin el la lito kaj mem stariĝis, gapante al li kvazaŭ vidante fian perfortulon.

"Porkaĉo! Damna frenezulo!"

"Trankviliĝu, Felicia! Nenio danĝera ja okazis."

Ŝi kolektis siajn vestaĵojn kaj komencis vesti sin.

"Iam mi pensis, ke vi estas alia. Kia idioto mi estis. Vi estas tute sama. Mi devus jam kompreni. Naivega mi estis."

"Pri kio vi parolas? Sama kiel kiu?"

"Fermu la faŭkon kaj lasu min!" ŝi raŭkis. "Vi estas sama kiel ĉiuj!"

"Do kia dramo? Ni ambaŭ sendube similas aliajn homojn. Jen la vivo. Ne indas koleri nek honti pri tio."

Ŝi ne plu respondis. Vestite, ŝi ĵetis liajn vestaĵojn sur lin.

"Foriru!"

Per tiu sola vorto ŝi forlasis sian ĉambron. Li atendis dum kelka tempo ke ŝi revenu, sed vane. Do li vestis sin kaj iris serĉi ŝin en la komuna kuirejo, sed ĝi estis senhoma. Ne sciante, ĉu ŝi eldomiĝis aŭ rifuĝis ĉe iu najbaro, li elektis forlasi la domon. Ekde tiam ŝi ne plu respondis liajn telefonvokojn. Ŝi ja rajtis protesti; li tute ne postulis ke ŝi akceptu ĉion ajn. Kaj ĉiuokaze li neniam atendis, ke ilia afero daŭros pli ol semestron. Tio ŝajnis normala. La aĝodiferenco, la malegalaj vivkondiĉoj, la sociaj diferencoj, la malsamaj celoj de la interrilato, ĉio aŭguris intensan sed mallongan aferon. Se ne ŝi, do sendube li mem baldaŭ finus ĝin.

Sed tio ne klarigis, kial ŝi elektis denunci lin antaŭ la fakultatestro. Li neniam komprenis, kiel tio utilis al ŝi. Se ŝi ĉantaĝus lin, li komprenus. Se ŝi postulus de li favorojn pri la studoj, aŭ eĉ monon, tio estus logika. Sed tio tute ne okazis. Ial ŝi simple decidis malutili al lia vivo kaj kariero, eĉ laŭeble ruinigi ilin. Jen stranga ago. Kial fari al iu malbonon, se oni mem ne rikoltas avantaĝon el tio?

La karieron ŝi ne sukcesis ruinigi, sed provizore oni kreis al li ĝenajn obstaklojn. Tute senkaŭze, cetere. Post la fino de la kurseto pri scienca teorio, li ne plu estis ŝia instruisto, do li faris neniun eraron. Kiel oni pensis? Ĉu ĉiufoje antaŭ fikado li devas demandi la personon, ĉu ŝi eble estas studentino ie en la mondo? Oni aludis al pli fruaj incidentoj, kiel oni diris, tute ne precizigante el kio konsistis la maloportuno. Li ĉiam supozis, ke li laboras en universitato, ne en monaĥejo. Lia eraro, ŝajne. Oni decidis, ke li ne plu mentoru studentojn, kvankam Felician li neniam mentoris pri io ajn ekster la erotika fako. Krome, lia profesoro konsilis al li plejeble labori hejme dum la plej proksima tempo. Laŭdire jam lia ĉeesto povus provoki kelkajn studentojn.

Kaj kompreneble iu informis la regionan ĵurnalon. Manke de veraj skandaloj en la universitato, aŭ pli ĝuste manke de ĵurnalisma talento elfosi tiujn, kiuj ĉiam ekzistas, oni indignis pri seksa misuzo de juna senkulpa knabino fare de maljuna perversa docento. Ŝajnis al li, ke la tono similis tiun uzatan pri pedofilo en infanejo. Kaj la priskribo de la kulpa docento sufiĉis por informi lian edzinon. Jam delonge ilia geedza vivo estis Sahare seka, do tie nenio vere ŝanĝiĝis. Nur la ĝenerala sinteno de Karin rilate al li eĉ pli frostiĝis. Eble ankaŭ la infanoj ion aŭdis pri la afero, ĉar ili ambaŭ komencis eviti lin. Ĉe Alice tio ne estis novaĵo, kaj eble tute normala ĉe adoleskulino. Sed ankaŭ Oskar ĉesis paroli kun li kaj kutime fuĝis en sian ĉambron, kiam li volis babili kun li.

Post la divorco Stefan atendis, ke Alice kaj Oskar vivos alterne ĉe Karin kaj li. Tio ŝajnis esti la normala procedo en iliaj rondoj. Sed tion volis nek ŝi nek la infanoj. Ili volis resti normala familio, kun nur unu escepto, kaj tiu estis li. Do, estis pli-malpli memkompreneble, ke ili konservis la domon, dum li trovis apartamenton en la kvina etaĝo de domego en sudokcidenta kvartalo. Ĝi ja estis tute en ordo, tiu apartamento. Tre hela, kun sunlumo posttagmeze, kaj kun panoramo al vastaj kampoj kaj parto de la malnova mensmalsanulejo. Fone li vidis turojn de Malmö elstari ĉe la horizonto. Se li vizitus la najbaron, li povus eĉ vidi la markolon kaj la silueton de Kopenhago en senbruma tago. Sed li ne trovis kialon societumi kun la najbaroj. Sufiĉis diri saluton en la lifto.

* * *

Li denove pripensas, kion diris la advokato. Ĉu eblus trovi iun, kiu pentrus pozitivan bildon pri lia karaktero? Iun, kiu konvinke klarigus, ke li ne estas senkora perfortulo, sed simple persono, kiu havis la malbonŝancon hazarde veni en dubajn situaciojn. Sed ne. Tre kredeble tia homo ne ekzistas. Tamen iam ili ja ekzistis. Do, kial ili forlasis lin?

Li devas kulpigi sin mem. Ĉu li neglektis siajn proksimulojn, ĉu li forgesis flegi la rilatojn al ili? Verŝajne jes. Li pensis, ke gajninte ies fidon aŭ eĉ amon, li jam faris ĉion necesan, kaj poste ili restos ĉe lia flanko eterne. Naive, sendube. La vivo devus instrui al li, ke tio ne sufiĉas. Necesas senĉese labori, eĉ batali, por konservi tion, kion li jam havas. Sed li supozeble de ĉiam estas neŝanĝebla naivulo. Stultulo eĉ. Sekve li devas pagi. Do morgaŭ oni prezentos al li novan kalkulon por pagi. Ne, tamen ne, la kalkulo ne estos preta jam morgaŭ, nur la decido, ĉu okazos juĝafero aŭ ne. Poste li devos atendi tiun. Ĉu daŭre en la arestejo? Li iam pensis, ke nur danĝerulojn oni tenas en arestejo atendante la procedon. Sed evidente ne. Ankaŭ tio estis nur naiva supozo.

Kiom da tempo li ricevos, se oni kondamnos lin? Supozeble la advokato jam antaŭdiris tion, sed li ne memoras. Li ne aŭskultis lin tre atente. Tio ŝajnis nenecesa. Li trovis la advokaton tro malserioza persono. Eble li devus peti alian defendanton. Ĉu tio eblas? Li tute ne scias. Kelkfoje li legis en ĵurnalo pri grandaj krimuloj, kiuj petis pri fama advokato. Kaj ŝajne ili ofte ricevis tiun. Sed estante simpla senkulpulo, li devas kontentiĝi per ordinara jura diletanto.

Estas strange kaj maloportune dependi de tia homo, kiu ŝajnas ege mallerta, sed laŭdire estas la spertulo, la specialisto. Stefan scias preskaŭ neniom pri juro. Li neniam studis ĝin. Ĝenerale nur la juristoj studas juron, kaj tamen ĉiuj homoj dependas de ĝi. Oni lernas legi kaj kalkuli, oni lernas historion kaj geografion, fizikon kaj biologion, sed juron tute ne. Eĉ ne en la universitato. Ĉiuj tie lernas iomete da statistiko, kaj tiun sciencan teorion kun Popper kaj kompanio. Sed pri la leĝaro neniom. Kaj tamen ĉiuj devas obei la leĝojn, kvankam oni ne konas ilin. Absurde!

Stefan scivolas, kiom li aĝas, tiu advokato. Kion li spertis ĝis nun en sia vivo. Kiel okazis, ke li iam decidis studi juron. Li aspektas iel artefarita, robota. Zorge gladita, kvazaŭ lakita aŭ enplastigita por ne malpuriĝi de la feĉo, kiun li renkontas en sia profesio. Ĉu eble ankaŭ lia kara paĉjo estis juristo? Aŭ la panjo? Eble ili helpis lin pri la studoj kaj en la kariero. Montris al li la ŝparvojojn. Telefonis al la ĝustaj kolegoj-konatoj. Stefan scivolas, ĉu li havas edzinon kaj infanojn. Eble li estas gejo. Ĉu li vivas etburĝe aŭ boheme? Ĉu li drinkas kun profesiaj krimuloj kaj helpas ilin kaŝi kaj lavi la ŝtelitan monon? Entute, kia homo li estas? Eble li plu loĝas ĉe sia panjo kaj paĉjo, en la knaba ĉambro de la familia domo. Eble li preferas klientinojn, kiuj povas repagi enlite pro lia helpo. Tio estas, se li entute iam sukcesas helpi iun. Eble li estas malbonega advokato, vaste fifama ĉar li neniam sukcesis defendi eĉ unu senkulpulon de severa verdikto.

Cetere ne indas spekulativi pri tiu vireto. Ju malpli Stefan ekscios pri li, des pli bone. Ju pli frue li adiaŭos lin, des pli li kontentos. La privataj aferoj de la advokato ne koncernas lin kaj ne gravas al li. Kondiĉe ke li lerte prizorgos la kazon de Stefan, li estu kanibala pedofilo; tio ne tuŝas Stefanon. Aŭ abstinula vegetarano kaj budhisto. Aŭ pasia celpafisto kaj drogulo. Aŭ tio, kio li efektive ŝajnas esti: ekstreme teda kaj burokrate etmensa filistro.

Nu, kiel Stefan mem aspektas, kaj kio li estas? Ĉu io pli ol filistro? Kredeble ne. Li ne faris heroaĵojn en sia vivo. Neniu faras, se li povas eviti tion. Heroaĵoj estas nur la senintenca rezulto de tio, ke oni hazarde trafis en ekstreman situacion. Same poltronaĵoj. Kaj ne eblas antaŭe scii, ĉu oni estos heroo aŭ poltrono. Verŝajne neniu scias tion. Eĉ la plej heroisma ulo ne scias, kiel li reagus en heroa situacio. Feliĉe li neniam spertis tian.

Sed diable, kial li pensas pri tiaj demandoj nun? Ĉi tie, en la arestejo, neniu faros heroaĵon. Ĉi tie plej gravas konservi la psikon sana. Trovi ion per kio okupi la menson, kiam ekzistas nenio farebla. Ne estos pli heroe ol tiel.

Jam de semajno li ne legas ĵurnalon, nek aŭskultas radion aŭ spektas televidon. Estas stranga kaj malagrabla sento nenion ekscii pri tio, kio okazas en la ekstera mondo. Normale li ĉiutage legas kaj aŭskultas novaĵojn. Li trovas tion necesa. Efektive li ne scias kial, ĉar li neniam uzas la informojn por praktike reagi. Cetere, kion fari? Se ie en la mondo oni ekmilitas, se okazas revolucio aŭ oni elektas novan registaron, se tertremo aŭ cunamo trafas milojn da viktimoj, se nekutima seko minacas malsatmortigi milionojn, li ne povas multe helpi. Li ja povus donaci monon por katastrofa helpo, sed li preferas pensi, ke oni uzas la monon, kiun li jam pagis imposte por tiaj celoj. Tamen vivi nenion sciante pri la mondaj okazaĵoj ŝajnas al li nur duone vivi. Jen eble paradokso, sed sendube jam vivi kiel homo estas paradokso.

Antaŭhieraŭ li demandis la advokaton, kial li ne rajtas legi ĵurnalojn.

"Tio estas rutino por ne malhelpi la krimenketon."

"Kiel do malhelpi? Ĉu la ĵurnaloj skribas sekretojn pri la morto de Fredrik?"

"Kompreneble ne. Sed kiel mi diris, estas rutino."

"Ĉu ne eblus simple elŝiri la paĝojn pri krimoj? Ili tute ne interesas min."

"Ne, tiom oni ne penos."

Li eĉ ne proponis, ke la advokato kontrabandu al li ĵurnalon. Kvankam oni nomas lin lia defendanto, li tute ne trovas lin helpema. Li vendas siajn servojn al la ŝtato, ne al Stefan.

Nu, jam komenciĝis la somero, kaj tiam la lokaj ĵurnaloj kutime estas maldikaj kaj relative senaj je interesaj novaĵoj. Aperas noticoj pri forkurinta bovino, groteske kreskinta frago kaj ebria alko, verkitaj de someraj anstataŭantoj en la redakcioj. Ne, li eraris, la ebriaj alkoj aperas en la ĵurnaloj nur aŭtunkomence, kiam fruktoj fermentas en la privataj ĝardenoj. Tamen eĉ manko de novaĵo estus novaĵo. Estus iel trankvilige ricevi ĉiutagan konfirmon, ke ĉi-momente nenio minacas lian vivon. Kaj nun tiu konfirmo, tiu manko de minacoj mankas al li.

Ankoraŭ restas preskaŭ horo ĝis la lunĉo. Li povus dormeti kelkan tempon antaŭe. Sed prefere ne. Li jam dormas tro multe dumtage ĉi tie. Vespere troviĝas nenio por fari, krom masturbi sin kaj poste dormi. Same matene. Sed se li dormos dumtage, malfacilos endormiĝi vespere. Aŭ eble li spertos koŝmaron, kiel la ĉi-noktan. Li ne komprenas, kiel tiu estiĝis, el kio ĝi fontis. Oni asertas, ke la sonĝoj volas rakonti ion, sed iufoje tio ŝajnas tro absurda. Ĉu li tranĉis la gorĝon de iu ino? Certe ne. Se lia subkonscio tion kredas, ĝi estas kretena subkonscio, kiu devus fermi la faŭkon.

* * *

En Helsinko la ĝeno iĝis akuta, dum la demografia konferenco. Li prezentis sian superrigardon pri la evoluo de naskokvantoj en Eŭropo, kun aparta emfazo al la tendencoj de la lastaj jaroj, dum li intense strebis ne grati sin antaŭ la okuloj de kvindek sciencaj esploristoj pri migrado kaj familiaj strukturoj.

Kompreneble li komencis per sia ŝatata gago – meteorologia mapo pri la distribuo de jara precipitaĵo en Eŭropo. Super tiun li englitigis novan tavolon kun la lastatempaj relativaj naskokvantoj de ĉiu lando. La kongruo ne estis perfekta, sed sufiĉa por veki ridojn kaj flustradon inter la aŭskultantoj. Islando, Irlando, Albanio, Norvegio, Britio – nu, kion alian faru la kompatinduloj tie, kie senĉese pluvas?

Tio efikis. La kolegoj amuziĝis kaj malstreĉiĝis, kaj li mem preskaŭ forgesis la jukadon. Sed ĝi revenis, kiam li ekparolis pri la veraj korelacioj kun sociala politiko, infanejoj, eklezioj kaj leĝaro. Kompreneble li iom parolis pri la signifo de la labormerkato kaj de la variaj ebloj kombini familian vivon kun profesia laboro ekster la hejmo.

"En suda kaj orienta Eŭropo", li diris, "junaj virinoj ŝajne sentas neceson elekti inter laboro kaj infanoj. Pro tio kelkaj homoj prokrastas aŭ eĉ tute rezignas la naskadon de infanoj, por anstataŭe dediĉi sin al sia profesio."

Li rimarkis konsentajn mienojn ĉe kelkaj aŭskultantoj, dum aliaj vizaĝis pli kritike. Poste li komparis kun norda Eŭropo.

"Tie", li diris, "la situacio iom paradokse ŝajnas mala. Almenaŭ en Svedio ekde la mezo de la 1970-aj jaroj regas pozitiva korelacio inter la naskokvanto kaj la kvociento de laborantaj virinoj. Ju pli da virinoj laboras ekster la hejmo, des pli da infanoj naskiĝas."

Cetere, ankaŭ tiu diraĵo vekis ridojn ĉe kelkaj kolegoj, kio ne estis intencita, tamen ja bonvena. Eble la ridantoj preferus, ke iliaj virinoj neniam forlasu la hejman kuirejon, li pensis.

Tiu imago traflugis lian kapon, dum li plu rakontis, ke precipe gravas firma dungo, dum nura portempa laboro ofte signifas, ke oni prokrastas la gravediĝon. Ankaŭ studoj kaj senlaboreco efikas kvazaŭ kontraŭkoncipilo. Kiel ĉefan klarigon de ĉi tiu diferenco inter nordo kaj sudo en Eŭropo li menciis, ke en la nordo la ŝtato ege pli subvencias la prizorgon de infanoj, kaj ke parto de tiu subvencio favoras precipe gepatrojn, kiuj jam havas laborenspezon.

Per tiuj socipolitikaj faktoroj li tamen ne povis klarigi ĉion, kaj precipe ne la relative altajn naskokvantojn en Irlando kaj Albanio. Do tie li devis lasi la pordon malfermita al aliaj eblaj influoj, kiel la pluvokvanto, per kiu li komencis, aŭ – pli serioze – la religio.

Post la juka turmento dum tiu prelego li serĉis helpon kaj sekvatage renkontis doktoron Kinnunen kaj lian teamon.

"Ne estas tre terura afero", diris la flegistino en la dermatologia kliniko. "Multaj homoj ekhavas tion de siaj proksimuloj. Oni povus paroli pri lastjardeka reveno de la skabio, kune kun la cimoj. Ĉu vi estas edziĝinta?"

"Jes, sed mi kredeble ne ricevis ĝin de ŝi."

La flegistino iom embarasiĝis. Li ŝatis ŝian mienon, kiu vekis ian senton en li. Ŝi estis senŝminka kaj rozhaŭta, kvazaŭ ĵus veninta el saŭno kun betulfasko enmane. Bedaŭrinde la klinika odoro en la ĉambro estingis tiun fajreron en li.

"Mi volis diri, ke vi devos zorgi, ke ĉiuj en la familio estu traktataj, eĉ se ili ĝis nun ne rimarkis jukadon", ŝi klarigis.

Li atingis la klinikon per tramo, sed revene li volis promeni ĉirkaŭ la golfon de Töölö. Delikata pluvetado apenaŭ humidigis lian helan palton. Kiam li trairis la botanikan ĝardenon, dum kelka tempo la pluvo intensiĝis. Do li haltis sub arbo, kiu donis duonan ŝirmon. Laŭ suba tabuleto ĝi estis tuliparbo. Multaj homoj preterpasis, paŝante en ĉiuj direktoj inter arbustoj kaj florbedoj. Kelkaj portis ombrelon, aliaj ne, sed ĉiuj tenis poŝtelefonon enmane. Kelkaj rapidis, aliaj paŝis pigre, senhaste. Iuj promenantoj ŝajne kutimis je iom da humido. Aliaj serĉis ŝirmon sub arboj, same kiel li. Post kelka tempo li tamen sentis frostotremon. Li ne sciis kio plej aĉas, malseko aŭ malvarmo. Jen la vivo, li pensis. Ĉiam necesas elekti inter Scilo kaj Ĥaribdo.

Li iom hezitis, ĉu reiri al sia hotelĉambro. Li jam maltrafis prelegon pri la konjunkturo dependo de gravedecoj inter britaj dekkelk-jarulinoj, sed tio ŝajnis al li tolerebla perdo. Sekvos alia pri ekonomia kaj etna segregacio en nederlandaj urboj. Ĉi-momente li ne fartis tro aĉe, sed li timis ke la jukado intensiĝos, se li estos inter aliaj homoj. Kaj la sekvaj programeroj apenaŭ estos unikaj aŭ valoregaj. Neniu povus riproĉi lin, se li rezignus pri kelkaj pluaj prelegoj. Aliflanke, kuŝi sur la hotellito nenifarante, aŭ pli ĝuste gratante al si la haŭton, ne ŝajnis al li tre alloge. Krome la konferencejo estis en la sama hotelo, do li ĉiu-okaze riskus renkonti kolegon.

Li demandis sin de kiu li ricevis la plagon. Eble de tiu en Milano – tiu ege blondigita, ĉu Mimoza? Ne gravis. La problemo estos kiel klarigi ĝin al Karin. Eble li inventu ion pri konferenca flirtado, iu specialistino pri migrado el Katalunio, kiun li renkontis en la hotela trinkejo kaj kun kiu li diskutis la novajn familiajn strukturojn. Aŭ ĉu sufiĉos diri, ke la konferencejo estis plenplena je diverslandaj kolegoj? Ĉu kulpigi la hotelan saŭnon?

Li decidis malgraŭ ĉio plu konferenci, kiel li alvenis fari. Eble iu preleganto alportos ion novan. Aŭ, se ne tute novan, almenaŭ ion, kion li duone forgesis. Indis ĉeesti por eble refreŝigi la sciojn.

Dum kelkaj minutoj sub la tuliparbo li konsideris, ĉu reiri al la tramlinio. Sed la pluvo denove maldensiĝis, do li decidis plu promeni, kiel antaŭe. Li transiris la fervojon, ĉirkaŭiris la golfon kaj baldaŭ ekvidis la operejon, malantaŭ kiu situis lia hotelo.

Reveninte en la konferencejon li iom societumis kun kolegoj el dudeko da landoj. Kelkaj el ili apreze komentis lian hieraŭan prelegon.

"Hodiaŭ nur pluvetas; ĉu vi pensas ke tio influas la naskokvanton?"

"Eble la tutmonda klimatŝanĝo savos la planedon de troloĝado."

"Ĉe ni la nombro de infanoj kreskis je 44 procentoj post elektropaneo en naŭ vilaĝoj. Sed tio ne okazis pro la vetero. Estis teknika paneo."

Li reciproke ŝercis pri seko kaj humideco kaj ties eblaj efikoj. Lia haŭto jukadis, sed neniu povis vidi tion. Kaj li ne povis scii la sekretojn de la kolegoj. Dum kelka tempo li forgesis la skabion, sed jen kaj jen li devis rezisti la emon grati.

Sur la aviadilo de Helsinko reen al Kopenhago li cerbumis pri kie li estis infektita, kvankam ne eblis scii. Povus esti iu, kiun li konsideris malplej probabla, iu kun la plej senkulpa aspekto. Ne facilas vere prijuĝi homojn, li pensis. Iu ŝajnas tre freŝa kaj bone konservita, sed kiam ŝi malfermas la buŝon aŭ demetas la vestaĵojn, subite videblas, kiel konsumita ŝi estas. Precipe la maldikulinoj. Ĉe la rondetaj, oni rimarkas malpli multe.

Tamen li preferis la junajn knabinojn el Moldavio aŭ Albanio aŭ line-sciis-kie. Ili ne afektis, kaj ili preskaŭ ĉiam valoris la prezon. Tiuj inoj, kiujn oni portas en kaj el varaŭtoj sur dezertaj parkumejoj, aŭ kolektas malantaŭ hotelo.

Kion li ne ŝatis pri ili estis la prostituistoj. Tamen li preferis la riskon esti priŝtelita de tiuj, ol provi la elegantajn, bone ŝmiritajn luksajn putinojn en multekostaj drinkejoj, kiuj zorgas pri sia fasado. Tiuj, pri kiuj oni neniam scias, ĉu ili aĉeteblas aŭ ne, kaj pri kiuj la tikla afero estas ĝuste, ke ne eblas scii tion. Pri liaj knabinoj ne eblis dubi. Ili povus eĉ surhavi ruĝan indikon pri la prezo. Kion li ĉiufoje esperis, estis trovi iun kies rekomendita konsumdato ankoraŭ ne pasis.

Li jam sciis, ke por Karin la printempo estis urĝa sezono. Ŝia klaso proksimis al la fino de la semestro. Nur en la Valpurga vespero ili trovis tempon sidi kune en trankvilo, dum la gefiloj estis kun siaj amikoj ĉe printempa lignofajro.

"Ĉu skabion? Vi ŝercas, ĉu ne?"

"Ne, tio vere ne estas ŝerco. Tio diable jukas. Sed estas sendanĝere."

"Sed kie vi kaptis tion?"

"Malfacilas diri. Oni menciis, ke infanoj en infanejo estas ofta fonto, sed tio ne validas en mia kazo."

Pli malfrue vespere ili manĝis prokrastitan vespermanĝon, post kiam Oskar revenis hejmen fulga kaj odoranta je pulvo.

"Oskar, ĉu vi sentis ion kio jukas?" demandis Karin super la fruktomiksaĵo.

"Ne. Mi nur bruligis min iomete."

"Nek pli frue?"

"Ne."

Karin sendis al Stefan rigardon kredeble signifantan "ne kulpigu la infanojn". Kaj tion li ja ne faris.

Post la vespera kafo li telefonis al Alice por petadi ke ŝi venu hejmen. Finfine ŝi revenis en sia jupeto kaj maldika ŝtrumpkalsono, trenante post si la piedojn laŭ la strato.

"Vi estas tia ĝenulo!" ŝi elsputis. "Estas Valpurgo, ĉu vi ne scias?"

"Sed kie vi estadis? Vi ne estis ĉe Ronja, kiel vi diris."

"Uf! Mi diris, ke mi estos *kun* ŝi, ne *ĉe* ŝi."

"Sed kie vi estis?"

"Fore! Mi ne estas infaneto!"

"Ni volas scii kie vi estas, tio estas pro via sekureco."

Li rigardis post ŝi, kiam ŝi paŝis al la ŝtuparo. La jupo apenaŭ kovris la postaĵon. Li volis voki al ŝi, ke ŝi devas esti singarda, ĉar ekzistas porkoj tie ekstere, sed li sciis, ke ŝi ne aŭskultos.

Alice ŝanĝiĝis rapide post sia dekkvina naskiĝtago, kaj tamen estis io bone konata pri tiu maldika knabina korpo. Li scivolis, ĉu iam Karin aspektis tiel. Sed ŝi jam proksimis al tridek, kiam ili renkontiĝis. Li povis nur fantazii pri kia ŝi eble estis kiel adoleskulino.

Kiam Alice atingis la mezon de la ŝtuparo, Karin vokis al ŝi.

"Mi malŝatas mensogojn, Alice. Se vi diras, ke vi estos ĉe Ronja, mi volas ke mi povu fidi je tio."

La knabino rigardis suben al ŝi kun mieno defia, eĉ malestima.

"Vi diru feknenion pri fido! Damna naŭzulino!"

La patrino kaj filino silente rigardis unu la alian.

"Tian lingvaĵon ni ne akceptas ĉi-familie!" Stefan provis aŭtoritati. Neniu alia komentis tion. Fine Alice malaperis supren al sia ĉambro.

"Ĉu ŝi lastatempe ne iĝis tro malfacila?" li diris, etendante la manon al botelo da viskio.

Sed Karin ne respondis. Dum longa tempo ŝi sidis silente, poste ŝi prenis de li la botelon kaj verŝis al si mem. Ŝi trinkis, turnis la glason enmane, cerbumis.

"Mi devas rakonti aferon", ŝi fine diris.

Li atendis.

"Iutage ŝi hazarde aperis ĉi-hejme, kiam ŝi devus ne."

"Kio do?"

"Mi estis kun viro."

Li devus ne surpriziĝi, sed ĝuste tiam li atendis pli-malpli ĉion ajn, krom tio.

"Kun viro...? Kiu?"

"Alice devus esti en sia korbopilka trejnado. Sed ial ĝi estis nuligita, do anstataŭe ŝi venis hejmen, neatendite. Iu amikino akompanis ŝin. Supozeble ili aŭdis ian sonon, do ŝi malfermis la pordon de la gastoĉambro. Tio ne estis bona."

Li estis konsternita, provis imagi la scenon kaj ekhavis svagan senton de ekscitiĝo. Tamen ĉi tio ja estis io tute nova kaj ne antaŭvidebla. Lia unua reago estis, ke lia skabio ne plu same hontindas. Poste li pensis, ke ĝi eble venis de tiu gastoĉambra gasto. Aŭ inverse, Stefan infektis tiun ulon, pere de Karin. Tamen eble ne, ĉar lastatempe ili ne seksumis, eĉ nek brakumis unu la alian. Kaj ekde nun eble tute ne.

"Sed kiu li estis?"

"Vi ne konas lin."

"Ĉu iu el via laborejo?"

"Kial vi bezonas scii tion?"

"Kiel longe vi... De kiom da tempo tio daŭras?"

Ŝi pripensis kelkajn momentojn.

"Sufiĉe longe."

"Kiel vi povas esti tia idioto, Karin?"

"Dum la lastaj jaroj vi ne montris tro grandan intereson."

"Sed ĉi-hejme! Antaŭ la okuloj de Alice! Kion vi faris? Kion ŝi vidis?"

Karin faris acidan mienon.

"Kredeble Alice jam konas tiajn aferojn. Ŝi eble scias pli ol vi pri seksaj aferoj."

"Kion vi volas diri?"

"Supozeble vi eĉ ne rimarkis, ke ŝi komencis gluti pilolojn."

"Ĉu Alice? Diable, ŝi ja estas infano! Ĉu vi havigis al ŝi tiujn?"

"Tute ne. Tion ŝi sukcesis aranĝi sen mia helpo."

Karin rifuzis ŝmiri sin per la kontraŭskabia ungvento. Ŝi komencis dormi en la gastoĉambro, kiu estis ankaŭ ŝia laborĉambro, kaj devigis lin lavi ĉion el la dormoĉambro aparte.

"Laŭ mi nek Alice nek Oskar devas ŝmiri sin per tio", ŝi diris. "Ili sentis nenion, kaj vi ne havas tro intiman kontakton kun ili."

Li mem sentis problemojn dum pluraj semajnoj. Nokte la jukado estis plej ĝena, eble ĉar tiam la bestietoj demetis siajn ovojn sub lia haŭto. Aŭ eble simple ĉar tiam li havis malplej da aliaj taskoj, kiuj okupis lian atenton. Do, lia ĉefa nokta agado estis grati, aŭ prefere zorgi ne grati, ĉar la Helsinka kuracisto malrekomendis gratadon. Gratado kontribuas al disvastigo de la infekto surhaŭte, aŭ pli ĝuste subhaŭte. Do, prefere li reformulu la konatan proverbeton. Kie jukas, tie ne gratu.

Tamen li gratadis, tuj poste memorante, ke li ja ne gratu. Kaj kion li gratis, tio estis la kanaletoj, tuneletoj, galerioj, sarkoptovojoj tra la haŭto de liaj pojnoj, manoj, fingroj, piedoj, antaŭbrakoj. Krome iaj malprecizaj abscesoj sur la brusto kaj ventro.

Malgraŭ tutkorpa ŝmirado per la kontraŭskabia ungvento, la ĝenoj plu daŭris. Vane li ŝmiris sin duafoje, kaj poste petis helpon de sia loka sancentro.

"Ne", diris la flegistino. "Ne ŝmiru vin duafoje. Tiu benzilbenzoato ja havas kromefikojn, kiujn oni evitu. Unufoje sufiĉas, sed la efikon vi devos atendi dum kelkaj semajnoj. Ne malpaciencu. Kompreneble necesas ŝmiri la tutan familion kaj aliajn proksimulojn, sed tion vi jam scias, ĉu ne? Se ne, vi riskos reinfektadon inter viaj familianoj."

"Jes, mi scias. Pri kiuj kromefikoj vi aludis, mi petas?"

"Vi povus eksuferi de alergio. Do, evitu tion."

Post plua plendado li sukcesis konvinki ŝin igi kuraciston preskribi alian ŝmiraĵon kun kortizono, kiu iomete mildigis la jukadon. Sed ankoraŭ longe poste la jukado jen kaj jen reaperis, tiel ke li preskaŭ timis la reinfektadon, pri kiu avertis tiu flegistino. Sed aliflanke, kiu do povus reinfekti lin? Tiel proksiman proksimulon li simple ne plu havis. Kaj nek Karin nek la infanoj diris ion ajn pri jukado, nek montris iajn videblajn movojn de gratado.

Kiam la infekto plej videblis sur la mandorsoj, li komencis teni la manojn en la jakpoŝoj, kio donis al li la senton, ke nenio vere gravas. Li pripensis ĉu akiri kotonajn gantojn, aŭ peti libertempon dum majo, sed finfine la jukado ĉesis kaj la ruĝaj galerioj sur la haŭto pli kaj pli malaperis.

La someron li pasigis plejparte en la instituto, zorgante pri monpetado de esploraj fondusoj kaj preparado de sia nova projekto pri familia formiĝo inter diversaj grupoj de migrantoj, al kiu li esperis ligi doktoriĝonton, kiam komenciĝos la aŭtuno.

Karin havis preman studjaron kaj nun ripozis en la somerdomo de la bogepatroj en Halando, kune kun sia fratino Susanna kaj ties familio. Kiam li revenis hejmen posttagmeze, Oskar ofte estis ĵus vekiĝinta. Li pasigis la noktojn de la someraj ferioj antaŭ sia komputilo. Alice estis kun amikoj kaj ofte tranoktis ĉe ili. Li volus ekscii, kiaj amikoj ili estas. Li ŝatus diri al ŝi, ke piloloj ne sufiĉas. Ke ili ne protektas kontraŭ infektoj. Anstataŭe li provis telefoni al Karin por peti ŝin paroli kun Alice pri diversaj riskoj, sed lia edzino ŝajne malŝaltis sian poŝtelefonon. Egale. Kredeble ŝi nur forregalus lin, dirante ke Alice sendube scias pli multe ol li pri riskoj.

Li vere ne sciis, pri kiu li devus maltrankvili plej multe, ĉu pri Oskar, kiu neniam eldomiĝis, aŭ pri Alice, kiu neniam hejmis. Sed plej akutan riskon evidente alfrontis Alice. Precipe li ne sciis, ĉu kredi je la aludo de Karin, laŭ kiu ilia knabineto komencis uzi kontraŭkoncipajn pilolojn. Tio ja estis ege tro frua. Ĵus ŝi ludis per pupoj, kaj nun knaboj... Li ne povis imagi tion. Lia kolombeto kun fia aknoplena bruto, kiu uzas ŝin por sia eksplodanta libido. Aŭ eĉ pli horore, kun ia pliaĝulo, kiu ekspluatas ŝian mankon de spertoj.

Iufoje li escepte trovis ŝin hejme, manĝante fruktjogurton en la kuirejo, kiam li venis tien posttagmeze post deĵoro en sia laborejo. Li decidis ekscii, kiel efektive statas pri ŝi.

"Alice, mi ŝatus demandi ion. Laŭ Karin vi komencis pri piloloj. Ĉu tio efektive estas vera?"

Ŝi faris tre malkontentan grimacon kaj turnis sin for, senvorte.

"Kolombeto", li insistis, "vi devas respondi. Vere, vi estas tro juna..."

Ŝi elbuŝigis la kuleron kaj faris tragedian geston, eble lernitan de ia televida dramserio.

"Ĉesu!" ŝi elsputis. "Simple ĉesu! Vi estas tro embarasa!"

"Ni devas paroli pri tiaj aferoj. Ne helpas krii, Alice. Prefere diru, ĉu estas iu difinita knabo?"

"Idioto! Zorgu viajn aferojn, kaj lasu min en paco!"

"Alice, ne indas insulti. Mi volas nur protekti vin."

"Lasu! Vi komprenas feknenion!"

Ŝi glutis la reston de la jogurto kaj stariĝis.

"Ne foriru, Alice", li diris, vidante ŝin paŝi ĝis la lavtablo. "Mi devas averti vin. Knaboj ne ĉiam kondutas tre respekte al knabinoj. Kiom li aĝas?"

Ŝi ĵetis la malplenan jogurtujon kaj la kuleron en la lavtablan kuvon farante klaktintan sonon, kaj rapidis al la pordo.

"Restu, Alice", li diris. "Vi ne rajtas simple foriri, kiam mi parolas al vi. Mi kaj Karin respondecas pri vi, kaj ni devas scii, ĉu vi... Ne foriru!"

Ŝi foriris.

Li provis refoje telefoni al Karin, sed ŝi ne respondis, nek retelefonis al li. Eble ŝi estis tro okupita kun sia amanto, se tiu estis kun ŝi, kiel li supozis.

Do, la someraj tagoj plu pasis kiel antaŭe. Li iom laboris, iufoje ekskursis al Kopenhago por okaze malstreĉiĝi kaj eskapi el la zorgoj, sed li ĉiam zorgis vespere esti hejme por kuiri ion. Kelkfoje Oskar akompanis lin dum la vespermanĝo. Alifoje li rimarkis, ke li aŭ Alice je alia horo prenis iom el la pretigita manĝo en la fridujo.

Dum unu vespermanĝo la poŝtelefono de Oskar eksonoris per orelŝira stelmilita pafsono. Li rigardis ĝin kaj rifuzklavis.

"Ĉu neniu konata?" demandis Stefan.

"Estis Panjo. Mi vokos ŝin poste."

"Bone. Ĉu ŝi do kutimas telefoni al vi?"

Oskar levis la ŝultrojn.

"Okazas."

"Do, salutu ŝin ankaŭ de mi. Ĉu ŝi bonfartas?"

"Mi ne scias. Mi ne demandis."

Kompreneble ne. Estis stulte scivoli pri tio.

"Ĉu ŝi telefonas ankaŭ al Alice?" li provis.

"Eble. Mi ne scias."

Vere, li ne havis tre komunikemajn infanojn. Dum li plu maĉis la hamburgeron, kiun li faris por komplezi al sia filo, ĉar tiu ne tre aprezis pli altnivelan kuiradon, li cerbumis pri tio. Ĉu li provu iel ŝtelesplori la poŝtelefonon de Alice, por ekscii, kun kiuj ŝi kutimas interparoli? Se jes, tio devus okazi nokte, kaj pli precize en tia nokto, kiam ŝi elektis dormi hejme. Kompreneble, se ŝi vekiĝus kaj surprizus lin, ilia interrilato suferus pro pli grava krizo ol ĝis nun. Sed eble li devus riski tion. Fakte li bezonis scii. Li estis ŝia patro. Tamen li prokrastis la aferon. Espereble Karin baldaŭ venos hejmen por prepari sian laboron de la aŭtuna semestro. Tiam eble la familio rekomencos funkcii normale.

Evidente lia familio pli kaj pli dissplitiĝis. Ĉiu drivis laŭ sia fluo. Pleje li maltrankvilis pri Alice. Li ne povis ĉesi pensi pri tio, kion lia filino faras en tiuj noktoj, kiam ŝi ne hejmas. Do li decidis provi almenaŭ ekscii, kie ŝi dormas. Ŝi plej ofte vizitis la hejmon posttagmeze por ŝanĝi vestaĵojn kaj eventuale manĝi. Poste ŝi zorgis foriri buse, antaŭ ol li revenis hejmen. Tial li ŝanĝis siajn horojn kaj ekpostenis kun sia biciklo malantaŭ kelkaj arbustoj apud ilia plej proksima bushaltejo.

Bedaŭrinde situis ankaŭ ludejo apude, kaj okaze de lia unua provo iuj patrinoj kun infanetoj ekvidis lin kaŝiĝi inter la arbustoj. Kvankam ili sendube estis liaj najbaroj, ili ŝajne ne rekonis lin. Cetere li ne certis, ĉu estus pli bone, se jes. Ĉiuokaze li devis forlasi la lokon dum horo. Li ja revenis pli malfrue, sed tiutage Alice neniam aperis.

En la sekva tago li estis pli bonŝanca. Ŝi ja aperis, atendis la buson klavante kaj babilante per sia telefono, kaj enbusiĝis tute ne rigardante liadirekten. Do li bicikle postsekvis la buson, zorgante gvati pri ĉiuj homoj, kiuj elbusiĝis ĉe la haltejoj. Feliĉe tiu urba buso ne tro rapidis. Lia ĉefa problemo estis urbocentre atingi la verdajn lumojn samfaze kiel la buso. Ĉio pasis bone ĝis la centra placeto, kie interkruciĝas ĉiuj linioj. Li atingis bonan lokon ĉe domangulo eĉ antaŭ ol la buso haltis, kaj de tie li vidis sian filinon elbusiĝi. Li supozis, ke ŝi ŝanĝos al alia linio, do li preparis sin por nova bicikla spursekvado. Sed ne. Ŝi ekpaŝis rekte al li; li retretis trans la domangulon, kie post momento ŝi pli-malpli karambolis kun li.

"Paĉjo! Kion vi faras ĉi tie?"

"Nenion. Mi estas survoje... al kunveno."

"Ĉu vi ne laboras?"

"Jes, kompreneble."

"Ĉi tie?"

"Ne, ne. Mi biciklos al la instituto."

Ŝi ne demandis, de kie li venas. Ŝi nur staris tie rigardante lin kun ŝajne indiferenta mieno.

"Do, ĉu vi ne iros?" ŝi diris.

"Jes, certe. Ĉu ni manĝos kune ĉi-vespere?"

"Mi ne scias. Probable ne. Do ne atendu min."

"Kie vi estos?" li demandis.

"Kun amikoj."

"Bone", li murmuris, trovante nenion plu por diri.

Li suriris la biciklon kaj malrapide pedalis norden, turnante la kapon por vidi, kien ŝi iras. Ŝi turnis sin, reiris trans la saman angulon de kie ŝi venis, kaj malaperis. Ankaŭ li deflankiĝis, por revidi ŝin, sed vane. Supozeble ŝi eniris la vendohalon, kiu havis pordojn en tri flankoj. Li elektis unu el ili kaj lokis sin malantaŭ alia domangulo, sed estis neeble vere kaŝiĝi tie. Kaj ŝi ne reaperis. Post kvaronhoro li devis rezigni la aferon. Cetere, li ne sciis, kion li intencis atingi, eĉ se li sukcesus sekvi ŝin al iu loĝadreso. La tuta ideo nun ŝajnis sensenca.

Oni persekutis lin tra longaj brunaj hotelkoridoroj, li turnis sin maldekstren, denove kaj denove maldekstren por eskapi, sed oni ĉiam postsekvis lin, la kurado tra la koridoroj estis pli kaj pli malfacila, li kuris peze kvazaŭ en densa ŝlimo, fine li atingis sian pordon, numeron 426, li savis sin enen, fermis kaj ŝlosis, anhelante li ŝanceliĝis ĝis la lito. Sed tie kuŝis maldika knabino, nuda kaj blanka, kaj inter ŝiaj femuroj estis granda flako da sango; ŝi estis malvarma kaj mortinta, ratoj rodis ŝiajn fingrojn; kiel do li sukcesos forigi ŝin? Kaj kion fari pri la amaso da sango en la lito; kion diri al la hotela purigistino? Laste antaŭ ol ŝi paliĝis kaj fadis, li vidis ke ŝi estas Alice, kaj li eliĝis el la sonĝo kaj sidiĝis spiregante en sia lito. Estis mallume kaj silente; aŭdiĝis nur lia propra spirado kaj iom da trafiksonoj de ekstere.

Li retrovis sian memregon memorante, ke li partoprenas en Berlina konferenco kaj loĝas en la hotelo Stettiner Hof, kie li jam antaŭe gastis. Li eklumigis la litan lampon. Liaj littukoj estis torditaj kaj ŝvitaj. Li ellitiĝis kaj paŝis ĝis la fenestro, malfermis ĝin je fendo. Estis la deksepa de septembro je la dua kaj dudek nokte.

Enĉambre estis tro sufoke, li ne povos reendormiĝi. Li vestis sin, eliris sur la straton, sekvis ĝin dekstren, deflankiĝis preter la angulo. Estis sufiĉe da homoj ekstere, kvankam estis marda vespero, aŭ merkreda mateno, sed post mallonge li venis sur pli kvietan straton.

Kiam li estis juna, li kutime dormis bone en hoteloj. Eĉ en la plej simplaj, kie homoj senĉese alvenadis kaj foriris dum la nokto, en ĉambro kun maldikaj vandoj, kiuj tralasis ĉiujn sonojn de la najbaroj, li tamen ne estis ĝenata. Sed kun la paso de jaroj li jam dormis pli malprofunde kaj eksuferis pli multe pro bruo de ekstere. Kaj se nenio bruis de ekstere, eĉ la interna malkvieto komencis ĝeni lian dormon. Ĉi-nokte ja vekis lin stulta sonĝo. Alifoje pensoj gurdataj senĉese malhelpis al li endormiĝi. Li jam provis dormigilojn, kaj ili ja dormigis lin, sed nur dum du horoj. Poste li vekiĝis kaj ne povis retrovi la dormemon. Jam plurfoje li spertis, ke nokta promeno kaj nokta aero pli efikas.

Ĉi-nokte li trovis kvietajn stratojn. Iom pli fore situis la vigla Kurfürstendamm kun siaj flankstratoj, sed li preferis resti iom ekster tiu kvartalo. Li preterpasis la enirejon de noktoklubo, kie aro da homoj ĝuste eliris kaj kelkaj taksioj atendis surstrate, sed jam post cent metroj la strato denove estis senhoma. De fore li aŭdis la sonon de nokta trajno, kiu ruliĝis foren. Li sciis, ke ie proksime troviĝas eta rivero aŭ kanalo, sed li ne certis precize kie. Momente li eĉ ne memoris ĝian nomon.

Li preterpasis preĝejosimilan enirejon de metrostacio kaj baldaŭ trovis drinkejon kun kelkaj gastoj, kie li mendis viskion kun glacio. Li malplenigis ĝin kaj mendis duan. La bufedisto aspektis dormema kaj ne provis konversacii.

Bonŝance li morgaŭ ne parolos, nur partoprenos en du seminarioj. La antaŭtagmezan li eĉ povus preterlasi. Temos pri etna segregacio en urboproksima kamparo. Sendube ne aperos novaj trovaĵoj tie; certe estis same ĉi tie kiel en Svedio. Oni eĉ povus meti kiel titolon Blut und Boden, sed memironio ja ne estis germana specialaĵo. Li diris tion laŭte, Blut und Boden. Neniu reagis. Tio memorigis al li la mortintan knabinon kaj la amason da sango enlite. Feliĉe tio estis nura sonĝo. Li mendis pluan viskion.

Tri metrojn de li staris sola virino ĉe la bufedo. Li pripensis ĉu moviĝi pli proksimen al ŝi. Ne eblis prijuĝi, ĉu ŝi ankoraŭ ne rimarkis lin, aŭ male ignoris lin aktive. Ne gravis, damoj en drinkejoj ne interesis lin. Damo en drinkejo povas konduki nur al dramo. Li diris tion duonlaŭte en la sveda, Dramo en drinkej', sed li ne atingis pli ol tiom; la aero elĉerpiĝis al li. Li scivolis, kiel oni dirus tion en la germana. Li malplenigis la glason; ĝi gustis kiel disipita glaciakvo. Efektive estis miskutimo meti glacion en viskion. Li mendis ankoraŭ unu, sen glacio. Tiu devos esti la lasta, eĉ se li morgaŭ fajfos pri la purrasa germana kamparo. Cetere li devos verki referaĵon pri tiu seminario, por raporti hejme, sed por tio ne necesos ĉeesti; li jam sciis, kiuj estos tie kaj kion ili diros. Krome neniu legos lian referaĵon. Li povus plenigi kvar paĝojn per nur Blut und Boden, paĝon post paĝo. Kun resumo en la angla. Blood and Soil. Tio ne sonis same bone. Ŝajnis al li, ke la germanoj plej lertas pri tiaĵoj. Sturm und Drang. Heim ins Reich.

Li elektis alian straton reen; tio estis iomete pli longa, sed li volis uzi la okazon por vidi iom. Li turnis sin en la straton Genthiner Straße, teda strato kun oficejoj kaj seninteresaj butikoj. Eble escepto estis grandega litvendejo, kiu ŝajnis al li konvena tiastrate. Jen, apud eta parko ili staris; lia memoro estis ĝusta. Fone stratfine li imagis la sennoman kanalon. Vere ne estis bona okazo, sed li volis iom rigardi.

Vidi, ĉu iu aspektas aparta, aparte freŝa. Ili estis nur triopo, kaj ĉiuj ŝajnis frostigitaj. La tria estis plej bela, sed ŝi kverelis kun ia fripono; tiu ne aspektis kiel kliento, sed Stefan preferis eviti lin. Li elektis la duan; ŝi havis almenaŭ iom da karno sur la skeleto. La genuoj estis tute akcepteblaj. Li trenis ŝin foren kun si. Ŝi liberigis sian brakon el lia preno sed akompanis lin sen baladoj. Li sentis agrable paŝi tie apud ŝi; eble li devintus rezigni la kvaran viskion, sed refreŝiga matena promeno fortigos lin.

"Hotelo?" demandis la knabino.

"Hotelo", li diris. "Kvin minutojn de ĉi tie."

Ŝi iom ŝanceliĝis en siaj altaj botoj, sed pluiris. Alvenante hotelen ili preterflugis la senhoman akceptejon kaj liftis supren. La koridoroj tute ne estis brunaj, kiel en lia koŝmaro, sed mustarde flavaj. La ŝloskarto glitis en la seruron, kaj jen ili enĉambre.

Li glatigis la liton. Ŝi sidiĝis kaj malfermis la zipojn de la botoj. Li iris necesejen. Poste dum kelka tempo temis pri eŭroj, kaj jen ŝi dismetis manplenon da etaj plastkovertoj en gajaj koloroj. Li elektis unu ruĝan kaj bluan. For la pantalono kaj kalsono, la erektiĝo ne estis fortega, sed la knabino manlerta.

"Kiel vi nomiĝas?" li anhelis.

"Kio?"

"Via nomo?"

"Mi estas Livia."

"Ĉu Livia? Bone. Bela nomo."

Ŝi plensperte surigis al li la kondomon. Poste forglitis jupo kaj kalsoneto, ŝi kuŝiĝis diskrure, etendis la manon por teni la etan mansakon kun la mono, metitan sur la litotableto. Li kuŝiĝis sur ŝin, palpis dum kelkaj momentoj kaj jen penetris.

Ŝi komencis anheli kaj eligi etajn sonojn, kiuj ne sonis tre nature sed ĉefe ĝene, kvazaŭ de stulta pornofilmo.

"Silentu!"

Li metis manon sur ŝian buŝon, kaj ŝajne ŝi komprenis, ke li ne aprezas la sonteatraĵon.

Li ne sciis, kien ŝovi la nazon, ĉar en ŝiaj haroj li flaris fumon kaj akran parfumon de ŝampuo, kaj ŝia bluzo odoris je ŝvito kaj malpuraĵo, kio tute ne ekscitis lin. Krome ŝia haŭto estis grasa pro abunda uzo de haŭtkremo. Li jam bedaŭretis, ke li ne elektis la trian knabinon.

Dum kelka tempo li laboradis, poste li kvazaŭ vekiĝis, ia nebulo disiĝis kaj ĉio aperis pli klare ol antaŭe. Ŝia nigra mamzono videbla tra la bluzo, ŝia senemocia mieno, la buletoj el ŝminkaĵo sur ŝiaj okulharoj, la blue makulita blanka brako kun la mano, spasme tenanta la mansaketon. Kaj ĉirkaŭ la lito la polva hotelĉambro kun malhelbrune farbitaj mebloj, grizflava tekstapeto, televidilo kaj fridujeto, la fenestro ankoraŭ malfermita je fendo, la trafiksonoj de la strato. Li jam sentis feknenion, krom abomeno kaj kolero. Ĉi tio ne estis aŭtenta, sed trompo. Li premis la vizaĝon al la ŝultro de Livia, rapide retiriĝis el ŝi, forŝiris la kondomon, refoje penetris en ŝin kaj puŝis kiel eble plej forte. La malplenan kondomon li ĵetis planken.

Ŝi rimarkis, kion li faris, kaj klopodis forpuŝi lin, sed li kaptis ŝiajn brakojn kaj tenis ŝin sube.

"Ne!" ŝi kriis. "Ne tiel! Devas kondomo!"

Li puŝadis plu.

"Mi pagos", li diris. "Mi pagos duoble!"

La knabino tordiĝis, svingis la brakojn kaj kriis akre. Li movis la manojn al ŝia buŝo kaj premis.

"Silentu!" li anhelis.

Tuj poste li orgasmis, la muskoloj malstreĉiĝis, ŝi sukcesis ŝovi lin flanken tiel ke li elglitis el ŝi. Ŝi tuj ekstaris ambaŭpiede, kaptis siajn mansaketon kaj vestaĵojn kaj malaperis en la banĉambron.

Li restis kuŝanta. Li aŭdis sonon de akvo fluanta en la banĉambro. Poste li aŭdis ŝian voĉon. Ŝi parolis kun iu per sia poŝtelefono, krom se ŝi parolis al si mem. Pro la fluanta akvo li ne povis distingi la lingvon. La melodio ne ŝajnis germana, sed eble tion kaŭzis ŝia akĉento.

Li surmetis siajn vestaĵojn kaj atendis. Evidente ankaŭ ŝi atendis tie ene. Kion? Eble ŝi telefone alvokis iun veni ĉi tien. La policon. Aŭ sian posedanton, aŭ iun gorilon, kiu laboris por tiu. Ne gravis kiun. La polico kredos lin pli multe ol ŝin. Li venis ĉi tien por scienca simpozio, invitite de la Humboldt-a universitato. Kaj se la prostituisto aperos, ne necesos malfermi, sufiĉos telefone veki kaj alvoki la deĵorantan pordiston.

Surplanke kuŝis ŝia kalsoneto, kiun ŝi perdis fuĝante de li. Li levis ĝin kaj buligis ĝin enmane. Ĝi pensigis lin pri la kalsonetoj de Alice, inter ĉiuj aliaj vestaĵoj en ilia lavmaŝino. Ankaŭ ĉi tiu bezonus lavadon. Li metis ĝin sur la litotablon, por ke ŝi retrovu ĝin, kiam ŝi elvenos. Ŝi ne paŝu senkalsone en la septembra nokto. Ŝi gardu sin de uretra inflamo. Ŝi devus flegi siajn generajn partojn, por iam estonte havi familion. Cetere, povus esti ke ŝi jam naskis infanon. Eble tial ŝi venis ĉi tien.

Li paŝis ĝis la fenestro por rigardi eksteren. Ankoraŭ preterpasis piedirantoj de temp' al tempo. La malproksima susurado de metropolo jam komencis kreski. Estis dek minutoj post la kvina, kaj nova tago estis survoje.

Tamen la tempo pasis, kaj Livia ne revenis. Kion ŝi faris tie ene? Li ne plu aŭdis ŝian voĉon, sed ŝi denove fluigis akvon. Ĉu frapi sur la pordo? Ĉu paroli al ŝi por konvinki ŝin eliri? Ĉu serĉi ian ilon por perforte malfermi kaj eligi ŝin?

Li ne povis simple endormiĝi, lasante ŝin en la hotela banĉambro. Tio ja estus danĝera. Ŝi povus ne nur ŝteli ĉion en la ĉambro, sed pli grave enlasi sian prostituiston aŭ iun ajn banditon. Se li volis plu vivi, necesis resti sendorma, gardante tiun ŝlositan pordon, aŭ iel eligi ŝin.

Ĉu telefone alvoki la hotelpordiston? Sendube tiu disponis ilon por malfermi ŝlositan pordon. Ĉi tiaj aferoj eble ne estas ĉiutaga rutinaĵo, sed de temp' al tempo certe iu gasto malsaniĝas aŭ mortigas sin en banĉambro. Aŭ iu seruro simple fiksiĝas en ŝlosita stato. Tamen li ne tre volis klarigi la situacion al la pordisto.

Li soifis kaj prenis doson da limonado el la fridujeto. Trinkante, li demandis sin, kian diablaĵon ŝi faraĉas. Ĉu ŝi uzas lian necesejon por injekti ion? Li vere esperis, ke ŝi ne prenu troan dozon. Tio ja estus sufiĉe embarasa. Kiel li malplektu sin el tia afero?

Entute, kion li faru? Li ne plu kapablis pensi; li ne sukcesis enfokusigi tion, kion necesas entrepreni. Ĉu nur pro tiuj viskioj? Lia menso flirte saltis de unu ideo al alia. Eligi ŝin. Dormi. Frapi al la pordo. Alvoki helpon. Dormi. Malebligi al ŝi injekti ion mortigan. Eligi ŝin. Mortigi ŝin. Trabati la pordon. Dormi. Dormi.

Poste li ne plu sciis, kio efektive pli frue panikis lin. Vere ne estis kialo por tiel maltrankviliĝi. Poste li vagadis senhaste tra la ĉambro kun la limonado enmane, de la lito ĝis la fenestro, de tie en la necesejon, reen al la lito kaj de tie ĝis la ĉambropordo por refoje kontroli, ĉu ĝi estas ŝlosita. Livia jam estis for. Ŝia mansaketo kaj kalsoneto estis for. Lia kontanta mono estis for. Restis nur iom el ŝia odoro sur la kapkuseno. Ĉio do estis en ordo. Nenio plu estis maltrankviliga. Li ordigis siajn proprajn vestaĵojn ĵetitajn sur seĝo. Li prenis la malplenan kondomon de sub la lito, ĵetis ĝin en la necesseĝon kaj fluigis akvon. Poste li lavis la manojn kaj la vizaĝon. Okazis nenio grava, nenio kio havos sekvojn. Almenaŭ pri tio li klopodis konvinki sin. Post kelkaj tagoj li forgesos Livian, kaj eĉ pli frue ŝi forgesos lin. Li certis, ke tiel estos.

* * *

Oni prezentas lunĉon. La ĉetabla akompano estas la sama kiel antaŭe, do li mem. Se diri la veron, li jam iomete enuas de tiu akompano. Sed ne eblas eviti ĝin.

Hodiaŭ la plado estas plej tradicia, se ne diri kliŝa. Boligitaj terpomoj, hakviandaĵo kaj tiu pinto de sveda kuirarto aperanta sub la nomo *bruna saŭco*. Aldone vakcinia konfitaĵo kaj salato el raspita brasiko. Por trinki, denove vakciniaĵo. Se li restus ĉi tie post jarcento, oni sendube plu prezentus tute la saman pladon unufoje semajne.

La manĝo gustas je nenio kaj odoras je amaskuirado. Mankas spicoj, kaj oni trokuiris la terpomojn. Nu, ne indas plendi. Do li maĉas, glutas kaj poste kuŝiĝas surlite por revi pri la pladoj, kiujn iam surtabligis lia patro. Li ne memoras ke tiu iam ajn donis al li hakviandaĵon kun bruna saŭco. Cetere, ankaŭ li mem iam kutimis kuiri, kaj verŝajne ne kliŝajn pladojn.

Eble li farus pli bone, se li iĝus kuiristo, kiel li iam pensis. Tamen ne. Li elektis ĝuste. Pri kuirado li ne povis konkuri kun sia patro. Li neniam povus, eĉ se li doktoriĝus pri gastronomio. Li faris bone elektante universitatan edukon, kiun lia patro ne komprenis. Li konsciis tion ĉiufoje, kiam Paĉjo deklaris ĝin sensenca kaj senvalora. Tio estis speco de agnosko, ke almenaŭ sur tiu kampo li eskapis el la potenco de Paĉjo.

Cetere li ja plu kuiris, eĉ longe post kiam li forlasis la patran hejmon. Kial li hodiaŭ nur malofte kreas ion kulinaran, li ne scias. Eble ankaŭ tie li neglektas la konservadon de jamaj atingoj. Estas iomete kiel pri florbedo, li pensas. Ne sufiĉas prizorgi ĝin ĝis perfekteco kaj poste lasi ĝin. Sen daŭra flegado trudherboj insidos kaj iom post iom superos la belajn florojn. Krome atakos laŭsoj kaj limakoj. Ŝajne trudherboj kaj parazitoj konkeris lian tutan vivon.

Strange, li nur nebule memoras, kiel foriris tiu putino. Li memoras ŝian voĉon tra la fermita neceseja pordo. Sed kio sekvis? Li ja nenion faris al ŝi. Male, li kompensis ŝin riĉe. Tiu songô, kie ŝia gorĝo estis tranĉita, ja estis pura fantazio. Aŭtenta koŝmaro. Li faris nenion, li kulpas pri nenio! Ŝi vaporiĝis, simple. Tiaj inoj kutime elturniĝas. Ili kutimas je ĉiaspecaj aferoj; ili neniam estas senrimedaj.

Do, ŝi malaperis el lia ĉambro. Bone, li neniam volis longe rilati al ŝi. Cetere, ili ĉiuj malaperas el lia vivo. Ĉiuj liaj inoj pli-malpli frue foriras, rezignas, forlasas lin, vaporiĝas. Ne gravas ĉu kontante pagitaj aŭ ne. Nu, Karin eble ne vere malaperis. Anstataŭe ŝi malaperigis lin. Sed Felicia denuncis lin kaj malaperis ien. Tiel ĉiam okazas. Ili foriras, lasante post si nur amaran memoron.

Ankaŭ Camilla malaperis en la profundon de tiu lago. Kio okazis al ŝi? Li ne scias. Li faris nenion. Li ne puŝis ŝin. La lignofajron li ja tretis, sed tio neniel povis malutili al ŝi. Li havis neniun rilaton al ŝia morto. Ŝi tutsimple dronis, dronis kelkajn centojn da metroj fore de la loko, kie li tretis tiun fajron. Tio neniel rilatas. Li ne puŝis ŝin, do kial suspekti lin? Ŝi malaperis, kaj li neniam revidis ŝin. Li eĉ ne volis revidi ŝin. Li ne vere bedaŭris, ke ŝi malaperis. Kompreneble li ne volis, ke ŝi mortu. Nur ke li ne plu devu vidi ŝin, nek pensi pri ŝi. Sed tio ne prosperis al li. Efektive li neniam povis forgesi ŝin. Nenion el tio, kion ŝi faris, li iam ajn forgesis.

Sed tiu tranĉita gorĝo estas pura fantazio, ia koŝmaro, kiu hantas lin eĉ maldorme.

Li prenas libron de la tablo kaj kuŝiĝas surlite por legi. Li eĉ ne rigardis, kiun volumon li hazarde kaptis. Ĝi estas populara historia verko pri la reĝo Karlo la dekdua. Li bone scias, ke tiu estas granda heroo de svedaj naciistoj. Iom neatendite, laŭ li, se konsideri kion atingis tiu reĝo. Unue li klopodis konservi la svedan regadon de la baltaj provincoj, kiujn konkeris liaj antaŭuloj. Sed li perdis kaj la provincojn kaj sian tutan armeon. Liaj soldatoj iĝis militkaptitoj en Rusio. Kompense li provis konkeri Norvegion. Ankaŭ tio fiaskis; li mem estis mortpafita, eble de propra subulo, kiu laciĝis de militado, kaj jen lia dua armeo frostmortis en la skandinava montaro. Stefan iam legis, ke tuta monta regiono en la sekva somero fetoris je putranta homa karno. Jen bela heroo de naciistoj.

La libro estas bona, sed kial hodiaŭ legi pri tiu bizara despoto, kiu cetere evitis virinojn kaj neniam edziĝis? Li preferis siajn hundojn kaj soldatojn. Ĉu eblas lerni ion utilan de li? Certe ne, temas ĉefe pri distro. Legante ĝin Stefan ekscias, ke la oficiroj plejparte mortis en bataloj, sed la simplaj soldatoj interbatale, pro malsanoj kaj frostiĝo. Plue li lernas, ke la simplaj soldatoj batalis parte pro religia fanatikismo, ĉar Dio estis ĉe ilia flanko, kaj parte pro timo esti mortigitaj de la propraj oficiroj. Por tiuj lastaj la milito male estis profitodona profesio, kondiĉe ke ili transvivis ĝin.

Bone, tio ja estas amuza kaj bizara, sed legi pri tio en arestejo estas sensence, same sensence kiel entute restadi en arestejo. Kaj tamen li devas resti. Li ne estas la grafo de Montekristo, kiu fosis tunelon per stana kulero, aŭ kion ajn li faris. Li ja bedaŭras, ke Fredrik dronis, se tio vere okazis, sed sidadi ĉi tie ne maldronigos lin. Ĉu oni timas, ke li fuĝos al Latinameriko? Stultaĵo, li eĉ ne scias latinon! Ha, tion li iam trovis amuza ŝerco, sed ĉi tie troviĝas neniu, kiu ridus. Eĉ li mem ne ridas. Ŝajne lia cerbo moliĝas. La pensoj ade rondiras enkape, sed iel ŝajnas al li, ke ili iĝas pli kaj pli sensencaj. Kiel homoj en izolo sukcesas konservi la prudenton? Eble estus pli bone skribi ion, ol nur lasi la pensojn vagi senbride. Sed kion li skribu? Ĉu sian vivhistorion? Ne, tiel longe li espereble ne devos resti ĉi tie. Eble tamen iun memoron el pli feliĉa tempo. Ĉar iufoje li sendube ja estis feliĉa, kvankam li ne konsciis tion tiumomente.

* * *

Ili ambaŭ bonfartis en la vicoseria domo. Neniu el ili talentis pri ĝardena kultivado, precipe ne en la peza Skania argilo, tamen necesis de temp' al tempo tondi la etan gazonon kaj elfosi buterflorojn kaj sepfoliojn por ne tro inciti la ambaŭflankajn najbarojn. Jen la fino de ilia hortikulturo. Tamen estis agrabla sento simple malfermi pordon kaj elpaŝi nudpiede rekte sur propran grundon. Krome la urbo ja estis malgranda, do kvankam ili nun loĝis en ĝia periferio, ili ambaŭ povis bicikle atingi siajn laborejojn – li la universitaton, Karin la elementan lernejon, kie ŝi instruis la svedan kaj anglan al adoleskuloj.

Post kelkaj jaroj en Lund ili jam havis vastan aron da konatoj kaj amikoj, plejparte inter siaj kolegoj. Kompreneble, preskaŭ ĉiuj estis homoj el aliloke, kiuj ekloĝis ĉi tie aŭ kiel studentoj aŭ post la studoj, trovinte laboron en la regiono. Pluraj venis el aliaj landoj. Tamen, nun li loĝis ĉi-urbe jam de ok jaroj kaj Karin eĉ pli longe, eble de dek, kaj iel ekŝajnis al li ke multaj amikaj rilatoj restis supraĵaj. Sed ĉu en alia urbo estus alie? Supozeble ne. Kaj kio estis la kialo? Eble li ne tre talentis pri amikeco. Kaj li eĉ ne certis, ĉu tio vere mankas al li. Plej probable li havis tiajn interrilatojn, kiajn li bezonis kaj aprezis. Ĉiuokaze li klopodis konvinki sin, ke plej gravas la familio. Karin alportis ian stabilecon en lia vivo, kaj la infanoj donis novan dimension kaj novajn emociojn, antaŭe nekonatajn. Due eble gravis al li la rilato al la studentoj, kiu estis jen stimula, jen incita, sed malofte teda. Do entute li ne havis kialon por malkontenti.

Supozeble do ĉi tio estis unu el la plej feliĉaj periodoj de lia vivo. Sed dume li ne sentis tion. Ĉu oni iam ajn povas senti feliĉon en la nuno? Eble iuj ja povas, sed ŝajne li ne estis tia homo. Male li ĉiam aspiris al io plia, pri kio li ne vere sciis, kio ĝi estas. Nur ke tio, kion li jam havas, ne povas esti ĉio.

De du jaroj li multe kunestis kun la pli juna kolego Nick. Tiu estis tridekjara germana sociologo, kiu verkadis disertacion pri la sveda popolkleriga tradicio. Sendube interesa temo, sed ili malofte parolis tre detale pri siaj fakoj. Nick estis unu el tiuj germanoj, kiuj amas ĉion skandinavan, kaj kiam li escepte trovis iun aferon ne tre simpatia, li tuj elpensis ekskuzon. Do iliaj interparoloj ofte estis ia vortskermado, en kiu Stefan kritikis aferojn de sia patrio, dum Nick klarigis, kial ĉio estas bonega, kaj precipe pli bona ol en Germanio. Tamen ili supozeble ambaŭ konsciis, ke tio estas iom stulta ludo.

Iutage en la mezo de majo Nick revenis hejmen post semajnfina ekskurso en la sudorienta parto de Skanio. Kiel kutime li superfluis de entuziasmo. Lia bukleta rufa hararo hirtis, kaj liaj vangoj lumis roze, ĉu pro tro da suno, ĉu dank' al lia fervoro rakonti. "Tie estas mirinde bele! Aŭtenta paradizo. Sed mi ne komprenas, kial neniu iras tien. Estas senhoma tereno. Tamen loĝas du-tri milionoj da homoj en distanco de horo kaj duono. Imagu, mi piedis dekojn da kilometroj tra arbaroj, sur herbejoj, laŭ strandoj kaj riveretoj, vidante apenaŭ unu homon. Eble du aŭ tri dum kelkaj horoj. Cetere estis nur birdoj, kunikloj kaj iuloke kapreolo. Kaj nenie videblis tabulo kun 'eniro malpermesata' nek 'privata tereno'. Vi simple ne komprenas, kian trezoron vi havas tie."

"Vi iomete troigas", Stefan sukcesis enŝovi en lian panegiron. "Mi ja konas tiun regionon kaj kelkfoje vizitis ĝin kun Karin. Sed mi tre kontentas, ke ne iras tien samtempe tri milionoj da aliuloj. Tamen en julio ĝi certe ne estas senhoma."

"En julio! La jaro tamen havas dek du monatojn, kaj ĉiu el ili posedas sian ĉarmon."

"Ne, pri tio mi ne konsentas, Nick. Novembro, ekzemple, tute malhavas ĉarmon."

"Sed imagu, ĉi tie mi rajtas kolekti florojn laŭplaĉe, kiom ajn. Kaj berojn, se estus tia sezono. Lastjare komence de aŭgusto mi vizitis popolan altlernejon en Smolando kaj kolektis amason da mirteloj en arbaro je kvinminuta promeno de la lernejo. Vi ne konscias, kian privilegion vi havas."

Kiel kutime, lia voĉtono altiĝis kaj la germana akĉento kreskis dum li predikis.

"Male, mi tre bone scias. Sed la sovaĝaj floroj rapide velkas, se oni plukas ilin por meti en vazon. Kaj mi ne paciencas kolekti mirtelojn. Kiel infano mi devis, sed nun mi rajtas mem elekti. Krome, somere la kuloj estas vera plago enarbare."

Sed ne eblis dampi la vervon de Nick.

"Kuloj", li elsputis. "Jen bagatelo. Estu dankema, ke vi povas moviĝi libere en la naturo. Jen unikaĵo, se vi komparas kun Germanio. Kaj kiom da spaco sen eĉ unu homo! Estas mirinde! Kaj dise en tiu arbaro staris ruĝaj lignaj dometoj, kvazaŭ en libro de Astrid Lindgren."

"Bone. Tiuj arbaraj dometoj en Smolando plejparte jam estas somerdomoj de viaj samlandanoj. Tamen ŝajnas al mi ke vi eksuferis pro lapona malsano en tiu vasta spaco."

Nick iom konsterniĝis.

"Kio estas tio? Kia malsano?"

"Tiel ni nomas la senton de soleco kaj la mankon de homa akompano, pro kiu oni povas suferi en tiaj dezertaj vastoj. Ŝajnas al mi ke vi urĝe bezonas homon, al kiu prediki pri la mirindeco de tiu senhoma naturo."

"Ne, tute ne, sed mi miras, ke vi svedoj ne aprezas, kion vi havas tuj ĉemane kaj ĉepiede."

Nick kaj Stefan plej ofte renkontiĝis duope. Stefan plurfoje invitis lin por vespermanĝi en lia hejmo kaj renkonti lian familion, sed pro la interveno de aliaj aferoj Nick ne povis akcepti. Fine li tamen venis en dimanĉa posttagmezo por mallonga kafumado en la ĝardeneto. Stefan faris kukon kun rabarboj kaj vanila saŭco. Tio estis sufiĉe agrabla, kvankam li rimarkis, ke Nick ne tre plaĉas al Karin, kaj la infanoj rapide tediĝis kaj malaperis endomen al siaj ĉambroj. La acidaj rabarboj ne plaĉis al ili. Sed surĉiele brilis la suno, enĝardene nun unuafoje floris la siringo, kiun Karin aĉetis kaj Stefan plantis antaŭ du jaroj, kaj entute oni havis bonan kunestadon, kvankam Nick ne paciencis resti tre longe.

Poste Karin havis ion gravan por diri.

"Mi esperas, ke vi ne donis al li kaŭzon esperi ion", ŝi diris.

"Kion vi volas diri?"

"Li ŝajnas ege interesita de vi."

Stefan nur gapis.

"Vi almenaŭ konscias, ke li estas gejo, ĉu ne?" ŝi pluis.

Li ekridis.

"Ĉu vi estas freneza?"

"Tio evidentas laŭ liaj rigardoj kaj gestoj, lia parolmaniero, laŭ ĉio. Sed vi estas tia naivulo."

Li nur skuis la kapon rezignacie kaj forlasis ŝin. Ne indis longe diskuti, kiam iu freneza ideo eknestis en ŝia kapo.

Efektive Nick ne havis familion, nek koramikinon. Sed el tio ja ne sekvis aŭtomate, ke li estas gejo. Kaj eĉ se li estus tia, ĉu gravus? Kial

Nick interesiĝu pri li? Stefan ne estis gejo, kaj tio ja devis evidenti al ĉiuj. Stultege! Malgraŭ la absurdeco de ŝia ideo, ĝi rodis, korodis lian rilaton al Nick. Ĉiufoje, kiam li poste renkontis tiun, la vortoj de Karin aperis en lia kapo, kaj li kontraŭvole ekzamenis la amikon kvazaŭ por ekscii. Iel ŝi sukcesis detrui ilian amikecon. Eble ankaŭ Nick rimarkis tion, ĉar li ne plu same entuziasme alparolis Stefanon. Iom post iom evidentiĝis, ke ili jam nur malofte renkontiĝas, kaj fine entute ne plu.

Stefan vere trovis la insinuon de Karin stultega, kaj li sentis koleron, unue al ŝi, sed baldaŭ ankaŭ al Nick. Kial tiu komencis eviti lin? Kial Nick ne povis havi koramikinon, por malkonfirmi la aserton de Karin? Aŭ eĉ viran koramikon, por ke la afero estu evidenta kaj Stefan ne sentu ian nebulan malkomforton? Li sentis, kvazaŭ Nick iel trompis lin, sed komprenebble li ne povis difini, el kio konsistis tiu trompo. Ĉio ŝajnis sensenca, kaj restis nur ia obtuza kolero kontraŭ ĉio kaj nenio.

Dum julia semajno la familio luis someran dometon sur la insulo Fanø ĉe la sudokcidenta bordo de Jutlando. Tie surstrande Stefan rimarkis, ke lia familio plenas je malsamaj aspiroj. Ĉiu el ili volis ion alian, kaj ĉiu el ili malŝatis la dezirojn de la aliaj. Karin volis kuŝi surstrande por sunbani sin, sed ŝi preferus ke la infanoj restadu en ombro, por ke la suno ne tro bruligu ilian haŭton. Ĉi tie ombro tamen ne estis trovebla apud la maro. Alice volis konstrui sablokastelojn kaj ornami tiujn per belaj konkoj, kaj krome ekzerci sin pri naĝado kun floshelp-iloj sur la brakoj. Surstrande ŝia nazo kaj gorĝo tamen ŝtopiĝis pro alergio kontraŭ ia nekonata planto kreskanta sur la dunoj. Oskar volis ruinigi la kastelojn de Alice kaj miksi sablon kaj akvon en bonegan kaĉon, sed li ne ŝatis esti vestita kaj ĉapelita por protektiĝi kontraŭ la suno. Kaj Stefan volis matene kaj vespere kureti surstrande, laŭlonge de la akvorando, sed dumtage li preferus sidi sub ombrelo en ĝardena kafejo kun glaso da biero ĉemane kaj bona krimromano antaŭ la nazo. Do la feriado apenaŭ povus disvolviĝi en plena harmonio.

Malgraŭ ĉio ili pasigis kelkajn horojn surstrande, ĉe la sono de senĉese ruliĝantaj ondoj, sub intensa sunbrilo, kiun tamen kompensis ĉiama elmara vento. La brizo pli-malpli forblovis la polenon, kiu ĝenis la spirkanalon de Alice. La strando estis vastega, do estis spaco por multe da homoj. Homoj kuŝis, ludis, promenis kaj biciklis sursable. Jen kaj jen aŭto veturis surstrande, kio ŝajnis al li stranga kutimo, kaj eĉ buslinio kelkfoje tage trafikis tie.

Ili baldaŭ rimarkis, ke la insulo plenas je germanaj turistoj, eĉ ĝis tiu grado, ke kiam ili svede alparolis lokanojn, tiuj aŭtomate respondis ne dane, sed germane. Eble oni pensis, ke la sveda estas ia germana dialekto. Tamen ĉi tio ja estis Danio, kaj la etaj restoracioj kaj kafejoj estis senafekte ĉarmaj en tipe dana maniero. Ili kviete promenadis laŭ la stratetoj de du vilaĝoj, subaĉetinte la infanojn per glaciaĵoj por gajni iom da trankvilo.

Unu-du tagoj surinsule do estis ripozigaj. Plaĉis al li vadi sur la plimalpli seka marfundo je malfluso, kun Oskar rajdanta sur liaj ŝultroj, serĉante belajn konkojn kaj marstelojn. Ĉiuokaze tio estus ripoziga, se Karin kaj Alice kapablus same pigri. Sed Karin volis ekskursi al vidindaĵoj en la regiono. La akvario de Esbjerg. La malnova urbeto de Ribe. La germana insulo Sylt. Kaj Alice dekfoje ĉiutage memorigis al siaj gepatroj, ke ili promesis viziti la amuzparkon de Legolando. Aŭskulti la maron en konko jam estis tro infaneca por la sepjarulino.

Li neniam estis sportemulo, tamen li ŝatis moviĝi, kaj li ĉiam trovis nature moviĝi, kuri, naĝi kaj tiel plu senĝene, sen tro laciĝi. Lastatempe lia familia kaj profesia vivo signifis, ke mankas tempo. Kiam li nun matene kuradis nudpiede sur la strando, lasante la ondojn leki al li la piedojn, li baldaŭ rimarkis ŝanĝon. Post nelonge li komencis anheli. Unue li ne tre atentis tion sed simple daŭrigis kuri. Post kelka tempo li tamen eksentis bezonon halti. Li forpuŝis tiun impulson kaj kuris plu, jam pli peze, spiregante laŭte. Fine tio ne plu eblis. Li haltis sursable, staris kelkatempe kun la manoj sur la genuoj, kaptante aeron plenbuŝe, kvazaŭ fiŝo surtere. Poste li sidiĝis sur sekan sablon, rigardante foren al la mara horizonto, atendante ke la spirado kaj pulso retrovu normalan ritmon.

De kelkaj jaroj li evidente neglektis sian korpan moviĝadon. Tamen li estis nur tridekkvinjara. Preskaŭ ankoraŭ junulo. Li ja sentis, ke li jam iĝis plenaĝa, ĉefe pro tio ke li havas edzinon kaj du infanojn. Sed ĝis nun li neniam pensis, ke tio iel kadukigas lian korpon.

Sidante tie, li vidis duopon da aliaj kurantoj alproksimiĝi kaj preterpasi lin. Estis juna paro, viro kaj virino en okulŝire koloraj banvestoj, kun sunbrunigita haŭto kaj helbrunaj haroj. Kiam ili preterkuris, neniu el ili ĵetis rigardon al li. Eble li estis tute neglektinda amaseto sur la strando, kvazaŭ ia surteriĝinta meduzo. Necesis nur eviti treti sur li. Li ne aŭdis ilian spiradon, sed kurante pluen la virino diris ion al sia kunulo, per tute senĝena kaj nestreĉita voĉo. Li ne kaptis la sencon sed notis, ke ŝi parolas germane. La viro murmure konsentis; poste la vento forblovis iliajn vortojn.

Li restis tie ankoraŭ iom, sidante sursable, aŭskultante la hulojn. Fine li stariĝis kaj provis daŭrigi sian kuradon. Li baldaŭ rimarkis, ke necesas bridi la emon rapidi. Nur kiam li devigis sin kureti je ridinde malalta rapido, eblis pluiri senhalte.

Post kvaronhoro la germana paro revenis renkonte al li. Ili survojis reen, kurante same senĝene kiel antaŭe. Li faris etan kapsaluton, sed ili ne rekonis lin, aŭ eble ne rimarkis lin, ĉar ili vigle babilis pri akvo. Jen la sola vorto, kiun li kaptis. Ĉu temis pri la maro, kie ili sendube naĝos kelkajn mejlojn post la kurado, aŭ pri trinkakvo, li ne komprenis, sed tio kaŭzis, ke li mem eksoifis. Ial li ne memoris kunporti ion por trinki.

Li decidis kuri ankoraŭ dek minutojn antaŭ ol turni sin reen. Aŭ almenaŭ kvin. Ĝuste kiam li intencis halti, denove preterkuris lin duopo. Ĉi-foje estis du virinoj, preskaŭ knabinoj, kiuj vigle babilis dane inter si. Do li prokrastis la halton kaj pluiris post ili, je deca distanco de dudeko da metroj. Ili surhavis etajn ŝortojn kaj senmanikajn ĉemizetojn. Unu estis blonda kaj sunbrunigita, la alia nigrahara kaj nature brunhaŭta. Baldaŭ la distanco kreskis al tridek aŭ kvardek metroj, do li iom plilongigis la paŝojn. La distanco tamen ne ŝrumpis, sed li rekomencis anheli. Post ankoraŭ kelkaj metroj li devis halti, vidante la du knabinojn malaperi foren.

Ankaŭ tiuloke li sidis kelkan tempon sursable. Li pensis pri Karin, Alice kaj Oskar, kiuj nun sendube matenmanĝas. Li devus reiri al ili. Lia loko ja estis tie, en lia familio. Tamen ŝajnis al li, ke tio devus ne esti ĉio. La vivo iel ŝuldis al li ion plian. Kvankam li dekomence aspiris familion, li nun ne vere kapablis bonfarte ĝui ĝin. Tute nelogike li sentis ĝin kvazaŭ malliberejon. Kurante ĉi tie laŭ la akvorando, li iel strebis eskapi de ĝi. Sed nun li ne povis pluiri. La feliĉa paro forkuris de li, kaj same la allogaj knabinoj. Restis nur turni sin kaj rekuri surstrande ĝis la luata domo. Lia forpermeso jam finiĝos. Do li refoje stariĝis kaj ekis kureti reen. Kelkfoje li turnis la kapon por vidi, ĉu ankaŭ la du knabinoj revenos kaj preterpasos lin, sed li ne revidis ilin. Eble ili loĝis tie fore. La tuta insulo estis plena je feridomoj kaj tendumejoj. Li fantaziis, ke li iros tien je alia horo, pli frue matene, aŭ prefere vespere, kaj retrovos ilin en eta tendo. Ili invitos lin tien, kaj tiel plu. Jen stulta pensflirtado, kiu tamen helpis lin maŝine kuretadi reen.

Post plena tago en Legolando, inter miloj da aliaj familioj, ili revenis vespere al la dometo. Ambaŭ infanoj jam ekdormis enaŭte, kverelinte dum duono de la reveturado, do li portis ilin rekte en iliajn litojn. Duŝinte sin, Karin kaj li trinkis glason da vino, plejparte dum silento. Poste ŝi enlitiĝis kaj tuj endormiĝis. Li restis sidanta kun ĝermanta kapdoloro. Li devus esti feliĉa. Jes, prave, li sentis devon esti feliĉa. Jen li, feriante kun edzino kaj du sanaj, viglaj infanoj. Knabino kaj knabeto, vere modela familio. Senti feliĉon en tia vivsituacio estis nepra devo.

Li iris rigardi la dormantan fremdulinon, kies edzo li estas de sep jaroj. Li rigardis la infanojn, kiujn ŝi donis al li. Ili estis malpuraj, ŝvitaj kaj ankoraŭ surhavis la tagan veston sub la ĉifitaj littukoj. Oskar kuŝis senmove surdorse, dum Alice moviĝetis endorme, kvazaŭ serĉante pli komfortan kuŝejon. Li klopodis por senti teneron, sed li ne sukcesis. Li estis ĝismorte laca, tamen ne dormema. Li spertis penan tagon, kaj pensi pri la morgaŭo jam incitis lin. Ĉu matene li denove kuretos surstrande? Ĉu refoje preterpasos belaj knabinoj, kiujn li anhelante vane klopodos postsekvi?

Li paŝis kuirejen por lavi la tasojn kaj manĝilojn lasitajn post la matenmanĝo. Akvo riveris surtable, tiel ke post kvinminuta lavado lia pantalono jam malsekiĝis, kvazaŭ li pisus en ĝi. Li iris ŝanĝi veston, sakrante pri danoj, kiuj mondfamas pri dezajno sed ne kapablas konstrui funkciantan lavtablon kun elstara rando. Lia kapdoloro nun estis tre intensa.

Regis ia prema, sufoke humida varmo. Li eliris. Eksterdome falis maldensa, preskaŭ sensona pluveto. Dum kelkaj minutoj li staris senmova sub tiu aspergo. Poste li ekpaŝis la du kilometrojn al la ĉefa vilaĝo de la insulo. Kiam li alvenis, la prameto ĝuste albordiĝis kaj ellasis kelkajn malfruajn feriantojn. Post kvaronhoro ĝi reiris ĉefteren kun li kiel pasaĝero.

En la urbo Esbjerg li paŝadis dum kelka tempo laŭ nokte dezertaj stratoj; poste li trovis la stacidomon kaj tie ĝisatendis la unuan matenan trajnon al Kopenhago. Dum la vojaĝo tien li dormetis, jen kaj jen vekiĝante por ĵeti rigardon al la preterglitanta somera pejzaĝo. Transirante Grandan Belton li konstatis, ke lia kapo ne plu doloras. Do, kiam la trajno eniris la tunelon, li turnis sin surseĝe kaj somnolis plu.

Alveninte en la danan ĉefurbon, li ne sciis, kien direkti sin. Tre malrapide, kvazaŭ somnambule li rondiris en la urbego, rigardante urĝatajn homojn rapidi inter siaj taskoj. Sur Torvegade li estis preskaŭ renversita kaj surveturata de torento el biciklantoj. Pli malfrue dumtage pluraj turistoj haltigis lin por demandi pri la vojo al la marvirineto, Kristianio, la amuzejo Tivoli – vidindaĵoj, kies situojn li nur proksimume konis. Li fuĝis en kafejon por trankviliga biero. Iumomente li staris sur kajo, rigardante suben en la malklaran akvon. Poste li pluvagis sencele kaj senmotive.

Li trinkis du viskiojn en taverno sed sentis nur kreskantan enuon kaj lacecon. Poste paŝante al la ĉefa stacidomo, li ekhavis ideon. Li preterpasis la stacion kaj baldaŭ trovis flankstraton, kie kelkaj virinoj staris dise, evidente atendante klientojn. La plej multaj el ili ŝajnis afrikaj, kaj unu el tiuj kondukis lin al ia masaĝejo, kie li devis lui fakon kun matraco kaj lavpelvo.

Ĉio pasis ege aferece kaj rutine, nur li mem sentis sin iom eksterreala. La virino eĉ ne malvestis sin, nur demetis la kalsoneton, kaj post dek minutoj ĉio jam estis finita. Li volis resti por iom paroli kun ŝi, rakonti al ŝi sian senton de vaneco, sed ŝi tuj stariĝis, viŝis la pubon per viŝpapero troviĝanta apude, kaj jam pretis foriri. Li eksciis nur ke ŝia nomo estas Fatu kaj ke ŝi venas el Gambio.

Survoje reen al la stacidomo li rigardis sian brakhorloĝon, kaj ŝajnis al li ke ĝi montras la saman horon kiel ĵus, kiam li paŝis en la mala direkto. Ĉu do la paso de tempo haltis? Ĉu li pasigis neniom da tempo kun tiu Fatu? Eble ĉio estis nura fantazio, ia halucino pasanta tra lia cerbo dum momento. Li sentis vertiĝon kaj estis danka, ke la piedoj maŝine plupaŝas kvazaŭ robote al la stacio kaj plu ĝis la regiona trajno trans la markolon.

Se Kopenhago estis brua kaj svarma, Lund estis kvieta, preskaŭ dezerta. La interno de la domo ŝajnis forlasita subite, kvazaŭ pro bombatako aŭ naturkatastrofo. Kuireje restis tasoj surtable, kaj duona buterpano kun la dentomarkoj de Oskar. Sur la lavtablo staris tekruĉo kun teo, sur kies surfaco naĝis ŝimo simila al miniaturaj folioj de akvolilioj. La potplantoj sur la fenestrobretoj mienis malgaje. Odoris putre el nemalplenigita rubujo. Li fermis la ŝutrojn kaj faligis sin sursofen. La televido estis same plena je seninteresaj ripetprogramoj kiel antaŭ ilia feria foriro. Pasis nur kvin tagoj, sed tiuj ŝajnis duonjaro. Li malŝaltis la televidilon kaj sukcesis endormiĝi, malkonektinte la telefonon.

Posttagmeze en la sekva tago li sidiĝis por tamen televidi ion leĝeran, kiu postulos nenian cerban aktivadon ĉe la spektanto. Sed tiam li venis en la mezon de ekstra novaĵelsendo pri teroraj atakoj en metroo kaj buso de Londono. Oni raportis senpere el Londonaj stratoj, kaj li ne povis forlasi la fotelon, kie li kvazaŭ paraliziĝis, gapante al la ekrano dum horo post horo. Ekster la fenestroj la suno brilis, sed li sentis, kvazaŭ li troviĝus en ia groto ekstertempa kaj eksterloka. La seka voĉo de la raportanta ĵurnalisto kaj la rigidaj vizaĝoj de intervjuataj londonanoj impresis kafkece. Kvazaŭ en la groto de Platono, li ne plu certis, kio estas reala kaj kio nur imago. Nur kiam la raportado ĉesis allasante programon por infanoj, li sukcesis malŝalti la aparaton kaj stariĝi por mikroondumi al si pladon el la frostujo.

Karin kaj la infanoj revenis hejmen aŭte. Alice kaj Oskar estis si mem tute kiel kutime, liaj du amataj anĝeletoj. Karin komence diris nenion, aŭ pli ĝuste, ŝi kondutis normale, parolante pri ĉiutagaĵoj farendaj. Ĉio estis kutima, rutina.

En la sekva tago, ŝi ekparolis vespere, kiam la infanoj jam endormiĝis.

"Ĉu vi estas deprimita, Stefan?"

Li devis pripensi.

"Ne", li respondis. "Mi pensas ke ne."

"Se vi estas deprimita, vi devas serĉi profesian helpon."

"Tio ne necesas. Mi jam fartas sufiĉe bone."

"Mi ne povas flegi vin."

"Kompreneble ne. Sed ne zorgu, mi ja estas sana."

Ŝi rigardis lin dum kelka tempo kvazaŭ diagnozante.

"Al mi plene sufiĉas zorgi pri la infanoj", ŝi pluis. "Se vi suferas pro deprimo, mi ne povas helpi vin. Vi devas konsulti psikiatron."

"Ne, ne. Tion mi ne bezonas."

"Stefan, aŭskultu. Kiam vi malbonfartas, ankaŭ la tuta familio suferas. Via deprimiĝo influas nin ĉiujn, ankaŭ la infanojn. Ĉu vi volas, ke mi telefonu al la psikiatria kliniko por fiksi al vi konsultohoron?"

"Ne, kial do? Tio estas superflua."

La psikiatro estis sesdekjarulo kun perfekte kombita nigra hararo, kiu scivoligis Stefanon, ĉu ĝi estas natura aŭ peruko. La doktoro ŝajne ne tre interesiĝis pri lia psika farto sed faris amason da demandoj pri lia socia kaj familia situacio. Precipe lia prahistorio vekis lian scivolon.

"Do, vi ne havas kontakton kun viaj gepatroj, ĉu?"

"Ne, ni neniam renkontiĝas."

"Ĉu ili plu vivas?"

"Jes ja, ili vivas."

"Do kial vi ne renkontas ilin?"

"Mi ne volas. Ni havas nenion komunan."

"Ĉu ili ne volas renkonti vin kaj la genepojn?"

"Mi ne scias. Mia patrino verŝajne ne. Paĉjo eble jes, sed tio ne okazos."

"Ĉu vi havas gefratojn?"

"Ne. Nu, tio estas... Mi havas duonfratinon, sed mi neniam vidis ŝin."

La doktoro digestis tion dum kelka tempo turnante krajonon inter la fingroj.

"Ĉu iu inter viaj parencoj iam suferis pro psika malsano?"

"Laŭ mia scio ne. Sed vere mi ne certas."

"Ĉu iu parenco suicidis, aŭ provis fari tion?"

"Se jes, oni neniam rakontis al mi. Kial tio gravas?"

"Kaj vi mem? Ĉu vi iam sentas emon fini la vivon?"

"Ĉu mian propran? Ne."

Denove la doktoro cerbumis kelkan tempon. Eble li pripensis, ĉu demandi pri lia eventuala emo fini la vivon de aliuloj. Sed tia demando ne sekvis.

"Kaj viaj infanoj?" daŭrigis la kuracisto. "Ĉu ili fartas bone?"

"Jes, mi pensas."

"Ĉu ili iam konsultis la infanpsikiatrion?"

"Ne, ili ne konsultis. Ili aĝas sep kaj kvar."

"Kaj via edzino?"

"Kio pri ŝi?"

"Ĉu ŝi havis psikajn problemojn?"

Stefan atendis iom antaŭ ol respondi. Ĉu li poste devos rakonti pri la psika stato de siaj kolegoj, ĉefo kaj studentoj? Se jes, eble li povos doni pli pozitivajn respondojn, el la vidpunkto de la kuracisto.

"Mia edzino fartas bonege, dankon. Ŝi estas tute sana."

Finfine la kuracisto preskribis du medikamentojn, kiujn Stefan devis gluti dufoje tage. Unu estis kontraŭ la deprimiĝo, la dua kontraŭ la angoro kaŭzota de la unua. Li efektive iris al apoteko kaj aĉetis ilin, sed li neniam uzis ilin. Li decidis atendi, ĝis li fartos pli malbone. Al Karin li tamen ne malkaŝis tiun prokraston. Ŝi neniam komprenus ĝin. Evidente ŝi supozis, ke li regule glutas siajn pilolojn, kaj efektive tio rimarkeble trankviligis ŝin. Do la preskribo havis almenaŭ unu pozitivan efikon.

*   *   *

Subite li saltetas je la sono de tintantaj ŝlosiloj. Gardisto malfermas lian pordon por sciigi, ke estas tempo de la ĉiutaga promeno eksterdome. Nu, nek *promeno* nek *eksterdome* estas ege trafa vorto. Temas pri kradita spaco sur la plata tegmento de la konstruaĵo. Pli precize iaspeca kaĝo sufiĉa por paŝi dekon da metroj tien-reen en pli-malpli freŝa aero. Pro ĉiuflankaj muroj videblas preskaŭ neniom el la ĉirkaŭa medio; aŭdiĝas nur aŭtoj, foje trajno pli klare ol en la ĉelo, kaj iufoje eĉ homa voĉo de sube. Li ne scias, ĉu tiaspeca kvazaŭpromeno vere alportas ion valoran, sed ĝi almenaŭ rompas la rutinon kaj dividas la atendadon en partojn.

La gardisto restas interne, kaj en la apudaj kaĝoj aliaj arestitoj paŝadas nerve tien-reen aŭ staras senmove fumante. Do ĉi tie escepte eblus rompi la izolon. Li povus konspiri kun alia arestito, se li havus ion pri kio konspiri. Eble oni gvatas ilin de endome, sed li dubas pri tio. La gardistoj ĝenerale ŝajnas ne tro gardemaj. Tamen ja kontrolkamerao estas muntita super la kraditaj spacoj.

Anstataŭ konspiri, li strebas enspiri la eksterdoman aeron, dum li paŝas tiom, kiom la cirkonstancoj ebligas. Do li agas tute same kiel besto en kaĝo; li tigras aŭ leonas aŭ ĝenerale sovaĝbestas tien-reen, kvankam li estas nek besto nek sovaĝa. Sed ĉi tie la homo transformiĝas en ion, pri kio oni ne sciis, ke ĝi estis kaŝita en onia menso.

Li pensas pri sia iama amiko Nick, kiu asertis, ke li ege ĝuis estadi sola en la senhoma sveda naturo. Tamen evidente li plej bone fartis, kiam li povis laŭde elokventi pri tiu naturo antaŭ kelkaj amikoj, prefere kun glaso da vino enmane. Ĉi tie estas nek naturo nek senhomeco, tamen Stefan estas pli sola ol iam ajn antaŭe en sia vivo. Kaj kvankam ĉirkaŭas lin homoj, troviĝas neniu al kiu li povus paroli.

Do li promenas plu, dek kvin paŝojn tien, dek kvin reen, fojon post fojo. Li paŝas sur nuda betono. Ambaŭflanke, dekstre kaj maldekstre, samkiel supre kaj ĉe ambaŭ finoj de lia spaco, estas metala krado. La mirinda sveda naturo tre malproksimas. Ĉi tie eblas kolekti nek florojn nek berojn. Tamen li paŝas. Li fermas la okulojn kaj piedas dek kvin paŝojn, malfermetas ilin turnante sin, kaj refermas ilin ironte dek kvin paŝojn reen. Li tigras plu sur la ebena tegmento de la arestejo. Kiom longe li devos daŭrigi ĉi tiun kaĝan vegetadon? Ĉu nur ĝis morgaŭ? Aŭ ĉu morgaŭ li ekscios, ke ĝi daŭros plu?

Ĉe la plej fora fino la supra krado difektiĝis. Kelkaj stangoj estas kurbaj, kaj tie oni almetis ekstran metalreton, fiksitan per krampoj. Ĉu tio estas spuroj de ies aŭdaca eskapo? Necesus demandi gardiston por ekscii, sed tre verŝajne oni ne volonte respondus.

Apude la najbara arestito haltis ĉe la krado inter la kaĝoj kaj raŭkas iujn nedistingeblajn vortojn, kiam Stefan preterpasas. Li ne kaptas ilin. Li eĉ ne haltas por ekscii, kion volas la alia arestito. Tiam tiu batas la metalkradon malpacience. Sed kion fari? Stefan havas nenion por li kaj bezonas nenion de li. Ne indas enmiksiĝi en ion ajn. Prefere veki nenies atenton. Do li simple paŝas plu, regule kiel metronomo.

Dum li moviĝas tien-reen en la fermita spaco, moviĝas sen translokiĝi, sen veni ien ajn, kun okuloj jen fermitaj jen malfermitaj, li refoje imagas esti en groto ekstertempa. Kiu jaro estas? En kiu urbo li troviĝas? Kiun aĝon li havas? Iel li trovas sin en ĉiuj jaroj, en ĉiuj aĝoj, ĉiuloke kaj nenie. Ĉu jam okazis al li tio, pro kio li estas enfermita ĉi tie? Aŭ ĉu ĝi ankoraŭ restas okazonta? Li sentas kapturnon kvazaŭ pro ebrio. Li ne scias, kion fari por resobriĝi, nek ĉu li vere volas eskapi el la vertiĝa stato. Iel li sentas kvazaŭ tiu vertiĝo pardonus al li ĉion.

Se li turnus sin kaj paŝus retroen, ĉu eblus reveni al la antaŭo por refari ĝin? Ne refari same, sed alie. Ĉu eblus eviti erarojn, ŝanĝi trakon, reveni al senkulpa stato? Stultaĵo. Li devus konscii, ke la tempo iras unudirekte, kaj ke ne eblas interŝanĝi kaŭzon kun efiko. Li ne povas malfari agojn el la pasinteco, kaj mortintoj ne povos malmorti.

La tielnomata promeno daŭras duonhoron, kaj eĉ tio ŝajnas superflue longa tempo en tia absurda kaĝo. Estas freneze, sed kiam oni rekondukas lin al la ĉelo, li sentas kvazaŭ li venus hejmen en siajn ses kvadratmetrojn. Li kuŝiĝas surlite kvazaŭ por ripozi post fortostreĉa ekspedicio. Eble li devus repreni la libron, sed ĉi-momente ĝi ne logas lin. Mankas energio.

Li preferas fermi la okulojn por provi aperigi la imagojn de siaj infanoj. La malpacienca, malkontenta, ĉiam moviĝema Alice, kiu senĉese serĉas sian propran vojon. La trankvila, eĉ flegma Oskar, kiu ĉiam hejmas tie, kie li okaze estas. Li sukcesas nur duone. Ĉiufoje, kiam ili aperas klare, enmiksiĝas la figuro de ilia patrino. Tamen ne la juna Karin, al kiu li iam enamiĝis, sed la lastatempa, kiu rabis de li la gefilojn. Kaj tiam obtuziĝas la vizaĝoj de la gefiloj, kiel imagoj spegulataj de akvo agitata.

Li staras en malvastega necesejo je malforta flagranta lumo, lavante la manojn sub akvo fluanta el krano. Li turnas la manilon tien-reen, sed la akvo restas nek varma nek malvarma, kaj li ne sukcesas forlavi la sangon. Li serĉas sapon, sed ĝi ne troviĝas. Do li frotas la manojn unu per la alia sub la krano. La akvo fluegas preskaŭ nesenteble laŭ la manoj, sed la malhela, glueca sango ne solviĝas en la akvo. De ekster la pordo aŭdiĝas voĉoj. Li scias, ke la polico jam alvenis. Li fermas la kranon, kuras el la necesejo kaj stumblas sur korpo kuŝanta surplanke.

Ĝi estas homa korpo, la kadavro de juna virino. El ŝia kolo fluas sango formante riveron sur la planko. Kial li trančis al ŝi la gorĝon? Kiu ŝi estas? Li ne scias sed kuras por eskapi de la polico. Surstrate estas amaso da homoj. Ili rigardas la sangan trančilon en lia mano kaj cedas flanken terurite, sed malantaŭ ili ĉiam pli da homoj baras al li la vojon. Li ne povos eskapi. Kial li murdis ŝin? Antaŭ li policisto levas sian pistolon kaj pafas al li. La kuglo trairas lin sen kaŭzi doloron, tamen li falas surtrotuare kaj fine vekiĝas el la koŝmaro.

Lia koro bategas, li anhelas kiel balgo. Kia idiota sonĝo! Denove tiu virino kun trančita gorĝo. Kial ŝi reaperas al li? Estas kvarono antaŭ la dua posttagmeze. Li dormis nur dum maksimume dek minutoj. Ĉu eblas sonĝi tiom en tia mallonga dormeto?

Li ne volas refoje endormiĝi, do li stariĝas kaj paŝas, pli ĝuste tretas surloke inter la lito kaj la muro, inter la tableto kaj la ŝtala pordo kun klapo malfermebla nur de ekstere. Tio estas eĉ pli ridinda promeno ol la ĵusaj dek kvin paŝoj tien kaj reen. Ridinda, tamen ne indas ridi. Nek plori. Indas nur klopodi por konservi la racion kaj prudenton sen deliri.

Refoje li sidiĝas ĉe la tablo kaj prenas paperon kaj krajonon.

* * *

Karin estis sep monatojn graveda, kiam ili geedziĝis. Ĝi ne estis grava ceremonio, precipe por Stefan, sed ili pensis ke ĝi eble simpligos aferojn. Neniu el ili volis grandan solenan geedziĝon, sed Karin ŝatus, ke almenaŭ familianoj ĉeestu. Stefan volis inviti neniun.

Efektive li ŝatus inviti siajn geavojn, se tio eblus. La patrajn geavojn, kompreneble. Sed ili jam estis maljunaj kaj eble ne fortus vojaĝi al Lund. Kaj ne eblus inviti ilin sen informi la patron. Kaj tiun li ne povis inviti al sia edziĝo.

"Sed kial ne?" Karin scivolis. "Evidente vi ne havas bonan rilaton al li, sed kiam vi edziĝas, tiaj kvereloj ja ne gravas."

"Malfacilas klarigi, sed tio simple ne okazos."

Li ne povis diri al ŝi, ke ĝuste je lia edziĝo gravis plej multe, ke Paĉjo estu plejeble longe for.

Fine ili do invitis nur ŝiajn gepatrojn kaj fratinon. Ili estis atestantoj, kiam komunuma oficisto en la urbodomo deklaris Stefanon kaj Karin

geedzoj, kaj post tio ĉiuj lukse vespermanĝis kune en la malnova
gastejo de Dalby, kie ili poste pasigis la nokton. Dum la solena manĝo,
la patro de Karin faris paroladon en tradicia stilo, aŭ pli ĝuste en
stilo, kiun Stefan supozis tradicia. Li vere ne havis proprajn spertojn
de tia afero. Lia bopatro aspektis iomete kiel li imagis malnovstilan
grociston, sed efektive li estis dentisto. Li rakontis kelkajn kortuŝajn
anekdotojn el la infanaĝo kaj junaĝo de sia plej aĝa filino, kaj poste
proponis toston je la estonta nepo. Karin kompreneble tostis senalko-
hole. Ŝia fratino Susanna faris satiran paroladon kun diversaj aludoj
kaj ŝercoj. Ŝi admonis Stefanon, ke li traktu la novedzinon delikate en
la nupta nokto, kaj spritumis, ke ŝi ne gajnis bofraton sed liberiĝis de
fratino. Li supozis, ke tio estas la kutima tono en ilia familio. Cetere,
dum la posta kaftrinkado kun konjako kaj likvoro, ŝi preskaŭ senkaŝe
flirtis kun li antaŭ la okuloj de Karin, kiu rigardis tion sen rimarkeble
ofendiĝi. Eble ankaŭ tio estis tradicio okaze de geedziĝoj. Neniu el
la fratinoj mem antaŭe edziniĝis, sed ili ambaŭ multe babilis pri ge-
edziĝfestoj, en kiuj ili estis gastoj. Ĉiuj evidente estis ege pli pompaj ol
ĉi tiu eta familia vespermanĝo.

La supeo finiĝis. Karin kaj li enlitiĝis en sia gasteja ĉambro. Enlite
li tenis la manojn sur ŝia granda ventro, sentante la puŝojn kaj bate-
tojn de sia onta filino, kaj tio por li estis eĉ pli mirinda nupta nokto ol
la tradicia.

Malgraŭ tio, kiam la bebo kvietiĝis kaj Karin endormiĝis, li ne
povis eviti pensi, ke en iu proksima ĉambro Susanna kuŝas sola. Li
ne povis forgesi, ke du jarojn pli frue li unue renkontis Susannan kaj
trovis ŝin ege alloga. Ŝi ne reciprokis liajn sentojn, sed dume li ren-
kontis ankaŭ ŝian pli aĝan fratinon, kaj post kelka tempo Karin kaj li
iĝis paro. Fakte Susanna ja estis pli okulfrape bela kun sia riĉa bruna
hararo kaj grandaj okuloj. Ankaŭ ŝiaj manieroj komence tre logis lin.
Tamen li baldaŭ komprenis, ke la trankvila kaj fidinda Karin pli kon-
venas al li, kvankam ŝi ne povus venki sian pli junan fratinon en belec-
konkurso.

Nun li jam finfine rezignis Susannan, aŭ almenaŭ ne plu ĉiutage
pensis pri ŝi. Do li iomete embarasiĝis, kiam Karin invitis ŝin al ilia
geedziĝo. Sendube ŝi intuis, kion li iam sentis. Ĉu ĝuste pro tio ŝi volis
manifestacii? Li ne komprenis, kiel ŝi pensis. Sed kredeble ŝi tutsimple
ne povus klarigi al la gepatroj, kial ne inviti la fratinon.

La alveno de Alice estis kvazaŭ tertremo en lia vivo. Efektive ŝia naskiĝo estis drama. Post horoj da turmentoj al Karin, dum la bebo ne volis aperi, aŭ pli ĝuste dum la utera cerviko rifuzis malfermiĝi, oni subite decidis pri akuta cezara operacio. Do, oni portis ŝin ien, kien li ne rajtis akompani, kaj li devis sidiĝi en atendejo, kvazaŭ onta patro antaŭ kvindek jaroj.

Oni sukcese eligis la bebon, kaj ĝi montriĝis beleta rondkapa knabino, kiu rigardis lin per klaraj okuloj. Ŝi ŝajne scivole renkontis lian serĉantan, maltrankvilan rigardon. Li vidis ion en ŝiaj okuloj, ian komprenemon, ian pardonemon. "En ordo, Paĉjo", li legis tie. "Sendube ne estos pli terure ol ĉi tiel."

Pri tio ŝi tamen ne pravis. La dramo ankoraŭ ne finiĝis. Laŭdire oni dum la operacio ne sukcese eligis la tutan placenton, kaj kiam oni poste skrapis la uteron de Karin por ĝustigi tion, oni akcidente truis ĝian parieton. Sekvis infekto kaj intensa flegado dum kelkaj tagoj, kiam Alice ne povis renkonti sian patrinon. Li eĉ timis, ke Karin mortos, kaj dume li prizorgis la bebon, ŝanĝis vindaĵon, donis suĉbotelon. Lia bopatrino alvenis el Gotenburgo, kaj ili alternis ĉe Karin kaj Alice. Ann-Louise, lia bopatrino, estis silentema sed efike aganta sinjorino, kaj tute nature li sentis sin iom mallerta kaj malsperta apud ŝi. Ĉio tamen finiĝis feliĉe. Karin venis hejmen, la bopatrino forvojaĝis kaj ili povis prokrastite komenci sian kunan familian vivon. Dum kelka tempo tiu drama komenco tamen iel paralizis la familian feliĉon.

Post la bopatrino alvenis Susanna, la bofratino, por helpi al ili dum kelkaj tagoj. Kompreneble estis bone ricevi tiom da helpo, tamen tio nur prokrastis la momenton, kiam ili finfine estos triope, Karin, li kaj la eta Alice. Por li estis iom embarase je ĉiuj horoj senĉese kunpuŝiĝi kun Susanna en la limigita spaco de la apartamento – Susanna en noktoĉemizo en la kuirejo, preparante suĉbotelon por Alice, Susanna en loze volvita bantuko en la banĉambro, fenante al si la malsekajn harojn, Susanna en kalsoneto kaj mamzono en la salono, enlitiĝonte sur ilia sofo. Des pli ĉar la operacia cikatro kaj ĝenerala malforteco de Karin longe ne permesis eĉ leĝeran brakumon. Dum la geedziĝa festeno Susanna ja ĵetis al li senkaŝajn okulumojn. Nun li ne plu povis kompreni, ĉu ŝi konscias pri ia tensio inter ili.

Unufoje en malfrua vespero Susanna kaj li hazarde kunpuŝiĝis en la kuirejo. Karin dormis, kaj li ĵus sukcesis enlitigi kaj dormigi

Alice-on. Poste li iris preni ion por trinki antaŭ ol mem enlitiĝi. Antaŭ la fridujo staris Susanna en sia maldika noktoĉemizo kun doso da biero enmane.

"Ĉu ni dividu ĉi tiun?" ŝi duonflustris.

Li kapjesis kaj metis manon sur ŝian lumbon. Ŝi ne cedis sed restis surloke, senvorte rigardante en liajn okulojn. Li milde puŝetis ŝin du metrojn al la kuireja tablo, glitigante la manon laŭ ŝia kokso kaj femuro. Neniu el ili diris ion. Ŝi surtabligis la bieron kaj duonsidiĝis sur la randon de la tablo. Li komencis ambaŭmane ŝovi supren ŝian noktoĉemizon, karesante la eksterajn flankojn de ŝiaj femuroj. Ŝi plu rigardis lin, ne cedante per siaj grizaj okuloj, nenion dirante. Ŝi faris mienon, kiun li ne povis precize interpreti. Ĝi similis minimuman rideton; eble ŝi volis diri, ke ĉi tion ŝi antaŭvidis de ĉiam.

Tiam aŭdiĝis de fore eta ĝemo de Alice. Li tuj lasis la koksojn de Susanna. La rando de ŝia noktoĉemizo refalis suben. Li staris senmova dum momento, atendante duan krieton. Sed ĝi ne venis. Post kelkaj longegaj sekundoj li sidiĝis sur seĝon ĉe la tablo, prenis la bieron, malfermis ĝin kaj trinkis avide. Poste li ŝovis ĝin en ŝia direkto surtable.

"Bonvolu", li flustris.

Ŝi ridetis mistere, prenis la doson kaj trinkis, sed ne sidiĝis sur seĝon. Poste ŝi redonis ĝin nenion dirante. Ili plu trinkis alterne en silento. Li atendis kelkan tempon kaj poste portis la malplenan doson al la lavtablo. Kiam li staris tie, ankaŭ ŝi ekiris. Ŝi plandis nudpiede al li. Preterpasante, ŝi tanĝis lian flankon per siaj dekstraj brako kaj ŝultro. Poste ŝi plupaŝis en la salonon kaj enlitiĝis sur la sofo. Li estingis la lumon, staris senmova dum kelka tempo, kaj poste iris en la dormoĉambron por enlitiĝi apud Karin. Li estis lacega sed longe kuŝis tie sendorme ĝis fine ĉio nebuliĝis.

Li neniam parolis kun Susanna pri la afero, nek ripetis ĝin. Eble ĝi ne meritis priparolon. Nenio ja okazis, krom en iliaj mensoj. Kaj tio estis nenio stranga, se konsideri la cirkonstancojn.

La vivostarto de Alice do ne estis plej glata, kaj baldaŭ montriĝis, ke ŝi suferas pro koliko, kiu daŭris kelkajn monatojn. Eble kulpis tio, ke pro la infekto de Karin ŝi dekomence ne ricevis patrinan lakton, sed nur artan surogaton. Aŭ eble temis pri psikosomata malsano. Ŝia akcepto en ĉi tiun mondon ja povus esti pli bona. Ĉiuokaze, la aŭtuno iĝis longa. Li portadis ŝin enbrake, surbrake, albruste, surŝultre, je kantado de Nina Simone, kiu estis ŝia favorata muzika akompano. Por dormige luli ŝin ili metis ŝin en ĉareton kaj tiris tiun tien-reen sur sojlo. Vespere li longe promenis kun ŝi en la ĉareto tra urbaj parkoj. Meze de decembro falis iom da neĝo, la vesperoj iĝis pli helaj kaj la premo sur liaj tempioj malpeziĝis. Samtempe la stomako de Alice saniĝis, kaj en iuj momentoj li eĉ povis vidi subridon en ŝiaj klaraj okuloj.

Post duonjaro Karin rekomencis labori en sia lernejo, kaj li restis hejme, zorgante pri Alice. Tiam la vivo jam estis pli facila. Ankaŭ printempe li faris longajn promenojn, ŝovante antaŭ si la ĉareton, sed en tute alia etoso. Volonte li vagus laŭ la stratetoj en la malnovaj kvartaloj de la centra urbo, se ili pli konvenus al promeno kun infanĉareto. Sed la trotuaroj estis tro mallarĝaj aŭ neniaj, kaj la pavimo tro malebena. Unuafoje en la vivo li ekpreferis ebenan asfaltan pavimon.

Li ŝatis promeni kun Alice ankaŭ en la botanika ĝardeno de la urbo. Ĝi ja ne estis granda, sed li rondiris du-tri fojojn kontemplante, dum ĉiam pli da floroj aperis, kaj dum arbustoj kaj arboj ĉiam pli verdiĝis. Kiam la tero jam iom sekiĝis, li kelkfoje sidigis ŝin surgazone antaŭ kelkaj floroj. Sed estis malfacile konvinki ŝin ne gluti la florojn, do li devis zorge gardi ŝin. En la botanika ĝardeno ja kreskis plantoj kun plej diversaj efikoj.

Kiam brilis la suno, jen kaj jen sur la gazonoj kuŝis studentoj, kiuj intense studis antaŭ ekzameno, samtempe sunbrunigante la haŭton. Ankaŭ ili estis kvazaŭ plantoj el diversaj specioj, kiuj des pli ekfloris, ju pli la suno varmigis ilin. Iufoje li haltis por babili kun studentinoj, kiujn li rekonis el sia instituto. La ĉeesto de Alice kutime plifaciligis tiujn interparolojn. Eĉ okazis, ke li invitis iun en apudan kafejon. Li simple bezonis iom societumi kun plenkreskulo.

Komence la scienca esplorado estis tio, kio logis lin resti en la universitata mondo, kaj funde ankoraŭ estis tiel. Sed kun la paso de jaroj li pli kaj pli aprezis la kontaktojn kun ĉiam novaj studentoj. Dum siaj doktoriĝaj studoj li laboris kiel instituta asistanto kaj devis instrui kaj helpi studentojn. Kompreneble ilia pigreco, naiveco kaj ofte konsterna manko de bazaj scioj estis ĝenaj kaj defiis lian paciencon. Tamen la kunestado kun junaj homoj ankoraŭ ne tro seniluziigitaj estis vigliga injekto en lia vivo.

Fakte, li aĝis nur kelkajn jarojn pli ol ili, kaj iufoje eĉ neniom. Tamen iel ŝajnis al li, ke li rapide kaj neatendite maljuniĝis, kiam li edziĝis kaj patriĝis. Sed la studentoj kelkfoje igis lin forgesi tion. Alifoje iliaj konduto kaj komentoj efikis male, ke li tre klare sentis aĝodiferencon. Sed eĉ tiam, renkonti ilin estis plaĉa kaj stimula sperto, je kiu li malstreĉiĝis. Precipe tio validis pri hazardaj renkontiĝoj ekster la universitato, kie ili almenaŭ dum momento iĝis du kunhomoj anstataŭ doktoriĝanto kaj baznivela studento.

Nature, li precipe ŝatis renkontiĝojn kun studentinoj. Tio ne estis stranga. Cetere, en lia fakultato virinoj jam estis granda plimulto inter la studentoj. Ankaŭ el la doktoriĝantoj kaj asistantoj pli ol duono estis virinoj. Nur inter la docentoj kaj profesoroj superregis viroj, kiel plejparte aliloke.

Tiu lia prefero al studentinoj ne estis afero de seksa allogo – aŭ pli ĝuste, ne nur tio. Li ofte pensis, ke virinoj iel estas pli kompletaj homoj ol viroj. Kompreneble li sciis, ke tio estas sensenca el scienca vidpunkto. Sed fojon post fojo la homoj, kiujn li renkontis private aŭ profesie, kvazaŭ faris ĉion por konfirmi lian ideon. La viroj en lia fako, kaj en aliaj, ofte estis miope unudimensiaj, dum la virinoj konservis pli vastan perspektivon. Eble pro tio la virinoj ne estis same sukcesaj en la scienca kariero; aliflanke la viroj eble vivis malpli riĉan vivon ekster la institutoj. Kompreneble la plej probabla klarigo estis, ke ĉio dependis de liaj personaj antaŭjuĝoj kaj do estis iluzio, ekzistanta nur en lia konscio. Sume kaj resume, li ĉiuokaze preferis babili kun studentinoj ol kun viraj studentoj, eĉ kiam ĉio indikis, ke temos nur pri babilado kaj nenio plua.

Do, promenante kun Alice en la botanika ĝardeno, li ĝojis ekvidi konatajn vizaĝojn kaj ankoraŭ nekonatajn korpojn de studentinoj, kiuj flankenmetis sian kurslibron por ĝui la sunon etendite sur gazono apud la admono, ke oni ne tretu sur la herbojn. Ofte ili ŝovis la jupon supren por sunbani la femurojn, levis la bluzon ĝis submame por ke ankaŭ la ventro profitu, aŭ eĉ tute demetis la bluzon, pretendante ke la mamzono estas parto de bikino. La senmamzona modo jam delonge pasis, krom ĉe kelkaj persistaj kvardekjarulinoj, kiuj tamen kutime ne demetis la bluzon en la parkoj de lia urbo.

"Saluton", li do diris al iu Johanna, Karolina aŭ Magdalena. "Ĉu vi kolektas energion por via verkaĵo?"

Ŝi ombris la okulojn permane kaj leviĝis en sidan pozon.

"Ne, sed mi devos refari la lastan ekzamenon, kiun mi fuŝis."

"Mi bedaŭras. Kion vi trovis plej malfacila? Eble mi povus helpi."

"Nenion specifan, mi simple tro malmulte studis."

"Tio okazas. Vi faros pli bone venontfoje, ĉu ne?"

"Espereble. Ĉu tio estas via... filo?"

"Filino. Permesu al mi prezenti mian Alice."

"Saluton, Alice! Tre ĉarma!"

Bebo ok- aŭ dekmonata vere povas ĉarmi, kaj li baldaŭ spertis, ke ege pli facilas kontakti junajn virinojn, promenante kun Alice, ol sola. Li povis levi sian filinon, transdoni ŝin en la brakojn de la studentino kaj lasi ŝin salivumi sur ŝian ŝultron. Tio vekis multe pli da bonvolo ol se li mem farus tion, do ofte oni akceptis lian sekvan inviton al kafejo.

Somere la malnova universitata urbeto Lund transformiĝis en malviglan polvan lokon, kiam la plej multaj studentoj forlasis ĝin. Tamen iuj ja restis por labori aŭ ripari la nesufiĉajn studojn de la antaŭa semestro. Kun Johanna li plurfoje kafumis kaj eĉ unufoje bierumis, sed jen ĉio. Kun Karolina li faris du banekskursojn al la maro, kompreneble triope kun Alice. Kaj Magdalenan li en pluva posttagmezo eĉ vizitis en ŝia ĉambro. Dum Alice tie dormis en sia ĉaro, Magdalena lasis lin mane ĝuigi ŝin preskaŭ ĝis orgasmo. Tamen nur preskaŭ.

"Ne, ne, ĉesu!" ŝi anhelis. "Ŝi eble vekiĝos."

"Ne gravas. Ŝi nenion komprenos."

"Tamen mi ne volas. Mi hontus veki ŝin."

Do ili dum kelka tempo ŝanĝis rolojn, kaj post promeso, ke li ne krios, Magdalena igis lin makuli ŝian pluŝan litkovrilon. Tio tamen estis escepta vizito, ĉar en sunaj tagoj iliaj renkontiĝoj okazis en parkoj kaj kafejoj, kie ne eblis tiaj manlaboroj. Kaj tiu somero estis nekutime seka kaj varma.

La printempo kaj somero kun Alice estis feliĉa paŭzo en lia profesia vivo. Sed lia filino kreskis, la somero finiĝis, kaj li revenis al la instituto. Ankaŭ Karin plu laboris, kaj Alice pasigis la tagojn en infanvartejo. Lia scienca kariero tute ne suferis pro lia foresto, sed estus stulte troigi la paŭzon. Ja ĉiam insidas kolegoj, kiuj pretas okupi vakan spacon. En ĝangalo neniu peco da tero restas longe senplanta. Li trovis iom paradokse, ke Karin kaj li ekhavis filinon ĝuste ĉiepoke. En sia instituto li studis interalie la rilaton inter eksteraj sociaj faktoroj kaj la sinteno de homoj al familio kaj infanoj. Ankaŭ lia doktora disertacio temis pri tia afero. Antaŭ kelkaj jaroj li vidis la naskokvanton en Svedio atingi pinton, sed de tiam ĝi senĉese falis, kaj ĉi-jare ĝi atingis rekorde malaltan nivelon, malgraŭ ilia kontribuo per Alice. Lastatempe la nombro de naskoj en Svedio eĉ malsuperis la nombron de mortoj, kio apenaŭ okazis pli frue, krom en jaroj de milito aŭ miskresko. Dank' al la enmigrado el aliaj landoj la nombro de loĝantoj tamen daŭre kreskis. De temp' al tempo amaskomunikiloj kaj politikistoj avertis pri popola krizo. Sed Stefan bone sciis, ke tio ne estas novaĵo. Jam en la tridekaj jaroj oni unue parolis pri tia minacanta krizo. Tamen la averaĝa sinteno al familio kaj infanoj jam de okdek jaroj restis surprize konstanta ĉe la loĝantoj de Svedio. Pintoj kaj valoj en la nombro de naskoj estis preskaŭ nur okaza variado, kiu dependis de etaj ŝanĝoj en la konduto de paroj koncerne je kiu aĝo oni iĝas gepatroj. Li firme kredis, ke la naskokvanto iam rekomencos kreski, kvankam neniu povis antaŭdiri precize kiam. Kaj same firme li certis, ke necesas studi la aferon el pli longa perspektivo, sekvante ĉiun generacion tra ties tuta fekunda periodo, kaj ke por tio gravas la universitatoj.

Tia studado cetere ja havis kelkcentjaran tradicion, kvankam oni ne ĉiam disponis pri fidindaj bazaj datumoj. Unu el la prapatroj de demografio estis Edmond Halley, tiu kun la konata kometo. De sia junaĝo Stefan bone memoris lian fiaske nevideblan kometon, sed ne estis facile kompreni, kiel tiu rilatis al popolnombrado. Fakte ĝi neniel rilatis, sed en la deksepa kaj dekoka jarcentoj la sciencistoj ankoraŭ povis esti universalistoj, kion li enviis. Do, inter diversaj eltrovoj astronomiaj kaj matematikaj, Halley krome prilaboris censajn datumojn el la germana urbo Breslau, la nuna pola Vroclavo. Temis pri la nombro de naskoj kaj mortoj, kaj pri la aĝo de mortantoj, dum longa vico de jaroj. Surbaze de tiuj datumoj Halley kalkulis la restantan vivdaŭron statistike atendeblan de la urbanoj en diversaj aĝoj. Eble ne tre interese, sed tio estis necesa bazo por priskribi la evoluon de la loĝantaro, por taksi la popolnombron kaj por antaŭdiri la estontan grandecon de la loĝantaro. Krome, tio estis bazo por decidi pri kotizoj de vivasekuroj, kio tiuepoke pli gravis.

Stefan tamen konsciis, ke Halley iom eraris. Por fari siajn kalkulojn, li devis supozi, ke okazis neniu migrado al kaj el la urbo, kio preskaŭ certe estis malĝusta hipotezo. Do liaj kalkuloj donis falsajn rezultojn, kaj la asekuraj kompanioj povus tro riĉiĝi, aŭ bankroti, depende de tio, ĉu lia eraro estis plusa aŭ minusa. Sed hodiaŭ tio ne tre gravas. Gravas, ke li estis pioniro pri kiel oni pensu kaj kalkulu pri tiaj aferoj. Sen tiuj pensoj kaj kalkuloj, ekzistus neniu demografio. Kompare kun tio Stefan trovis lian regule reaperantan kometon vantaĵo de vantaĵoj.

Alice kreskis kaj bonfartis. Ŝi komencis rampi, paŝi, kuradi kaj babili, unue en nekonata fremdlingvo, sed iom post iom oni povis distingi vortojn en la gepatra. Stefan jam rimarkis ĉe ŝi nenion de la malfacila starto. Ĉe Karin ĝi ja plu restis sentebla, almenaŭ kiam ŝi renkontis konatojn kun beboj. Dum aliaj virinoj, kaj eĉ kelkaj viroj, vidante bebon tuj iĝis ekstreme karesemaj, balbutemaj kaj ĝenerale molkoraj kaj molcerbaj, ĉe ŝi nenio simila videblis. Male ŝi iel frostiĝis kaj evitis la proksimecon de suĉinfanoj. Do, kvankam li principe opiniis, ke Alice bezonus gefraton, li prokrastis proponi tion. La temo tamen estis tia, ke ĝi kvazaŭ altrudis sin.

"Mi jam lacas kunpuŝiĝi en ĉi tiu apartamento", ŝi diris iutage. "Ni devus jam longe serĉi propran domon."

"Kiu do puŝas vin? Ĉu mi aŭ Alice?"

"Ne spritumu. Mankas spaco. Vi eble ne rimarkas tion, ĉar vi disponas oficĉambron en via instituto, sed mi devas vespere labori hejme."

"Tamen tri ĉambroj kaj kuirejo devus sufiĉi por tri personoj. Aŭ por du kaj duono", li diris, levante la filineton sur la brakon, de kie ŝi tamen tuj barakte fuĝis, kvazaŭ argumentante, ke ŝi ne estas duona.

La diskuto pri la bezono de propra domo daŭris, kaj fine ili faris strangan interkonsenton, laŭ kiu Karin ĉesos gluti pilolojn, kiam ili akiros domon. Kompreneble la afero iom daŭris, ĉar iliaj opinioj pri konvena domo, konvena adreso kaj konvena prezo ne tute akordiĝis. Fine ili eble ambaŭ laciĝis, do ili decidis aĉeti vicoserian domon en orienta kvartalo, domon kiu laŭ Karin estis tro malgranda, laŭ li tro multekosta kaj laŭ ambaŭ situis en senĉarma kvartalo el identaj domvicoj konstruitaj iam en la 1970-aj jaroj. Nur al Alice ĉio plene konvenis.

La domo estis duetaĝa parto de betona domvico kun fasadoj el brikoj kaj ligno. Por hipokrite ŝajnigi varion oni farbis la fasadotabulojn de la domoj alterne en koloroj malhele verda kaj ruĝa. Ilia sekcio estis verda. Sur minimuma terpeco kreskis herboj kaj muskoj, ĉirkaŭate de mizeraj arbustoj de tujo. Teretaĝe troviĝis kuirejo, salono kaj laborĉambro de Karin, kiu rolis ankaŭ kiel gastoĉambro. Supre situis dormoĉambroj. Apud la enirejo staris budo, kie ili metis siajn biciklojn. Ilia lama aŭto nestis pli fore en garaĝovico. Ne malproksime etendiĝis kampoj, de kie ili fojfoje flaris odoron de sterko disŝutata sur la tero, kvazaŭ por memorigi al ili, ke ĉi tio ne estas urbego.

Karin scivolis pri siaj najbaroj.

"Mi esperas, ke ili estas simpatiaj kaj amikemaj", ŝi diris. "Eble ni akiros novajn amikojn."

"Almenaŭ estus bone, se ili ne tro plendemas. Sed ni esperu, ke iu havas infanojn en la aĝo de Alice."

La plej proksimaj najbaroj ambaŭflanke tamen estis tro aĝaj por havi infanetojn. Iutage la dekstraflanka virino ekparolis al Stefan de trans la tujoj.

"Vi havas sepfoliojn."

Jen ĉio, kion ŝi diris. Neniu saluto, nek bonvenigo, nek sinprezento. Li rigardis ŝin dum momento, sed ŝiaj okuloj ne renkontis la liajn. Ŝi gapis suben al iaj verdaĵoj liaflanke de la limo. Ŝi aĝis eble kvindek kaj surhavis blankan ŝorton iom tro striktan kaj verdan to-ĉemizon simile plenplenan. Ŝi estis blonda kaj sufiĉe ŝminkita.

"Vi devos elfosi ilin", ŝi pluis. "Ili diable disvastiĝas."

"Bone", li maltrafe elbuŝigis. "Ni ĵus transloĝiĝis ĉi tien, do ni ankoraŭ ne okupiĝis pri la ĝardeno."

Ŝi ne ŝanĝis sian neŭtralan mienon.

"Necesas elfosi ĉion. Ne lasu pecon de radiko."

"Bone", li ripetis. "Ni faros."

Ŝi foriris siadomen sen plua vorto.

Vespere li menciis la interparolon al Karin.

"Jes", ŝi diris. "Tio estas Agneta. Ŝi ŝajnas iom bruska, eble pro timideco. Sed bona, efektive."

Li konsterniĝis. Li tute ne povis kompreni, kiel Karin sukcesis jam ekkoni tiun virinon. Tamen ŝi eble pravis, ĉar post du semajnoj la sama najbarino invitis ilin al ĝardena festeno kun rostado. Tamen ne ĉe ŝi mem, sed en la ĝardeno de iu familio Sandberg en la apuda domvico.

"Kunportu viandon por rosti, kaj trinkaĵon, kompreneble."

Li staris kun Alice surbrake dum Karin konversaciis kun tiu laŭdire timida najbarino. Ankaŭ ŝia edzo videblis sur sia terpeco, sed li ŝajne eĉ pli timidis, ĉar li ne alproksimiĝis.

Kiam ili alvenis ĉe la Sandbergoj jam ĉeestis dekduo da homoj, kaj po-iome alvenadis ankoraŭ kelkaj. Viroj okupiĝis pri la rostiloj dum virinoj preparis salaton. Ili alportis vinon, sed Katarina Sandberg tuj verŝis al ili ian dolĉan punĉon el granda verda bovlo. Krom du adoleskuloj, kiuj baldaŭ malaperis al siaj aferoj, nur ili venis kun infano.

"Ĉu vi trovis neniun por varti?" komentis juna virino.

"Nu, ni ne sciis, ke estos sen infanoj", respondis Karin.

"Ne gravas, sed eble ŝi enuos. Niaj buboj estas ĉe avino."

Stefan prenis pli da punĉo kaj esploris la rostilojn. Jam komenciĝis disputo pri la ĝusta momento almeti la viandon, kaj li aliĝis al la atenda partio.

"Ĉu vi estas la novulo en numero dudek ses?" demandis iu viro.

"Jes, prave. Stefan Eriksson."

"Lundin en tridek du."

Li etendis la manon kaj ili manpremis.

"Ĉu vi jam sukcesis ordigi la ĝardenon? Ĝi estis iom sovaĝa, ĉu ne?"

"Ni baldaŭ zorgos pri ĝi. Elfosos sepfoliojn kaj simile."

"Damne ne, lasu tion. Ne fosu en tiu diablaĵo. Vi nur stimulos ĝian disvastiĝon. Tondu kaj poste kovru per nigra plasto."

Stefan ekridis, supozante, ke tio estas ŝerco.

"Ĉu mi kovru la ĝardenon per nigra plasto? Bele!" li diris.

Sed Lundin restis serioza kiel funebristo.

"Nur la partojn kun sepfolioj. Poste lasu tion du-tri jarojn, ĝis ili mortos."

"Bone", Stefan ridetis kaj cirkulis plu inter la ĉeestantoj kun plia glaso da punĉo.

Eble li povos ricevi ankoraŭ alian konsilon pri kiel trakti tiujn sepfoliojn. Efektive Karin jam eksciis, ke ili laŭdire manĝeblas, sed ĝis nun li ne emis provi ilian gastronomian potencialon.

Oni jam komencis rosti viandon, do li devis rapidi por trovi lokon por siaj kokidaĵoj.

Kvankam ne estis aliaj infanoj, Alice amuziĝis rondirante inter ĉiuj plenkreskuloj, ĉarmante ilin kaj ricevante jen limonadon, jen kolbaseton, jen dolĉaĵon. Li nur iom timis, ke iu stumblos sur ŝi.

"Do, ĉu vi jam ekkonis la najbarojn?" demandis lin eleganta virino en mallonga nigra robo.

"Nu, ĉi tie mi ekkonis plurajn parojn. Tamen ĉio estas iom konfuza, kaj mi ne scias kiu edzino estas de kiu edzo, sed tio ja ankaŭ ne gravas al mi. Ili mem zorgu pri tio, kiom ili volas."

Ŝi ridis kaj faris mienon, kiun li ne sciis interpreti kun certeco. Li decidis paroli kun ŝi pli multe, sed antaŭ ol li povis realigi tion, ŝi perdiĝis en la tumulto. Aŭ eble li mem perdiĝis.

Revenante al la rostilo por turni siajn pecojn da kokidaĵo, li konstatis ke iu fiulo jam ŝovis ilin flanken, kie apenaŭ plu restis braĝoj, por krei lokon al sia bovaĵa fileo. Tio kolerigis lin. Kia diabla konduto! Unue oni invitas ilin al la festeno, poste oni traktas ilin kiel duaklasajn homojn. Tia sinteno ŝajnis al li ekstreme porka, kaj li certe ne intencis toleri ĝin. Li tuj rearanĝis la diversajn viandopecojn sur la rostilo.

Tiam iu forte kaptis lian brakon de malantaŭe kaj tiregis lin dorsen, for de la rostilo.

"Kion vi fuŝas, azeno?" basvoĉe balbutis viro, kun kiu li ĝis tiam ne interparolis. "Ĉu vi ŝtelas la plej bonan lokon?"

Li estis fortikulo pli alta ol Stefan je preskaŭ tuta kapo.

"Tute ne", elsputis Stefan, tirante sian brakon por liberiĝi, tamen vane, ĉar la viro fikstenis ĝin. "Iu forigis miajn pecojn, kaj mi remetis ilin."

"Mi ja vidis vin forpuŝi mian viandon. Ĉu vi pensas ke tio estas viaj privataj braĝoj?"

La viro trenis Stefanon pli foren per sia firma preno, sed finfine Stefan skue liberigis sin kaj puŝegis lin sur la brusto. Ĉirkaŭe aliaj viroj alkuris kaj iu virino krietis. La bovaĵa viro levis la manojn por ataki Stefanon, sed kelkaj aliaj algluis sin, kaj ankaŭ la virino, kun kiu Stefan ĵus interparolis, klopodis forlogi la fortikulon. Evidente ili estis paro, kaj ial tio eĉ pli kolerigis Stefanon. Li paŝis antaŭen por forregali la alian per kelkaj trafaj vortoj, sed oni kaptis lin kaj trenis lin flanken. La mastro, sinjoro Sandberg, alportis plian glason da punĉo al Stefan kaj babilis por trankviligi lin.

"Ne zorgu, ne zorgu. Westman estas bonulo, tre bona najbaro. Li nur iom tro drinkis. Sed baldaŭ estos multe da libera spaco sur la rostiloj."

Baldaŭ Stefan iris savi sian viandon, kiu jam estis taŭge preta. De alia rostilo disiĝis fetora fumo el postlasita viando, nun karbiĝinta. La interparoloj iĝis pli kaj pli insistaj, kaj ie du aliaj viroj ekkverelis pri io nebula, sed oni retrankviligis ankaŭ ilin per plia glaso da io. Li ekvidis, ke Karin gaje babilas kun Lundin, la nigra-plastulo, dum Alice ne plu videblis.

"Kie estas Alice?" li demandis, portante al Karin la kokidaĵon.

Ŝi prenis sian parton kaj rigardis lin acide.

"Ŝi dormas sur la sofo, en la salono de Sandberg."

Li pluvagis, manĝetante iom el la viando. Vere li ne plu malsatis, eble pro la punĉo, kies dolĉa gusto plenigis lian buŝon. Kaj tiu verda bovlo ŝajne estis magia, ĉar ĝi ĉiam restis plena, kiom ajn oni ĉerpis el ĝi.

Li ne vere notis, kiam la festeno finiĝis. Iumomente li sentis, kvazaŭ li apogus sin al glacimonto, sed poste li vekiĝis rimarkante, ke li kuŝas surtere, kun la ventro al gazono, kaj ke lia dorso tute malsekas kaj malvarmas pro densa pluvo, kiu sendube jam de kelka tempo falas sur lin.

Li turnis sin konstatante, ke lia ventro tamen sekas kaj relative varmas. Neniu festeno plu videblis, kaj li tute ne rekonis la ĉirkaŭaĵon. Kiam li stariĝis, ĉio cirkulis ĉirkaŭ li, sed li prove ekiris sur la gazono, serĉante ion konatan. Ne estis lia gazono, nek tiu de Sandberg, do la diablo sciis, kie li estas. Li venis sur strateton kaj pluiris laŭ ĝi. Post iom li rekonis la bushaltejon. Kiel veni hejmen de tiu? Iele-trapele li trovis vojon kaj post kelkaj minutoj eniris en sian domon. Li supreniris kaj konstatis, ke Karin kaj Alice dormas en siaj ĝustaj lokoj. Do nur li mem iel misvagis. Li senŝeligis sin de la malsekaj vestaĵoj kaj falis en la liton.

Ĝis tiam li tre malofte drinkis tiel multe, kaj li antaŭvidis, ke Karin kondutos al li acide rimarkante, ke li estas postebria. Sed matene ŝi estis strange kompleza.

"Kiel vi fartas?" ŝi diris, tamen sen atendi respondon. "Ĉu vi volas ion tuj antaŭ ol ellitiĝi? Lakton aŭ fruktsukon? Eble anĉovon?"

"Ĉu anĉovon? Vi estas freneza!"

Efektive ŝi alportis glason da fruktsuko.

"Alice kaj mi jam matenmanĝis. Ni faros ekskurseton, do vi povos ellitiĝi kiam vi volos."

Li kapjesis kaj fermis la okulojn. Li ne komprenis, kial ŝi tiel mildas, sed al ĉevalo donacita la buŝon ne esploru. Do li trinketis la sukon je pulsanta kapdoloro, klopodante memori, kion li eble faris dum la lasta parto de la festeno. Sed tio restis nigra vakuo.

Li ja povus poste demandi al Karin, ĉu okazis io atentinda, sed li prokrastis tion, pensante ke ŝi sendube proprainiciate rememorigos al li eventualajn stultaĵojn. Tamen ŝi diris nenion. Ŝi entute ne plu menciis la rostfeston. Kaj li ne volis blovi en vespujon.

Koncerne la sepfoliojn li ne povis decidi, kiun el la metodoj li apliku. Do ankaŭ tiun aferon li prokrastis. Jam alproksimiĝis la aŭtuno, kaj dumvintre la demando ripozu en paco. Printempe ili vidos.

La unujaran naskiĝtagon de Alice ili festis en la somerdomo de la bogepatroj, kun la bofratino kaj ŝia nova koramiko, viro nomata Mehdi. Tiu duopo ŝajnis tre pasie enamiĝintaj. Karin, Stefan kaj Alice dormis en unu malgranda ĉambro, Susanna kaj Mehdi en la apuda. Vespere Stefan ne povis endormiĝi pro ilia laŭta amorado trans la maldika vando.

"Ĉu vi dormas?" li flustris al Karin.

"Jes. Dormu ankaŭ vi."

"Ne eblas, kiam ili koitas kiel kunikloj. Mi timas, ke ili vekos kaj timigos nian kolombeton."

"Ne zorgu. Ŝi dormas. Nun silentu."

Sed ankaŭ post la aŭdeblaj orgasmoj en la alia ĉambreto li ne povis endormiĝi. Li streĉis la orelojn por eble aŭdi postajn amsignojn, pensante pri la okazo, kiam li dividis bieron kun Susanna en sia hejmo. Li memoris la senton de ŝia haŭto kontraŭ liaj polmoj, kaj li ekhavis fortan erektiĝon. Li volus veki la edzinon, kaj samtempe li ne volis ŝin. Li volis Susannan, sed tio nun estis ankoraŭ pli malebla ol iam ajn antaŭe.

Li demandis sin, ĉu ĉi tio estis planita spektaklo, reĝisorita de Susanna. Eble ŝi proponis kune pasigi semajnfinon ĉi tie ĝuste por scenigi tian sonteatraĵon kun li kiel aŭskultanto. Subite li komprenis, kiel kruela ŝi estas. Evidente ŝi pli ĝuis, sciante ke li aŭdas ŝin de trans la vando. Eble ĝuste tio helpis ŝin orgasmi. Tiu Mehdi sendube estis nura rimedo.

Longe li cerbumis, kiel eblus venĝi kontraŭ ŝi. Enpense li imagis, ke li seksumas kun ŝi perforte. Finfine li posedus ŝin, akirus ĝuon per ŝi, kaj samtempe li punus ŝin. Kompreneble li sciis, ke tio estas vana fantazio, kiu utilas al nenio.

Dum momento li denove pripensis, ĉu veki la edzinon por proponi amoradon. Sed li konis ŝin sufiĉe bone por scii, kiel ŝi reagus. Ŝi nur rigardus lin dormeme kaj surprizite, kvazaŭ li estus freneza. Krome li mem tute ne deziris tion. Li ne volis ke la bofratino aŭdu ilian rutinan kaj enuan amoradon de geedzoj.

Li revenis al sia fantaziado pri Susanna. Sed li ne sukcesis ĝui el tiuj imagoj. La sento de malamo kaj venĝemo degelis en indiferenton. Malrapide li sinkis en indulgan dormon.

Stefan pli-malpli atendis pliajn obstaklojn flanke de Karin, sed ŝia komplezemo plu daŭris. Ŝi efektive formetis la kontraŭkoncipajn pilolojn, kaj post nelonge ŝi jam estis graveda. Tiufoje la afero tamen finiĝis per subita elreviĝo. Manĝante la tradician Kristnaskan rizkaĉon, ŝi eksentis ventrodoloron. Li supozis, ke kulpas nesufiĉe kuiritaj rizgrajnoj, sed ŝi tuj sciis, ke estas alia kialo. En la Kristnaska tago li devis veturigi ŝin al hospitalo, kie oni konstatis aborton.

Post du tagoj ŝi revenis hejmen, pala kaj laceca.

"La ginekologo diris, ke estas vane", ŝi raportis. "Mi ne plu povos naski."

Ŝi tamen rericevis la fortojn, kaj kiam la printempa semestro komenciĝis en ŝia lernejo, li jam rimarkis nenion ĉe ŝi. Kaj atendante ŝian unuan normalan menstruon, antaŭ ol ŝi decidis, ĉu rekomenci per la piloloj por eviti pluajn abortojn, li sukcesis tute senintence gravedigi ŝin denove.

"Stefan", ŝi diris. "Mi devas forigi ĝin. Mi ne fortas trapasi ĉion ankoraŭfoje."

Li ne komprenis, ĉu ŝi parolas pri la aborto aŭ pri la cezara operacio kaj ties sekvoj. Kaj en la unua kazo, ĉu intenca abortigo estus malplia turmento. Ĉiel ajn, li klopodis trankviligi ŝin.

"Ne tro rapidu", li diris. "Ni atendu iomete. Eble tiu ginekologo eraris."

"Vi kompreneble scias pli bone", ŝi ironiis senenergie.

Tamen ili ja atendis, la gravedeco daŭris, alia kuracisto aŭguris sukceson, kaj en novembro cezare naskiĝis Oskar. Ĉio estis mala, kompare kun la enmondiĝo de Alice. Karin bonfartis, ĉio iris laŭplane, Oskar estis dormema pigrulo kiu frandis patrinan lakton ĝissate, apenaŭ zorgante pri la ĉirkaŭa mondo. Ili ĉiuj tre feliĉis, krom Alice, kiu trovis la bebon stulta. Eĉ Karin montris kelkajn patrinecajn trajtojn. Ĉio indikis, ke ili estos feliĉa familio ideala.

* * *

Jen lia lasta papero estas plenskribita. Li devus peti pliajn paperojn, aŭ prefere kajeron. Poste li devus atendi, ke oni bonvolos plenumi la peton. Sen atendo nenio eblas. Ĉi tie ekzistas nenia tujo. Evidente necesas montri, kiu havas potencon kaj kiu ne. Eble li eĉ ne ricevos ĝin antaŭ ol oni liberigos lin, se ne okazos juĝproceso. Sed li devus prepari sin, ke ĝi ja okazos, kaj li devos plu vegeti ĉi tie. Cetere, kial li skribaĉu enuaĵojn el sia mizera historio? Tio vere utilas al nenio, krom okupi la menson dum kelka tempo. Pli bone estus skribi sur nigra tabulo, kie eblus poste viŝi la skribaĵon kaj rekomenci denove. Tiel li povus skribi ankaŭ tiajn aferojn, kiujn neniu rajtas legi. Sed prefere ne. Plej bone estus eĉ ne pensi ilin, kvankam ne facilas bridi la pensojn. Kiom ajn li viŝas ilin, tamen ili senĉese reaperas.

Li demandas sin, kio efektive decidis pri lia vivo. Je kiu momento li venis sur la jenan trakon? Kaj kial? Ĉu eblus io alia? Certe ja eblus;

li ne kredas je determinismo. Sed kio necesus, por ke ĉio iĝu tute alia? Kion li povus fari, kaj kiam? Stultaj demandoj, sed li ne sukcesas eviti ilin. Sendube la tuta vivo estas senfina vico de vojforkoj. Li senĉese elektis unu el la eblaj vojoj, kaj per tio fermiĝis dua vojo. Ne eblas reiri por ŝanĝi la elekton. Ĉiutage, ĉiuhore li faris elektojn. Se li faris tridek elektojn ĉiutage, proksimume dek mil ĉiujare, tio faras ducent kvindek mil en dudek kvin jaroj. Pro tiuj elektoj li vivis ĉi tiun unikan vivon, dum samtempe du altigite per ducent kvindek mil aliaj vivoj ne realiĝis. Sufiĉe multe. Kiom da steloj estas en la universo? Kiom da atomoj? Li ne konas tiajn faktojn, kaj tio tute ne gravas. Li povus egale diri, ke ekzistas nul aliaj vivoj, ĉar je ĉiu elekto realiĝas la elektita vojo kaj nuliĝas la neelektita. Ĉio ĉi estas nur vantaj pensoj sen ajna valoro. Tamen ne eblas lasi ilin. Li revenas al ili re kaj refoje. Kiuj el tiuj ducent kvindek mil decidoj estis vere gravaj? Kio puŝis lin fari tiujn decidojn? Vane aŭ ne, li volus scii, kial lia vivo kondukis lin ĉi tien. Sed tio ne eblas. Entute la vorto *kial* estas malebla demando. Maksimume eblus esplori, *kiel* okazis aferoj. Sed *kial*? Jen demando sen respondo kaj sen senco.

Cetere, estas stulte pensi, ke eblas kalkuli decidojn. Kio estas decido, kaj kio nedecido? Ĉu estas decido, kiam li elektas plu vivi? Ĉu estas decido, se li ne kuregas kapantaŭe al la muro de ĉi tiu ĉelo? Ĉu estus decido, se li lasus sin sinki en delogan vertiĝon, en kiu konfuziĝas kiamoj kaj kialoj? Krome, ĉu eblas ĉiam distingi, kiu faris kiun decidon? Iufoje li pensas, ke li decidas, sed poste li komprenas, ke efektive iu alia faris la veran decidon. Aŭ inverse, li trovas ke iu decidis ion, kaj li nur akceptis tion, sed eble li mem estis tiu, kiu efektive decidis. Li devus ĉesi cerbumi pri ĉi tio, ĉar tio estas plene vana kaj freneziga pensado. Tamen, ĉu sufiĉas decidi? Se li decidus ĉesi pensi pri tio, ĉu li efektive ĉesus? Ne. Ne eblas decidi pri la propraj pensoj. Bone, li ja decidu, sed la pensoj ne obeos.

Ĉu vere eblas komenci juĝproceson surbaze de nuraj supozoj? Oni supozas, ke li puŝis Fredrikon en la riveron, sed neniu tion vidis. Aŭ, se iu vidis ion, tio estis defore, en la nokta krepusko, kaj oni misinterpretis, kion oni vidis. Li ne povis malhelpi, ke Fredrik ĵetis sin al li. Li devis protekti sin. Eble li ja levis la manojn kaj puŝis lin, sed

nur por defendi sin kontraŭ lia atako. Tiu stultulo estis tute senekvi-
libra, pro kolero kaj ebrio, ne pro lia puŝo. Ĝi aldonis preskaŭ neniom.
Fredrik ĉiuokaze falus. Neniu povus antaŭdiri, ke li resaltos dorsen
kaj pivotos sur la parapeto kvazaŭ ia baskulo. Ĉio ŝuldiĝas al mal-
bonŝanco kaj malfeliĉaj cirkonstancoj. Stefan faris preskaŭ nenion, do
ne eblas, ke oni akuzos kaj kondamnos lin. Sendube morgaŭ li vekiĝos
el ĉi tiu koŝmaro kaj trajnos hejmen.

Vere, li ne komprenas, kiel oni imagas, ke li faris tion. Kiel li povus
agi tiel mallerte? Se li volus iun mortigi, Fredrikon aŭ alian, ĉu li farus
tion meze de la urbo, sur centra strato, kie atestantoj ĉiumomente
pasas? Kaj ĉu per puŝo, faligo suben en akvon, el kiu eblus tute facile
eskapi per naĝado? Tio ja estas ofenda akuzo. Ĉu li do estas idioto? Ĉu
li havas kaŭzon agi kiel diletanto pri murdo? Li ne scias precize, kiel li
farus tion, sed certe iom pli lerte, iom pli diskrete. La tuta akuzo estas
absurda. Li devus atentigi pri tio sian advokaton. Bone, se oni morgaŭ
liberigos lin, li adiaŭos tiun kaj neniam plu devos rilati al li, krom
sendube por pagi altegan fakturon. Sed se ne, li devos komprenigi al
la advokato, ke li agus ege pli sagace, se li decidus mortigi homon.
Li elektus malpli publikan lokon kaj uzus pli sekuran metodon, por
certigi ke la homo ne travivu. Bati la kapon per fera stango estus bone.
Aŭ tranĉi la gorĝon per akra tranĉilo. Aŭ simple strangoli lin. Poste
jam estus prudente ĵeti la kadavron en riveron, sed certe ne meze de la
urbo sub la okuloj de noktaj promenantoj. Kompreneble, se li tranĉus
ties gorĝon, li devus ankaŭ zorge forlavi la sangon. De la tranĉilo, de la
manoj, de ĉie. Li devus ne lasi la sangon.

Tamen ĉio ĉi estas nur teoria rezonado. Li neniam realigus ĝin.
Almenaŭ ne sen urĝa neceso. Tio estas, nur se ekzistus neniu alia elir-
vojo. Se tio estus lia sola ebla savo.

Sed tiel ja ne estis. La stultaj akuzoj de Fredrik estis tute sensencaj.
Neniu prudenta persono atentus ilin. Estis vanta babilado, kaj tiel li
ankaŭ traktis ĝin. Vanta babilado de ebriulo. Li neniam rigardis ĝin
serioze. Li tute ne atentis ĝin. Ĝi estus jam forgesita, se Fredrik ne
stumblus aŭ ŝanceliĝus kaj falus en la riveron. Tio ja evidentas. Eĉ
li mem supozeble ne memorus siajn stultaĵojn en la posta tago, se li
plu vivus. Kaj Stefan jam delonge forlasus ĉi tiun urbaĉon kaj revenus
hejmen.

Sendube la samo validas pri Camilla. Kio ajn okazis al ŝi, ne li respondecas pri tio. Se ŝi ne naĝus tro foren tiunokte, antaŭ preskaŭ tridek jaroj, li eĉ ne plu memorus ŝin. Li ne povas memori ĉiujn knabinojn, kiuj pasis tra lia vivo. Aŭ tra kiuj li pasis. Nur se restas io daŭra, io konkreta post ili, indas memori ilin. Aŭ male, se ili malaperas senspure, postlasante kvazaŭ vakuon. Aliokaze ili pasas tra lia vivo sen postlasi vundon. Li ne plu pensas pri ili, krom se io specifa revekas la memoron. Jen la vivo. Ne eblas ĉion remaĉi senfine. Necesas resti sobra kaj pluiri. Necesas mem pasi inter ĉiuj stumblaĵoj sen fali kaj sen fiksiĝi.

Bone, morgaŭ li trajnos suden. Li jam certas, ke tiel estos. Tri horojn per rapida vagonaro. Poste li promenos ĝis la apartamento. Estos ege agrable eniri tra sia propra pordo. Ĝi ne estas vasta loĝejo, sed tio ne gravas. Sendube ĝi estos iom polva kaj enfermita, kun malfreŝa aero. Li estos same sola tie, kiel antaŭe. Sed tio ne gravas. Tio tute ne gravas. Ĝi estas lia eta nesto en la nuna mondo. Li mem decidos, kiam kaj kion manĝi, kiam viziti la banĉambron. Li mem ŝlosos kaj malŝlosos la pordon; li mem decidos, kiam kaj kien eliri. Ĝi ne estas aresteja ĉelo, sed propra loĝejo, kie li estos ĉe si mem. Tie li decidos, kion pensi kaj kion songi, kion memori kaj kion viŝi el la konscio. Li decidos, sed ĉu la menso obeos? Ĝi ja devos obei. Li nepre trovu manieron por obeigi ĝin.

* * *

Ili renkontiĝis Kristnaske. Ne, ili jam konis unu la alian; jam de kelkaj monatoj ili loĝis ĉiu en sia studenta ĉambro ĉe la sama koridoro. Do ili sufiĉe ofte renkontiĝis en la komuna kuirejo, kun la dek ok aliaj samkoridoraj studentoj. Tamen ili interŝanĝis nur mallongajn, indiferentajn frazojn. Li sciis, ke ŝi devenas el ie en Nordlando kaj ke ŝi studas kemion. Krom tio ŝi estis al li nekonato, kaj li ne tre scivolis pri ŝi. Sed Kristnaske, kiam la aliaj studentoj forvojaĝis al siaj familioj kaj la kuirejo estis pli-malpli dezerta, li rimarkis, ke ili du estas la solaj restantoj.

"Ĉu ankaŭ vi laboros Kristnaske?" ŝi demandis super vespera taso da teo.

"Ne. Mi ne havas laboron, bedaŭrinde. Kie vi laboros?"

"En la sociala servo por maljunuloj. Do, vi simple ne ŝatas familiajn festojn, ĉu?"

"Miaj geavoj petis min veni, sed mi preferas iri pli malfrue, post la festoj."

Fakte, Avo telefonis por diri, ke ili havas donacon por li, kiun li ricevos venante tien. Sed li ne volis viziti ilin, kiam Paĉjo eble ĉeestas. Ulrika kaj li plu babilis iomete pri studoj, laboroj, familioj kaj la neĝo falinta antaŭ du semajnoj, kiu nun jam degelis.

"Por mi ne estas vera Kristnasko, se la tero nudas", ŝi diris.

"Vi sendube ne kutimas je tio, sed ĉi tie sufiĉe ofte okazas tia verda Kristnasko."

En la sekva vespero ili manĝis kune. Ulrika ornamis sian ĉambron per kandeloj kaj miniatura kristarbo el verda kartono, dum li alportis pladojn el la kuirejo. Li ne faris tradiciajn Kristnaskajn pladojn, sed kuiris kuskuson kun legomraguo kaj rostita kokidaĵo. Aldone li surtabligis ruĝan vinon kaj salaton kun oranĝoj kaj juglandoj. Li jam pli frue rimarkis, ke ŝi kutimas nur je primitiva kuirado, ĉefe de pastaĵoj kun saŭco. Laŭdire la vojo al vira koro iras trastomake, sed se juĝi laŭ Ulrika, tio pravis ankaŭ pri virinoj. Ĉu pro lia kuirarto, ĉu dank' al la vino, ĉu pro la kandela lumo en tiu duope soleca festotago, ĉiuokaze ili iĝis paro tiunokte.

La vojo al lia koro eble iris surlite. Antaŭe li ne tre ardis pri Ulrika. Eble li trovis ŝin tro decidema, tro forta, aŭ pli kredeble li tutsimple neniam vere atentis ŝin, nek zorge rigardis ŝin. Sed nun li kvazaŭ enamiĝis al ŝi enlite. Eble io simila okazis al ŝi. Ili plu loĝis ĉiu en sia ĉambro ĉe du malsamaj finoj de la koridoro, sed praktike ili pli kaj pli pasigis vesperojn, noktojn kaj matenojn kune. Komprenebe la studado rabis multajn horojn, precipe la ŝia, kaj ŝia kromlaboro signifis, ke ŝi ofte estis okupita dum la semajnfinoj. Tamen restis sufiĉe da momentoj por esti kune, kaj ili ja vivis je nur kelkmetra interdistanco. Li plu dediĉis atenton al kuirado por iliaj komunaj vespermanĝoj, kio vekis ridojn kaj moketojn de la aliaj studentoj.

"Atentu, vi grasigos ŝin", avertis unu junulo, kiu eble ĵaluzis.

Sed estis nenia risko ke Ulrika iĝos dikulino. Unue, li ne kuiris grasigajn pladojn, due ŝi havis korpon sveltan, senbalastan. Ŝi estis preskaŭ samalta kiel li kaj havis rektajn brunajn harojn, grandajn bušon, manojn kaj piedojn, sed etajn mamojn kaj postaĵon. Kiam ili promenis kune enurbe, ŝi pli rapidis ol li, do li devis peni por reatingi ŝin. Ankaŭ enlite ŝi malpaciencis. Ŝi tute ne deziris longan antaŭludon, kaj postkoite ŝi rapidis duŝi kaj revesti sin. Eble eĉ estus pli oportune resti tiel, preskaŭ kunvivante. Sed post jaro hazarde trafis ilin la bonŝanco, ke ili havis okazon lui komunan apartamenton en proksima kvartalo. Iu dungito en la instituto de Ulrika ricevis pli bonan laboron en Gotenburgo kaj pro tio subite forlasis sian Stokholman loĝejon. La kolego peris la kontakton, kaj oni ofertis al ili la du ĉambrojn kun kuirejeto.

Ili ricevis la ŝlosilojn kaj iris rekte al la apartamento. Deka etaĝo. Ili kisis unu la alian dum la tuta vojo supren per la lifto, en la eta malluma vestiblo, ĉe la salona fenestro. La suno rebrilis de ia fora akvosurfaco.

"Kiel foren oni vidas", ŝi diris.

"Eble tiu golfo estas Brunnsviken. Damne, kiom da arboj kreskas preskaŭ meze de Stokholmo!"

Du etaj ĉambroj kaj angulo kun forno kaj lavtablo. Ili vizitis la loĝejon pli frue, kiam ŝia kolego ankoraŭ restis, sed nun ĝi aspektis alie kaj ŝajnis pli malgranda, kiam mankis mebloj. Iliaj vortoj eĥiĝis de la nudaj muroj, kaj li sentis malfortan odoron de kloraĵo uzita dum la purigado. Tamen li estis ekscitita. Ilia unua komuna loĝejo! Tute moderna, kun propra duŝejo, elektra forno kaj fridujo. Kaj ne estis malproksime al la universitato, nek al la urbocentro.

Li scivolis, kiel longe ili loĝos ĉi tie. Nun Ulrika eble ĉesos paroli pri tio, ke ŝi reiros al sia Nordlando postekzamene. Li volonte restus ĉi tie dum jaroj.

Ili eniris en la dormoĉambron, malvestis unu la alian kaj faris kuŝejon el la vestaĵoj, meze sur la planko. Li kuŝiĝis surdorse sur la vestamaseto, kaj ŝi diskrure ekrajdis lin. Unuafoje en propra apartamento. Ŝi ŝajnis same urĝata kiel li. Li sentis ion, eble la bukon de rimeno, kiu pikis al li la dorson ĉiufoje kiam ŝi ekpremis. Ŝi ne atingis orgasmon, kaj ŝiaj genuoj ekdoloris pro la malmola planko, sed tio ne gravis, ŝi diris.

Poste ili dumlonge staris nudaj ĉe la fenestro. Ŝi fumis, malfermminte la fenestron je fendo, kaj li enspiris ŝian fumon, kiu estis kvazaŭ parto de ŝi. Ili rigardis suben al homoj kaj aŭtoj, garaĝoj kaj arboj, dum la krepusko alvenis kaj la suno malaperis trans vico el turkisaj domegoj okcidente.

"Ni havas belan panoramon", li diris.

Ŝi murmuris konsente sed turnis sin internen, al la ĉambroj nun jam tute mallumaj.

"Estas iel nereale, ke ni vivos ĉi tie", ŝi diris. "En tia granda domego. Mi scivolas, kiaj homoj loĝas trans ĉi tiuj muroj. Kaj supre kaj sube."

"Ordinaraj homoj. Similaj kiel ni."

Ŝi ridis.

"Kiel ni? Ĉu ni do estas tiel ordinaraj?"

"Certe. Ni nur ankoraŭ ne tre kutimas."

"Sed mi sentas ĉi tion iomete kiel etan tirkeston en granda komodo. Skatoletoj. Little Boxes. Kvazaŭ etaj izolitaj ĉeloj."

"Estos bone kiam ni havos ĉion en ordo", li diris. "Kun mebloj kaj aferoj. Kaj lampoj."

"Eble ni ekkonos iujn el la najbaroj. Tiel ke eblos viziti ilin. Fojfoje trinki tason da kafo kune."

"Eble."

"Tamen estos nekutime ne loĝi apud aro da aliaj studentoj", ŝi diris.

"Sed vi multe kverelis kun ili, ĉu ne? Pri lavado de la vazoj, malaperintaj manĝaĵoj kaj simile."

"Do, ĉu vi pensas ke ni ne kverelos?"

"Tio estas alia afero."

Li kisis ŝin ankaŭ survoje suben, kvankam ili kundividis la lifton kun scivolema junulo, kiu envie gapis al ili.

Ulrika estis alia ol la plej multaj inoj, kiujn li konis. Ŝi ne tre zorgis plaĉi, sed kondutis nature, senafekte. Se iu homo ne ŝatis ŝin, tio ne afliktis ŝin. Ŝi estis trankvila kaj pripensema, ne tre spontane aganta. Pli frue li dirus, ke ŝi ne estas lia tipo. Sed nun li pensis, ke ĝuste tia virino, ĝuste ŝi, estas la virino kiun li bezonas. Krom tio, ankaŭ fizike ŝi tre allogis lin. Ŝi ne havis tian vizaĝon, pro kiu li turnus sin surstrate por gapi, sed ĝi estis plaĉa, simpatioveka. Kaj ŝia korpo estis impona. Li pensis pri tio precipe vidante ŝin nudan. Ŝi aspektis kiel sportulino, kvankam ŝi ne tre multe ekzercis sin. Ju pli da tempo li pasigis kun ŝi, des pli li certis, ke ili nature apartenas unu al la alia. La hejmaj taskoj sufiĉe nature trovis sian plenumanton. Almenaŭ laŭ li. Li ŝatis kuiri, ŝi ne, do li kuiris. Neniu el ili tre ŝatis purigi, sed ŝi pli ol li suferis pro malpura kaj senorda loĝejo, do ŝi purigis. La fenestrojn lavis li, sed tio okazis nur dufoje dum ili kunvivis tie. La vazojn kaj vestaĵojn ili lavis alterne, laŭ ŝiaj indikoj pri kiu vestaĵo postulas kiun temperaturon, ĉar li ne komprenis la kriteriojn de tio. Ĝis tiam li lavadis ĉion je sesdek gradoj.

Ili ne posedis multajn meblojn, sed iom post iom ili aĉetis aŭ pruntis la plej necesajn aferojn. Unue la liton. Plue tablon kun kvar simplaj seĝoj. Etan sofon. Librobreton. En kontenero por rubo li trovis komodon preskaŭ sendifektan, kiun li pene transportis al ilia adreso, purigis kaj refarbis. Cetere la loĝejo estis malvasta, kaj ne indis plenŝtopi ĝin per mebloj. Surmure ili alpinglis ĉipajn afiŝojn kaj artreproduktaĵojn. Entute ili vivis tre simple, sed tio tute ne ĝenis lin. Ili havis unu la alian, kaj tio pli gravis ol amaso da posedaĵoj.

Dum la unua tempo de la kunloĝado li studis statistikon, kaj ili ŝatis amike-petole moketi unu la alian pri siaj studfakoj. Iuvespere li staris ĉe la forno rapide fritante tranĉitajn legomojn. Li turnis sin kaj malfermis la fridujon por elpreni saketon da ĉampinjonoj el ĝia frostujeto. Ulrika ĵus elŝrankigis telerojn kaj glasojn por primeti la tablon, kaj kun tiuj enmane ŝi ekridis rigardante lin.

"Ĉu vi scias, kia estas statistikisto?" ŝi demandis.

Li returnis sin alfornen, kirlis legomojn unumane kaj alŝutis ĉampinjonojn per la dua. Apude vaporis el kaserolo kun rizo.

"Hm, do diru", li murmuris.

"Homo kun unu mano sur kuirplato kaj la dua en frostujo, kiu trovas tion averaĝe tute agrabla."

Li ridetis, plu kirlante la miksaĵon, kvankam li kompreneble jam kelkfoje aŭdis similan spritaĵon inter la kursanoj. Poste li alverŝis dolĉacidan saŭcon jam antaŭe preparitan kaj forigis la vaporantan paton de la kuirplato.

"Bone", li diris. "Kaj kemiisto estas homo, kiu gustumas freŝan ĉopsuon dirante, ke ĝia pH estas nul komo kvin."

Ŝi saltetis.

"Ĉu nul komo kvin? Tio estus sufiĉe vomiga ĉopsuo, kiu donus al vi stomakan ulceron."

Li konstatis, ke ankaŭ la rizo jam pretas, kaj surtabligis ĉion.

"Nu, bonan apetiton", li diris. "Do bonvolu gustumi por prijuĝi, ĉu ĝi havas la ĝustan pH-valoron."

Altabliĝinte ili tamen ne plu daŭrigis la petoladon, sed ĝuis la manĝon. Efektive iliaj reciprokaj moketoj ludis rolon de amsignoj. Kutime li diris "mi amas vin" nur enlite, kaj ŝi respondis samvorte.

Je aliaj okazoj tiuj vortoj ŝajnis al li tro malfacile eldireblaj, kvazaŭ ili estus ia dorna bulo, kiu fiksiĝis surpalate kaj rifuzis eliĝi el la buŝo. Tamen li ja volonte aŭdus ilin el ŝia buŝo, sed de tie ili aperis nur eĥe, responde al la liaj. Nu, li pensis, gravas ne tio, kion oni diras laŭte, gravas la agoj.

Estis dek antaŭ la sesa matene, kaj li ne sukcesis reendormiĝi. En la dormoĉambro estis plena taglumo, malgraŭ fermitaj ŝutroj. Ulrika dormis apud li en la dupersona lito, kiu preskaŭ plenigis la etan ĉambron.

Li paŝis ĝis la fenestro kaj iomete malfermis la ŝutrojn. La suba korto estis dezerta. Kelkaj ruĝaj punktoj lumis el la sablejo, atestante pri infanoj, kiuj postlasis siajn plastajn ludilojn. Kaj la infanoj kaj iliaj gepatroj, kiujn li kutimis renkonti surkorte, ŝajnis al li esti de tute alia speco ol li mem.

Li rigardis la surmuran reproduktaĵon de Ĉasistoj en neĝo, de Bruegel, kiu gardis super Ulrika. Lastatempe ŝi volis anstataŭigi ĝin per iu vera artaĵo, ĉar ĝia rando iomete ŝiriĝis.

Dum kelka tempo li pripensis ĉu duŝi sin, sed la sono eble vekus Ulrikan. Ŝi bezonis dormi post malfrua vespero kun sia studgrupo. Ŝi turnis sin iomete kaj la granda buŝo grimacetis; eble la lumo de la fenestro ĝenis ŝin. Ŝi devus tondigi la harojn. La kolo kaj unu ŝultro lumis blanke kontraŭ la littuko kun granda bluverda desegno. En lumstrio sur la kolo videblis eta rozkolora ovalo. Li alproksimiĝis kaj klinis sin super ŝi. Io pikis al li la abdomenon.

Do, ĉu estis tiaspeca studgrupo?

Sendube jam pasis pli ol jaro, post kiam li lastfoje faris sur ŝi kismarkon. Tio kvazaŭ ne plu estis bezonata; ili ja loĝis kune. Li eĉ ne bone memoris, kial oni faras tion. Cetere, lastatempe ŝi nur malofte emis fari ion kun li.

La pulso batis en liaj tempioj, kaj io ŝtopis al li la gorĝon.

Li refermis la ŝutron kaj premis sin inter la liton kaj la muron kun la ĉasistoj, kiuj ankoraŭ iom ŝiriĝis. Rapide kaj silente li prenis la hieraŭajn vestaĵojn de la seĝo, surmetis ilin kaj foriris el la ĉambro.

"Kioma horo estas?" malklare aŭdiĝis la dormoplena voĉo de Ulrika. Sendube lia paŝado vekis ŝin.

"Nur la sesa", li diris. "Dormu plu."

Refoje io pikis en lia ventro. Li devus esti furioza, sed li tute malplenis. Kial ĉio ne povis resti tia, kia ĝi estis? Ili ja vivis bone kune? Tamen li sentis ĉefe teneron al ŝi aŭdante tiun malfortan bone konatan voĉon. Prefere ŝi dormu plu.

Li stariĝis ĉe la lavtablo kaj trinkis akvon rekte el la krano. Li rigardis ilian komunan hejmon, kiu nun aspektis malriĉa, senkaraktera, forpuŝa. Poste li paŝis el la apartamento, fermis la pordon aŭdante la seruron klaketi, kaj pluiris al la lifto.

Longe poste li kelkfoje pensis, ke se li kapablus reagi alimaniere, eble ĉio estus alia. Se li tuj vekus ŝin, krius al ŝi, postulus ke ŝi rakontu, kiu markis ŝin tiel, montrus iel ajn, ke tio gravas al li, ke tio kolerigas lin, ke tiu marko vundas lin profunde, eble la sekvo estus alia. Se li klare montrus, ke gravas al li ŝi kaj lia rilato al ŝi, eble ŝi elektus resti ĉe li. Sed alifoje li pensis, ke eble tutsimple ŝi ne tiom gravis al li. Ĉiuokaze, li ne kapablis agi tiel. Li faris nur tion, kion li povis. Nenio alia eblis.

Do li iris per frua metroa trajno en la urbocentron, vagadis tie sencele dum horoj, spertante ke vanaj fantazioj trakuras lian cerbon. Li volis venĝi, li volis iel turmenti ŝin, li volis elspioni, kiu estas la fiulo. Komprenebie li sciis, ke nenio el tio realiĝos. Fine pasis la tagmezo, kaj li sidiĝis en trinkejon. Tie li restis, konsumante bieron post biero, ĝis oni ne plu volis servi lin. Estis nur la kvina horo posttagmeze. Li eliris kaj stumble vagis ankoraŭ kelkan tempon. Fine li iel sukcesis metroi reen al sia kvartalo kaj supreniri en la loĝejon. Li ne kutimis drinki tiel multe, sed li sentis, ke li rajtas konduti porke, ĉar li estas viktimo de perfido. Iel li volis, ke Ulrika vidu lin tia. Sed ŝi ne estis hejme. Li vomis en la necesejo kaj endormiĝis sur la komuna lito sen malvesti sin. Iam nokte li vekiĝis, ankoraŭ sola, sed kiam li iris pisi li konstatis, ke ŝi dormas kun fleksitaj genuoj sur la sofo.

Kompreneble ili ne povis senĉese eviti unu la alian. Ili restis kunloĝantoj, kvankam ne plu kunvivantoj. Kiam li troviĝis antaŭ ŝi, li sentis egan koleron plenigi lian bruston kvazaŭ ia peza tumoro, sed li ne sukcesis eligi ĝin. Ankaŭ pri tio li kelkfoje poste pensis, ke li farus pli bone, se li krius al ŝi, eĉ batus ŝin, sed li ne povis tion fari. Plej ofte li silentis al ŝi, rigardis ŝin en maniero, kiun li kredis akuza, sed kiun ŝi ŝajne interpretis alie.

"Ne gapu al mi kiel malsata hundido", ŝi iam diris, "Vi aspektas idiote."

Li trovis nenion por respondi, do li nur turnis al ŝi la dorson.

Li preskaŭ tuj volis trovi novan inon, ĉefe por venĝi sin kontraŭ Ulrika. Sed supozeble tio ne estis bona ideo, ĉar sufiĉe longe li ne sukcesis. Li serĉis precipe inter aliaj studentoj en la sociologia instituto, kie li studis jam la duan jaron. Vere estis multaj inoj tie, sed dum li parolis kun ili, li pensis pri Ulrika, kaj tion ili sendube sentis. Vespere li dum tiu tempo ofte iris al studentaj kluboj por danci kaj bierumi, sed ankaŭ tie okazis same.

Nur unufoje li akompanis novan studentinon, kiu antaŭ nelonge venis el Finnlando en Stokholmon, al ŝia loĝejo. Ŝi kunloĝis en apartamento kun du aliaj finninoj, kaj kiam ili taksie alvenis tien, la du kunloĝantoj sidis en sia kuirejo trinkante kafon meze de la nokto, televidante usonan filmon. Ili ambaŭ rigardis Tuulan en maniero kvazaŭ 'jen kion vi ĉi-foje trenas ĉi tien?' kaj tuj komencis babili kun ŝi en la finna. Li komprenis eĉ ne unu silabon, sed iel la lingvo de tiuj junaj virinoj sonis al li kvazaŭ prediko, kaj li eĉ imagis, ke temas pri moralisma kaj admona prediko, pri kiel ŝi kondutu, ekhavinte ŝancon studi en la ĉefurbo de la najbara lando. Neniu el ili proponis al li kafon nek entute atentis lin. Dum kelkaj longaj minutoj li staris ĉe la pordo, neglektata de ĉiuj, aŭskultante tiun senfinan litanion, en kiu absolute nenio estis komprenebla al li. Li rigardis la etan, maldikan, senkoloran knabinon, kiun li akompanis ĉi tien, kaj ne plu sciis, kion li volis kun ŝi.

Li eliris en la vestiblon, surmetis la ŝuojn, kiujn li demetis alvenante, kaj forlasis la apartamenton. Li trovis sin en okcidenta antaŭurbo plena je domturoj ĉirkaŭ kvartala centro kun placo, butikoj kaj metrostacio. Inter du domegoj brilis duonluno sur la nigra ĉielo. Estis post noktomezo kaj ĉio estis fermita, ankaŭ la metroo. Kelkaj junuloj kun sudlanda aspekto staris fumante kaj babilante sur la placo, kaj ili klarigis, kie li trovos haltejon de nokta buso. Dum kelka tempo li atendis ĉe tiu haltejo. Poste li komencis piediri tra la varmeta nokto en direkto, kiun li supozis orienta. Ne estis facile orientiĝi, kaj dum parto de la vojo li paŝis rande de granda aŭtoŝoseo, sur kiu la trafiko sufiĉe densis eĉ je tiu horo. Kiam li turnis sin por rigardi la trafiksignojn, li komprenis, ke ĝi estas la Eŭropa ŝoseo al Oslo. Kompreneble li ekpensis pri sia patrino, kiun li delonge ne vidis. Sed li pluiris en la kontraŭa direkto, ĝis li trovis pli malgrandan vojon. Li pensis pri tio, ke li devintus simple kapti Tuulan ĉe la brako en ŝia kuirejo kaj treni ŝin ĝis ŝia ĉambro. Sed poste li pensis, ke li eĉ ne sciis, kiu estas ŝia ĉambro. Li neniam plu revidos ŝin, kaj tio estis tute en ordo.

Ilia sofo ne estis tre komforta nek sufiĉe longa por servi kiel konstanta dormejo. Do, Ulrika kaj li denove dormadis en la komuna lito, kvankam kun nevidebla glavo inter si. Du-trifoje okazis, ke ili transiris tiun glavon por seksumi, tamen ne plu kiel geamantoj, sed nur pro la korpa bezono. Li ne plu flustris "mi amas vin", kaj ŝi ne plu devis reciproki. Ili estis kiel bestoj kopulantaj nur pro la urĝo de sia naturo, vagaj gehundoj, kies vojoj hazarde interkruciĝas. Ili kvazaŭ ambaŭ masturbis sin, uzante unu la alian kiel masturbilon.

Unufoje post tia besta kopulado ŝi demandis lin:

"Stefan, ĉu vi iam pensas pri tio, ĉu rekomenci?"

Li sentis, ke ŝi iel surprize malkaŝis lian sekreton.

"Rekomenci kion?"

"Nian rilaton."

Li rigardis ŝin. La haroj gluiĝis al ŝia frunto, ŝvito riveretis inter la mamoj kaj ŝia brusto flamis ruĝe, sed ŝi estis same impona kiel ĉiam.

"Neniam. Por kia bono? Ĉu vi?"

Ŝi etendis brakon kaptante sian paketon da cigaredoj apudlite kaj rapide stariĝis. Per tri paŝoj ŝi atingis la fenestron kaj malfermis ĝin. Aŭdiĝis eta klako de la fajrilo.

"Vi pravas", ŝi diris elblovante fumon tra la fenestrofendo. "Tio certe ne indas."

Li rigardis ŝiajn nudajn dorson, postaĵon, ŝultrojn. Ĉi-momente li vere malamis tiun perfektan korpon. Se li nun ĵetus sin al ŝi, vaste malfermus la fenestron kaj puŝegus ŝin, ŝi falus dek etaĝojn suben. Sur la asfalto fariĝus nura kaĉo el ŝia nuda korpo de sportulino. Ŝi mortus jam antaŭ ol estingiĝus ŝia cigaredo. Li pugnigis la manojn kaj spiregis. Ĉu tio forigus la tuberon en lia brusto? Ĉu li eliĝus el la kvazaŭa tunelo el malamo? Malamo kontraŭ ŝi, kontraŭ si mem, malamo sen klara objekto.

Poste li ekpensis, ke se li puŝus ŝin tra la fenestro, li neniam plu vidus ŝin. Eble pli bone estus surprize paŝi ĝis ŝi, kapti ŝian cigaredon kaj stumpigi ĝin kontraŭ ŝiaj mamoj. Tiam li povus vidi ŝin suferi. Eble tio forigus la premon el lia brusto.

Ĝuste tiam Ulrika stumpigis sian cigaredon kontraŭ la subfenestra lado, fermis la fenestron kaj repaŝis preter la lito. Ŝiaj perfektaj mamoj rikanis al li.

"Mi duŝos min", ŝi diris.

Plej ofte ili tamen dormis unu apud la alia sen korpa kontakto. Kaj ofte dormis nur ŝi, dum li kuŝis sendorma, aŭskultante ŝian regulan spiradon kaj la mallaŭtajn sonojn el aliaj apartamentoj, cerbumante pri la enigmo, kiel li perdis la iaman Ulrikan, kaj kiel ŝi ŝanĝiĝis en la nunan fremdulon. Dum estis taglumo en la ĉambro, li ofte kuŝis rigardante la pentraĵon de Bruegel. Videblis tiom da detaloj sur ĝi, el kiuj multaj estis malfacile kompreneblaj. Li ne povis diveni, kion ĉasas tiuj ĉasistoj. Maldekstre apud domo oni bruligis ion nekonatan. Sur fora glacikovrita baseno infanoj kaj plenkreskuloj sketadis. Iuj figuroj eĉ ludis kurlingon surglacie, ŝajnis. Li vidis la homojn moviĝi antaŭ kvincent jaroj en vintra pejzaĝo, kiu ŝajnis esti ia Nederlando, sed kun alpoj. Kion signifas ilia moviĝado, tion li tamen ne povis deĉifri.

La ulo kiu kismarkis Ulrikan eble ne tre gravis, aŭ almenaŭ lia signifo al ŝi ne restis longe. Kelkfoje ŝi pasigis noktojn aliloke, kaj ŝi iam menciis amikinojn. Sed li nenion demandis. Ŝi ne diris, ke ŝi volas daŭrigi aŭ rekomenci ilian rilaton, kaj li neniam proponis tion. Nur tiun solan fojon en la lito kaj ĉe la fenestro ŝi iom proksimiĝis al la temo. Cetere, ŝi ofte parolis pri aliaj loĝebloj.

"Ĉu vi volas resti ĉi tie?" ŝi demandis.

"Kie? Ĉu en la apartamento?"

"Jes. Ĉu ĝi ne kostos tro por vi sola?"

"Eble", li diris. "Tamen mi ŝatus resti. Malfacilus trovi ion pli bonan."

Ŝi rigardis ĉirkaŭ si, kvazaŭ por ekscii, kio tiel bonas pri ilia ejo. "Mi diskutas kun du amikinoj, ĉu kunloĝi triope ĉe ili. Ĉu vi ne konsideros ion similan?"

"Kunloĝi? Kun kiu?"

"Mi ne scias. Vi ja konas iujn, ĉu ne?"

Li pripensis la aferon. Efektive li ne plu povis imagi sin kunloĝi kun iu ajn. Nek viro nek ino. Sed li nenion diris. Tio ne estis ŝia afero. Li simple levis la ŝultrojn kaj rigardis en sian kompendion.

Post tri monatoj Ulrika finfine forlasis la komunan apartamenton kaj ekloĝis kun amikinoj, dum li restis en la du ĉambroj. Ŝi prenis la sofon, tablon kaj du seĝojn. Li restis kun la lito, komodo, librobreto kaj du seĝoj. Dum monato li manĝis aŭ enlite, aŭ starante ĉe la forno, ĝis li akiris novan tablon. Antaŭe li supozis, ke kiam ŝiaj aferoj malaperos, la loĝejo ŝajnos pli vasta. Tamen okazis la malo; la ĉirkaŭaj muroj kvazaŭ premis lin. Li memoris la ekscitan senton, kiam ili kune vizitis la malplenan apartamenton. Tiam ili vidis komunan estontecon en tiuj ĉambroj. Nun li vidis nenion.

En la dua jaro de liaj sociologiaj studoj gastanta profesoro prelegis pri demografio en tiel fascina maniero, ke li tuj kaptiĝis. Multaj el la aferoj pri socia konduto de homaj grupoj ŝajnis al li iom nepalpeblaj kaj spekulativaj. Sed en demografio oni okupiĝis pri homaj agoj facile mezureblaj, kiujn ĉiu persono povis rekoni el sia reala vivo – naskoj, mortoj, migrado, kaj krome pri ago simpla kaj facile neglektata – ĉies ĉiujara maljuniĝado je unu jaro. De tiam li sciis, ke li strebos okupiĝi pri tiu branĉo de la sociaj sciencoj. Plaĉis al li ankaŭ tio, ke ĝi estas kvazaŭ transfaka fako, kunliganta erojn el sociologio kun socia geografio, historio, statistiko kaj eĉ fojfoje kun juro kaj sociopolitiko.

Li eklaboris pri magistra verkaĵo, en kiu li traktis la signifon de migrado el trans la landlimo por la evoluo kaj strukturo de la loĝantaro en la ĉefurbo Stokholmo. Dum tiu laboro li ekhavis tute novan imagon pri sia urbo, kiu sen la historia enmigrado sendube estus negrava urbeto, se ĝi entute ekzistus. Venis germanoj dum la mezepoko, finnoj en ĉiuj epokoj, nederlandanoj, skotoj, judoj, baltoj, ĝis en la lastaj jardekoj homoj alfluis el preskaŭ ĉiu angulo de la mondo por labori, por studi, por rifuĝi kaj trovi sekurecon aŭ por fondi familion.

Ankaŭ la elmigrado havis signifon fine de la deknaŭa kaj komence de la dudeka jarcentoj, kiam svedoj amase elmigris al Norda Ameriko por krei al si pli bonan vivon, sed tiu migrado originis plejparte en la kamparo, ne en la ĉefurbo.

Dum li laboris plej intense pri tiu verkaĵo, li spertis, ke ankaŭ alia persono enfokusigas enmigrantojn en Stokholmo. El ĵurnaloj kaj televido trafis lin raportoj pri frenezulo, kiu vespere kaj nokte pafas kontraŭ nekonataj personoj dise en la urbo. Post kelkaj atencoj, Stefan jam povis konkludi, ke tiu viro elektas viktimojn hazarde, tamen ne tute sendiskrimine. Ĉiuj viktimoj estis homoj kun fremdlanda aspekto, nigraharuloj, plurokaze personoj kun malhela haŭto. Tuj antaŭ la pafoj, kelkaj transvivontaj viktimoj rimarkis sur sia korpo ruĝe luman punkton, kiu evidente venis de lasera celilo. Dum kelkaj monatoj pluraj el liaj studentaj kolegoj vivadis en profunda angoro, ĉar ili estis enmigrintoj el ekster Eŭropo. La laserulo, kiel oni baldaŭ nomis lin, evidente pafis por mortigi, kaj lia motivo estis sole rasisma; li volis mortigi stokholmanojn, kiuj laŭaspekte ne ŝajnis denaskaj svedoj. Stefan apenaŭ havis kaŭzon timi liajn pafojn. Tamen tiu teroro dum kelka tempo sentigis ankaŭ al li angoron.

Spektante tiujn novaĵojn Stefan multe cerbumis pri la demando, kia homo povus plenumi tiajn agojn. Se li estus absoluta kaj plentempa monstro, iu en lia ĉiutaga ĉirkaŭaĵo devus jam antaŭlonge reagi. Se li estus frenezulo, li devus jam ricevi psikiatran flegadon. Plej kredeble li estis ŝajne normala homo kun utila profesio, eble kun familio, ia doktoro Jekyll kiu nur iufoje nokte ŝanĝiĝas en sinjoron Hyde, elirante por ĉasi predon. Eble li vere estis kuracisto, aŭ ŝtata burokrato, aŭ vendisto de sukeraĵoj, aŭ instruisto kiu dumtage edukas infanojn kaj instruas ilin pri subjekto kaj objekto. Aŭ eble li estis studento. Stefan komencis demandi sin, ĉu ankaŭ li povus tiel transformiĝi en iun tute alian. Ĉu li povus nokte eliri por pafmortigi homojn nekonatajn aŭ konatajn. Kiuj estus liaj viktimoj? Iufoje aperis en lia imago la vizaĝo de Ulrika, vidata tra la celilo de pafilo, sed li tuj forpuŝis tiun bildon.

Ankaŭ aliaj figuroj ŝajne kaŝludis kun li kiel ombroj, kiam li fermis la okulojn. Li ne volis scii, kiuj ili estas. Li volis forgesi ilin. Kaj per helpo de alkoholo li sukcesis duone viŝi ilin. Daŭre ja aperadis iaj malklaraj ombroj, sed kiam li estis ebria, li fajfis pri ili. Ili ne plu timigis lin, kaj li ne plu timis sin mem.

Li trapasis la magistran ekzamenon kaj poste pripensis kion fari. Li planis serĉi laboron en la nacia statistika buroo, ĉu en Stokholmo, ĉu en Örebro, sed tio ŝajnis ne urĝa afero. Li volonte restus ankoraŭ iom en la universitata mondo. Do li serĉis okazon por daŭrigi per doktoriĝaj studoj. La konkurantoj estis multaj kaj la nombro de studlokoj malgranda, do li devis pacience atendi. Tiam li surprize sukcesis ricevi lokon en la universitato de Lund. Li iom hezitis pri kiel agi. Li ne tre volis forlasi Stokholmon, la konatajn kolegojn kaj la loĝejon kun ties vasta perspektivo al urbo, arbaro kaj golfo. Vere li jam transloĝiĝis multe en sia vivo. Nun li sentis, ke unuafoje li komencas kreskigi radikojn. Sed li ja volis plu studi kaj esplori, do finfine li akceptis la studlokon en Lund kaj migris suden, preskaŭ ĝis la landlimo.

Eble tio estis eraro. Li rezignis Stokholmon kaj la loĝejon, same kiel li rezignis Ulrikan, sen batalo, sen provo, preskaŭ sen konsidero, kion li efektive volas. Eble tiuj okazoj, tiuj rezignoj kondukis lin en malĝustan trakon de la vivo. Sed kiel li povus antaŭdiri la estontecon?

* * *

Ne indas plu pensadi pri ĉiuj elektoj, kiujn li faris en la vivo. Aŭ kiujn aliaj faris por li. Similaj aferoj sendube okazas al ĉiuj. Kial li ne povas simple lasi tion? Memoroj restu memoroj, ne memoracioj. Kial zorgi pri pasintaj problemoj, se jam la nunaj sufiĉas kaj troas?

Vere li ne komprenas, kial spertoj jam forgesitaj nun reaperas al li. Ili ja tute ne gravas. Kiam Ulrika kaj li disiĝis, li restis sola dum jaro. Poste li trovis konsolon ĉe aliaj, kvankam tio daŭris eĉ pli mallonge. Kaj post kelkaj jaroj Karin kaj li renkontiĝis. Sed ĉio ĉi ja estis normala. Li estis juna, kaj al la junaĝo nepre apartenas kelkaj elreviĝoj, perfidoj, malfeliĉaj amaferoj, ĵaluzoj. Nenio stranga aŭ nekutima. Kaj delonge li eĉ ne plu pensas pri tio. Do kial nun?

Sendube kulpas la absurda situacio, la nenifarado, lia izoliĝo, la scio, ke li estas malliberulo kaj eble longe restos tio. Kiel longe? Ne eblas scii, tamen certe temos pri jaroj. Kiel li eltenos tion, se jam post kelkaj tagoj lia cerbo kvazaŭ degelas? Li devas gardi sin de konfuziĝo, li restu sia vera mio. Necesas memori, kiu li vere estas! Necesas distingi tion, kion li vere faris, disde ĉio, kion li nur imagas aŭ sonĝas. Necesas konservi la menson klarvida, sendelira.

Li ne scias, kia estas la vivo en normala malliberejo. Li konas tion nur per holivudaj filmoj, kaj tiuj kredeble ne donas ĝustan imagon eĉ pri la usonaj prizonoj, des malpli pri la svedaj. Supozeble la ĉilandaj estas pli hejmecaj. Nu, eble ne vere hejmecaj, sed tolereblaj, sentorturaj kaj senturmentaj. Se li rajtus labori pri sia fako, per helpo de reta konekto, li eble eĉ trovus tian estadon favora. Pli trankvila, malpli plena je ĝenoj kaj tentoj. Sed tio ja ne estos permesata. Interreto certe ne disponeblos. Probable necesos fari ian simplan manlaboron, kiu celas eduki kaj readapti la malliberulon al utila kaj honesta socia rolo. Antaŭ jarcento oni kudris sakojn por la poŝto, interalie. Li tute ne imagas, kion oni produktas hodiaŭ.

Kompreneble, pri inoj li devos jam forgesi, se li trafos en malliberejon. Krom se iu venus al li vizite, sed li ne imagas, kiu farus tion. Eble tio estos ia liberiĝo. Ŝajnas al li, ke liaj plej gravaj fuŝoj okazis pro inoj. Eble li dekomence ne lernis, kiel rilati al ili. Li estis iomete kiel rajdanto, kiu ne konas nek komprenas ĉevalojn, sed pli-malpli timas ilin. La ĉevalo tion tuj sentas, kaj iĝas sinjoro de la rajdanto. Nu, kia komparo! Virinoj ja ne estas ĉevaloj, kaj se foje temis pri rajdado, ne li plenumis ĝin. Li vere ne volis esti sinjoro, nek servisto de virinoj. Li volis esti amiko, amanto, kamarado, egalulo. Ĉu tio estis stulta naivaĵo?

Eble li ja estas naivulo de ĉiam. Sendube preskaŭ ĉiuj virinoj, kiujn li renkontis, volis egalecon. Tio estas, ili volis esti egaluloj de viroj. Do li supozis, ke ili volas egalecan viron. Eble ankaŭ ili pensis tiel, komence, sed finfine ili elreviĝis. Finfine egaleca viro tedis ilin, kaj ili preferis senegalan viron. Jen paradokso, kiun li ne sukcesis solvi. Kaj ĝis nun li ne komprenas, kiel la aliaj homoj solvas ĝin, aŭ eble iel evitas ĝin. Ĉu per ŝajnigado? Per trompoj kaj memtrompoj? Per aktorado? Per hipokritado?

Aŭ ĉu eble per forgesado? Jes, estus bone, se li povus forgesi multajn aferojn. Tamen li ne estas kreita tiel. Ju pli li ŝatus forgesi iun travivaĵon, des pli profunde ĝi estas ĉizita en lian memoron, kaj des pli tiu memoro hantas lin.

Cetere, li ne scias, ĉu li pravas pri tio. Kelkajn aferojn li vere memoras, kvankam li ŝatus forgesi ilin. Aliajn li ja forgesas. Kaj kio do garantias, ke la memoroj veras? Nenio. Male, estas konata fakto, ke la homa menso povas ŝanĝi memorojn kaj produkti novajn, kiuj aperas al oni same realaj kiel la veraj. La memoroj ne fidindas. Do sendube ankaŭ la malmemoroj dubindas. Tio, kion li forgesis, ĉu tio okazis aŭ ne?

Ĉu tio entute estas senchava demando? Se li forgesis ion, ja devas ekzisti io forgesita. Stulte. Ŝajne li rezonas kiel Winnie-la-Pu. Se estas zumado, iu zumas la zumadon. Iam Felicia pensis, ke Karl Popper estas Winnie-la-Pu. Nu, ne ke li estas tiu, sed ke li rezonadas kiel tiu. Sed ŝi estis naiva stultulino kun malscienca pensmaniero. Kio do okazas al li? Li penu konservi la prudenton!

Tio, kion li forgesis, ĉu tio okazis? Ĉu li puŝis Fredrikon en la riveron? Ivar Skullman, la enketisto, pensas, ke jes. Aŭ pli ĝuste, li asertas, ke jes. Ne eblas scii, kion li pensas. Stefan eĉ ne certas, kion li mem pensas. Eble Skullman pravas. Fojfoje Stefan pensas, ke jes. Sed li neniam konfesos tion. Kial konfesi ion, kio tre kredeble estas nura fantazio, kaŭzita de angoro? Aŭ kio estas almenaŭ troiga, malica interpreto. Tiu Skullman ne sukcesos konvinki lin, ke li kulpas. Eblas pruvi nenion.

Kion diris Fredrik? Li akuzis Stefanon, ke li mortigis Camillan. Ne aktive mortigis, sed kaŭzis ŝian morton. Li tretis la lignofajron, estingis ĝin, laŭ Fredrik. Eble li faris. Sed kio do? Ilia fajro neniel rilatis al ŝi. Ŝi ne estis kun ili. Fredrik simple deliris. Do kial puŝi lin? Li falis en la riveron, kaj Stefan ne memoras perfekte klare ĉiun detalon pri kiel tio okazis. Ĉu tio pruvas, ke li estas murdinto? Stultaĵo! Nenio devigas lin memori ĉion. Li rajtas protekti sin de tro turmentaj memoroj. Li devas eviti kulpigi sin. Jen lia homa rajto kaj devo.

Li devas konservi sian prudenton. Skullman kaj kompanio ne rajtas konfuzi lian pensadon. Kion ajn ili diros, li restos ĉe tio, ke li faris nenion. Absolute nenion!

Oni alportas la vespermanĝon. Ian ruĝan fruktokaĉon kun lakto. Jen stranga vespermanĝo, kiu memorigas al li Avinon, tio estas la patrinan avinon Sonja en la Stokholma antaŭurbo. Kiam li vivis ĉe ŝi, li manĝis ĉi tian kaĉon. Verŝajne li eĉ ŝatis ĝin. Ŝi tamen ne mem kuiris ĝin sed aĉetis pretan. Li supozus, ke tiu plado jam eniris muzeon de popola historio, sed ĉi tie oni honoras la tradiciojn. Akompanas ĝin buterpanoj kaj la kutima taso da varmeta akvo kun tesaketo. La teo nomiĝas *angla matenmanĝa teo*, kvazaŭ por spiti, ke ĝi estas nek angla, nek matena, nek teo.

Ĉe la patra avino li neniam ricevis tian antikvaĵon kiel fruktokaĉon. Ŝi estis moderna virino, kiu prezentis picon kaj hamburgeron, kaj pli malfrue meksikajn manĝetojn. Eble Paĉjo reagis kontraŭ tiu menuo kaj preferis pli gastronomiajn pladojn. Sed kiam li vivis ĉe Avino Sonja en Stokholmo, li ne konis la patrajn geavojn.

Tamen li prefere glutu ĉion, ĉar nenio plu manĝebla aperos ĝis morgaŭ matene. Li havas strangan senton ĉi tie en la arestejo. Li neniam vere malsatas, tamen ĉiam manĝemas. Eble pro manko de fizika moviĝado, kaj sama manko de io interesa por fari. Li spertas simptomojn kvazaŭ pro abstinado, sed li ne scias de kio. Ĉu de libereco, simple? De vivo? Kontraŭ tio ne helpos ĉi tiuj sekaj buterpanoj kaj sengusta teaĉo. Eĉ la pladoj de Paĉjo ne helpus.

* * *

Ŝi jam atendis apud la eksa butiko, kiam li alvenis. Ŝi staris diskrure super metale blua vira biciklo kun sunokulvitroj ŝovitaj supren sur la frunto, kaj ŝi rigardis rekte al li. Dum momento li pensis, ke devas esti miskompreno. Ne eblis, ke ŝi staras tie atendante lin. Li haltigis la motoron kaj demetis sian nebukitan kaskon.

"Mi lasos la biciklon ĉi tie kaj iros supren kun vi sur la mopedo", ŝi diris.

Li preskaŭ diris ion pri manko de kasko, sed lastmomente li glutis tion.

"Se estas sufiĉa loko por mia postaĵo", ŝi aldonis.

Kredeble li jam dum eterno gapadis al ŝia ŝorto, kaj tion ŝi kompreneble rimarkis.

"Eeh... verŝajne ne estos problemo."

"Mi pruntis la biciklon de Christer, ĉar la mia estis truita, tio estas, la pneŭo krevis. Sed ĉi tiu deklivo vere troas."

Kiu do estis Christer? Damne, ŝi kompreneble jam havas kunulon, li pensis.

"Do la ulo de Panjo", ŝi diris, kiketante la biciklan pneŭon kvazaŭ por montri.

Evidente ŝi sciis telepation. Kaj sendube ne tro malfacilis legi liajn pensojn.

Poste ŝi rigardis la mopedon kun ridantaj okuloj.

"Ĉu ĝi kapablas porti nin ambaŭ supren?"

"Certe. Sed eble ne tre rapide", li diris.

"Ne gravas."

Efektive li tute ne sciis, ĉu lia malnova mopedo havas forton supreniri laŭ la deklivo kun li kaj knabino. Li ankoraŭ neniam havis okazon provi. Li esperis, ke almenaŭ tio ne legeblas.

Ĝi ja iris malrapide, kaj tio tute ne gravis. La rubgaso fetoris malantaŭ ili, kiam la mopedo grimpis supren. Ŝi premis sin al lia dorso kaj tenis la maldekstran brakon ĉirkaŭ li, portante sian sakon dekstramane. Li mem kunportis nenion, nur la banŝorton sub la ĝinzo. Sed knabinoj ja ĉiam bezonis pli da aĵoj. Inoj entute estis nekonata specio.

Ŝi enigis la manon sub lian to-ĉemizon kaj glatumis al li la bruston. Li jam de antaŭe havis erektiĝon, sed nun li eksentis aparte fortan pulsadon. Li pensis, ke li iel devos enakviĝi sen montri tion.

Subite li ekpensis pri kondomoj. Ĉu li devus kunporti tion? Li plu konservis tiun, kiun li ricevis lerneje en la antaŭa jaro, plej sube en komoda tirkesto. Eble ŝi intencis ke ili faru? Kredeble ŝi jam estis kun kelkaj. Sed kie ili do faru tion? Ĉie ja povus aperi iu alia. Ne, kompreneble tio estis nur ridinda fantaziado. Ŝi ŝatis naĝi, tutsimple, kaj volis ke iu veturigu ŝin supren laŭ la deklivo.

Nun ŝi vokis ion, kion li ne kaptis tra la motorbruo.

"Kion?"

"Haltu!"

Ŝi desaltis kaj rekolektis sian sakon enmane.

"Mi preskaŭ perdis ĝin."

Ŝi ekstaris apud li kaj prenis la stirilon.

"Ĉu mi povas stiri ĝin?"

Ili jam preskaŭ alvenis supren, restis nur trapasi parkumejon kaj pluiri laŭ pado ĝis la lageto.

"Bone."

Li metis sian kaskon sur ŝian kapon kaj mem retretis malantaŭen. Ŝi levis unu kruron kaj sidiĝis antaŭ li. Li montris kiel teni kaj lokis siajn manojn sur la ŝiajn, poste elektis rapidumon kaj malkluĉis. La mopedo salte ekiris, kaj li devis ĉirkaŭpreni ŝian ventron. Sed post la ekiro ŝi veturigis bone. Sendube ne unuafoje ŝi sidis tiel.

Ili alvenis. Li parkumis, ŝlose fiksis la mopedon al la tabulo pri malpermeso de hundoj. Ŝi ridis per la tuta vizaĝo, starante kun lia kasko sub la brako. La to-ĉemizo glitis suben de la ŝultro montrante la mamzonan ŝelkon. Ĉu li devus tuŝi ŝiajn mamojn, kiam li sidis malantaŭ ŝi ĉirkaŭprenante ŝin? Ĉu pro tio ŝi volis ŝanĝi lokojn? Ŝi ja tuŝis lin, sed kompreneble estis diferenco. Ne eblis nomi tion kareso, ĉu?

Jen kaj jen sur la rokoj kuŝis kelkaj aliaj konatoj, sed neniu el liaj amikoj. Ŝi lasis lin elekti la lokon, kaj li haltis proksime supre de la ŝnurego. Li demetis la vestaĵojn dum ŝi fosis inter siaj aferoj por malpaki bikinon kaj bantukon. Poste ŝi envolvis sin en la tuko kaj komencis ŝanĝi veston. Ŝi faris tion lerte, tamen pro sekureco li iris malsupren al la ŝnurego kaj svingis sin en la akvon.

Ĝi estis perfekta salto sen superflua plaŭdado; li simple glitis suben tra la surfaco, en la brunan akvon, kiu odoris je arbaro kaj gustis je fero, sed ŝi ŝajne eĉ ne rimarkis lian salton. Kiam li revenis surteren kaj grimpis supren, ŝi estis preta, kaj li povis montri al ŝi kiel fari ĉe la ŝnurego.

Malofte antaŭe li vidis knabinon tiel facile svingi sin enen, sen afektado, sen histeriaj krietoj. Supozeble ŝi jam multfoje faris tion, kvankam li ne vidis ŝin salti ĉi tie. Tamen ŝi lasis lin montri kaj konsili, kiel teni. Ankoraŭ li ne komprenis tute, kiel ŝi funkcias. Sed kiam ili ensaltis la trian fojon, li sentis ke li baldaŭ komprenos ŝin. Li ŝatis, ke ŝi ne agas tro knabinece, kvankam ŝi estas ege bela. Li ne vere povis digesti tion, ke ŝi volas esti ĉi tie kun li.

En iu posttagmezo venis forta ekpluvo kun fulmotondro, kiam ili estis ĉe la lago. Homoj malaperis ĉirkaŭ ili, sed ili plu naĝadis dum kelka tempo, dum la pluvego falis katarakte.

"Damne, kiel mojose", diris Camilla. "Similas duŝi kaj bani sin samtempe."

Kiam la fulmotondro alproksimiĝis, ili grimpis supren laŭ la glitaj rokoj. La vestoj estis tramalsekaj. Ili tamen surmetis ilin super la banvestoj.

"Estas ege malvarme", ŝi diris.

"Ni povas iri al mia domo."

"Bone."

Post kelka tempo ili staris en la duŝejo en lia hejmo. Li sentis tute nature, kiam ili senŝeligis sin de ĉiuj malsekaj vestaĵoj kaj kune eniris en la varman duŝon. Sed poste, kiam ili jam sapumis unu la alian kaj ŝi tenis lian pulsantan, malmolan kacon enmane, lia spirado peziĝis kaj lia buŝo sekiĝis, malgraŭ la akvo fluanta suben laŭ la vizaĝo, kaj malgraŭ ŝia lango en lia buŝo. Li karesis ŝiajn ŝultrojn, mamojn kaj ventron re kaj refoje, sed li ne kuraĝis tuŝi ŝin pli sube.

"Venu", ŝi diris.

Ili iris en lian ĉambron.

"Eble la lito iom malsekiĝos..."

"Ne gravas", li sukcesis elbuŝigi, sentante ke li estas idioto.

Ŝi kuŝiĝis surflanke, kaj li apude. Nun li kuraĝis palpi ŝin tie. Ĝi estis malseka, mola, varma kaj glita, kvazaŭ amaso da sapo restus tie. Ŝi ektremis, kiam li karesis ŝin. Poste ŝi turnis sin surdorsen, kaj li suriĝis inter ŝiaj femuroj.

Nur poste li demandis sin, kiam Paĉjo finos labori tiutage. Li esperis, ke daŭros iom.

"Estis unuafoje por mi", li diris.

Sendube ŝi jam komprenis tion, sed li trovis grave rakonti. Li supozis, ke ne estis ŝia unua fojo.

"Nu, ĉu vi volas refoje?" ŝi demandis.

"Ĉu tuj?"

Ŝi ridis.

"Ĉu vi kapablas?"

"Mi pensas ke ne. Eble post kelka tempo."

"Se jes, tiufoje mi volas esti supre. Sed diru, kiu knabino estas tiu?"

Ŝi rigardis la surmuran foton.

"Ŝi estas mia panjo", li respondis.

"Ĉu vi ŝercas? Ŝi aspektas diable juna!"

"Jes, sed tio estis antaŭlonge."

"Ĉu vi loĝas ankaŭ ĉe ŝi?"

"Ŝi vivas en Norvegio, do tio estus malfacila."

"Aha. Ĉu ŝi havas novan familion tie?"

"Eeh… Ne, aŭ jes, novan edzon."

Li ne volis diri pli multe. Li hontis ne koni sian fratinon, kaj eĉ ne plu sian patrinon, kvankam ŝi ne vere mankis al li tre multe. En pli fruaj jaroj ŝi telefonis al li de temp' al tempo, almenaŭ en iuj periodoj. Kaj fojfoje ŝi sendis donacon. La lasta sendube estis la verda blovebla krokodilo. Ĝi ankoraŭ restis ie, kvankam truita, kaj li certe ne pripensis kunporti ĝin al la lageto, nek montri ĝin al iu ajn. Pasis pli ol du jaroj de kiam li lastfoje parolis kun ŝi telefone. Dank' al la foto li tamen memoris ŝian aspekton, aŭ ĉiuokaze tiun de antaŭ deko da jaroj.

Camilla pruntis sekajn vestaĵojn de li, kaj ili revestis sin. Ŝi aspektis amuze en liaj vestaĵoj.

"Ĉu vi malsatas?" li demandis.

"Eble iomete."

Li sciis, ke restas hejmfarita pastaĵo en la fridujo, do li montris al ŝi kiel miksi spinacon kaj ŝafselaktan kazeon dum li rulknedis la paston. Estis facile disŝuti la miksaĵon, faldi kaj spronrade tranĉi raviolojn, kiujn ili boligis. Poste ili raspis Parman fromaĝon kaj surŝutis tiun.

"Kia manĝo! Vi estas vera Miĉelina kuiristo!"

"Bone se mi ne estas Miĉelina pneŭulo."

Ili kuŝis surroke apud la lago aŭskultante muzikon unu de la alia. Spandau Ballet kaj Madonna. Poste ili prenis po unu aŭskultilon de ĉiu kaj aŭskultis ambaŭ samtempe. La du muzikaĵoj kunfandiĝis strange bone, ŝajnis al li, almenaŭ dum kelka tempo.

"Mi ne scias", ŝi diris. "Mi jam iom tediĝas de Madonna, sed via muziko kredeble neniam ekigos min."

"Ne gravas. Ĝi ekigas malmultajn. Jen la pluso de ĝi."

"Mi ŝatus trovi ion novan, sed iam mi pensas, ke ĉio jam estas farita. Ĉia muziko, tio estas."

"Mi pensas ke ne", li diris. "Certe eblas fari tute novajn aferojn, kiun neniu antaŭe imagis. Ŝajnas al mi ke senĉese aperas io nova."

"Sed ĉu tio vere estas nova, aŭ ĉu ni nur malbone memoras?"

"Ĉu gravas? Al mi tio novas."

Liaj amikoj Jonas kaj Fredrik aperis, kaj ili dum kelka tempo restis babilante. Poste ili pluiris. Ŝajne ili ne volis ĝeni, aŭ eble ili sentis ian embarason.

Camilla prenis mansaketon el sia sako kun banaĵoj kaj ekis fosadi en ĝi.

"Eble mi forgesis ĝin hejme."

"Kion?"

Ŝi elŝutis aferojn apud si sur la bantuko. Kombilon, notlibreton, ujeton kiu kredeble enhavis ian ŝminkaĵon, monujon, skatoleton kun piloloj en du koloroj, kelkajn kvitancojn, sonkasedon.

"Mian sunkremon. Vi sendube ne kunportas tion?"

"Ne, bedaŭrinde ne. Mi eĉ ne posedas."

Ŝi ekridis kaj pluis elŝuti etaĵojn. Duan paron da aŭskultiletoj, poŝlibron, kelkajn tamponojn, humidajn viŝtukojn, ŝlosilojn.

"Vi estas feliĉulo, kiu havas tiel bonan haŭton", ŝi diris. "Ne estas juste."

"Tamen mi devis aĉeti lastjare, kiam ni estis en Turkio."

"Damne, ĝi ne estas ĉi tie."

Ŝi tintigis sian ŝlosilaron kaj repakis la aferojn. Poste ŝi surmetis sian bluan to-ĉemizon super la flava bikino.

"Ĉu vi estis kun viaj gepatroj en Turkio?"

"Kun Paĉjo."

"Ankaŭ mi ŝatus iri tien. Sed tio kredeble okazos nur post jaregoj. Mi neniam havas monon."

Iutage kiam Camilla venis ĉe lin, Paĉjo ŝanĝis laborhorojn. Li staris en la kuirejo farante karpaĉon kaj timbalon kun legomoj.

"Plezuro renkonti vin", li diris al ŝi. "Stefan multe parolis pri vi... Ne, mi ŝercas, li diris eĉ ne unu vorton."

Ŝi salutis, kaj ili direktis sin al la ĉambro de Stefan.

"Manĝo post duonhoro, se vi havas tempon por tia afero. Kompreneble ankaŭ por vi, Camilla."

Ŝi haltis antaŭ la ŝtuparo.

"Tio aspektas ege bonguste."

"Ĉu vi ne estas vegetarano?" diris Stefan.

Li simple supozis tion, ĉar ŝi mendis falaflon, kiam ili manĝis en rapidmanĝejo apud Norrtull. Cetere li mem faris same. Tio estis la sola manĝebla tiuloke.

"Kelkfoje. En la lernejo jes, ĉar la ordinara manĝo tie estas abomena."

Ili iris en lian ĉambron.

"Li ŝajnas bona pri kuirado, via patro."

"Jes. Sed li babilas pli ol kuiras. Iam li intencis edukiĝi al kuiristo, sed finfine tio ne okazis."

"Do, pro tio ankaŭ vi ŝatas kuiri."

"Ne pro tio. Sed mi ŝatas manĝon, tio estas…"

"Ha ha, vi iĝos dikulo! Tamen tio certe ne okazos tuj."

Ŝi ĉirkaŭprenis lin kaj karesis lian dorsofinon. Ili falis surliten, sed li tuj residiĝis.

"Ne nun, dum Paĉjo estas tie", li diris.

"Trankviliĝu. Mi ne seksperfortos vin. Ĉi-momente ne. Unue mi volas manĝon. Do li ne laboras en restoracio?"

"Iam li faris tion. Tamen ne kiel vera kuiristo."

"Kion li do faras nun?"

"Veturigas taksion. Mi pensis, ke li laboros nun."

Ili kuŝis sur lia lito babilante. Camilla rigardis la surmuran foton de Panjo.

"Estas iom amuze, ke vi vivas kun via paĉjo kaj mi kun Panjo. Eble ni devus kunsvati ilin."

"Ha ha. Sed ĉu via panjo ne havas novan kunulon?"

"Jes, sed li estas kreteno. Ni forigu lin. Tamen tio verŝajne ne eblos, ĉar Panjo estas tro maljuna por via patro. Ĉu li havas neniun?"

"Momente ne, laŭ mia scio. Kutime li diras nenion al mi, sed mi ja rimarkas tion post kelka tempo. Li laboras sufiĉe malregule, sed kiam li forestas tage-nokte, la afero estas klara."

"Ĉu li ne invitas virinojn hejmen?"

"Nu jes, tio ja okazas."

"Christer neniam dormas ĉe ni. Supozeble Panjo trovas, ke oni aŭdus tro multe. Ni ja loĝas en apartamento. Sed vi kutimas zorgi multe pri vi mem, ĉu ne? Tio estas, se li forestas ofte."

"Mi supozas ke jes. Kredeble mi ĉiam kutimis tion. Mi mem aranĝis mian manĝon, butikumis kaj simile. Mi eĉ ne memoras en kiu aĝo mi komencis pri tio. Kiel infano mi vivis interalie ĉe Avino. Panjo estis nur dekokjara, kiam mi naskiĝis."

"Dio! Tio estas preskaŭ kiel se ni havus infanon."

"Mhm. Do pensu pri tio kaj zorgu pri la piloloj!"

"Kaj via patro, kiom da jaroj li havis?"

"Eeh, mi kalkulu. Dudek, ŝajne."

"Bone, do mi komprenas, ke vi devis loĝi ĉe via avino."

"Ankaŭ ĉe onklino, mi pensas. Verŝajne Paĉjo tiam studis ĉe la gimnazio por adoltoj kaj vespere laboris en restoracio. Sed Avino – tio estas la patrina avino – loĝas en Stokholmo."

"Perfekte! Do ni eble povus tranokti ĉe ŝi, se ni iam iros tien."

"Nu. Mi ne certas, ĉu tio plu eblas. Fojfoje ŝi venis viziti min ĉi tie, sed antaŭlonge. Paĉjo kaj ŝi ne tre akordiĝas."

"Domaĝe. Ĉiuj miaj parencoj loĝas ĉi-urbe, do mi havas neniun al kiu vojaĝi. Mi iom bedaŭras tion. Sed aliflanke mi povas renkonti ilin kiom ajn. Paĉjon, ekzemple."

"Tio ŝajnas bona. Mi kutimas zorgi pri mi mem, do mi malofte pensas pri tio. Kaj la patrajn geavojn mi ofte renkontas. Avo donacis al mi la mopedon. Paĉjo ne aprezis tion. Laŭ li mi devus labori por ricevi ĝin. Sed estas malfacilege trovi laboron."

"Preskaŭ neeble. Mi sarkis trudherbojn dum monato ĉi-somere, sed restas al mi eĉ ne groŝo."

Stefan havis entute neniun someran laboron, krom ordigi en la garaĝo de Avo kontraŭ kvincento. Malgraŭ tio ĝi estis la plej bona somero de lia vivo. Kaj ankaŭ la aŭtuno ŝajnis promesplena.

En marto oni multe parolis pri la kometo de Halley. Ĝi estis la plej fama el ĉiuj kometoj, kaj ĝi revenadis jam de pli ol du mil jaroj. Nu, komprenebla ĝi revenadis jam milionojn da jaroj, sed homoj rimarkis ĝiajn aperojn de iam antaŭ Kristo. Kaj ĝia ĉi-jara apero estos la sola fojo en la vivo de la nunaj plenkreskuloj. Nur infanoj, kiuj kredeble ne tre interesiĝis pri ĝi, havos duan ŝancon, se ili vivos longe.

Paĉjo kaj li planis iunokte eliri por rigardi ĝin. Sed tiam li legis, ke tio tute ne indas. Se ili loĝus en tropika lando kaj en loko sen elektraj lampoj, ili eventuale povus vidi ĝin per binoklo kiel malfortan steleton. Kia stultaĵo! Kial do entute tiom skribi kaj brui pri tiu grava kometo, se praktike ĝi eĉ ne videblas? Kaj kial homoj en la historio tiom atentis kaj timis ĝin? Ŝajne la klarigo estis, ke ĉi-foje ĝi aperis trans la suno, el la vidpunkto de la Tero. Sed venontfoje la ŝanco estos pli favora. Do li paciencu ĝis li estos naŭdek-kelkjara. Tiam ĝi aperos pli videble.

Ĵaŭde post la lasta leciono ĉiam estis urĝe atingi la buson. Ĉi-foje li devis atendi la sekvan. Camilla venos ĉe lin, kaj ŝia leciono finiĝis jam je la dua kaj duono. Paĉjo promesis fari manĝon antaŭ ol iri al sia vespera laboro.

Kiam li venis hejmen, ŝi jam ĉeestis. Ŝi staris en la kuirejo tranĉante kukumon kaj babilante kun Paĉjo. Ili ŝajne amuziĝis pri io sed tuj serioziĝis, kiam li alvenis.

"Saluton. Pri kio vi parolas?"

"Billy rakontas pri frenezaj taksiklientoj. Ŝajne li jam spertis ĉion."

"Estu certa pri tio", diris Paĉjo. "Aŭskultu, Stefan, traktu ĉi tiun knabinon bone. Ŝi estas vera trovaĵo!"

"Jes."

"Kiel vi efektive renkontiĝis? Nu, tio ne koncernas min..."

Camilla kaj Stefan rigardis unu la alian.

"Ni frekventis la saman elementan lernejon", li diris.

"Sed tiam ni ne konis unu la alian. Malsamaj klasoj."

"Tamen nun vi ne estas en la sama lernejo?"

"Ne."

"Ĉu vi primetos la tablon, Stefan? Por supo, kaj poste teleretojn."

Ili ricevis gazpaĉon kaj poste varmetan kokidotorton kun salato.

"Nekredeble", diris Camilla. "Du viroj, kaj vi faras la plej bonan manĝon, kiun mi spertis."

"Tiel estas", diris Paĉjo. "Restu nia amiko, Camilla, kaj via tuta vivo estos ĝuo."

Ili daŭrigis renkontiĝi ĉe li kelkfoje semajne post la lecionoj, kaj precipe ĵaŭde Camilla ofte jam ĉeestis, kiam li venis de la lasta leciono pri la angla. Bonŝance ŝi bone rilatis al Paĉjo. Ili interparolis pri aro da aferoj, kiujn Stefan mem neniam diskutis kun li. Ekzemple pri Panjo. Aŭ pri libroj, kiujn ŝi legis. Paĉjo neniam legis librojn, sed malgraŭ tio li povis diskuti pri ili. Camilla rakontis la intrigon, kaj li tuj havis pretan opinion. Al Stefan tio estis iom teda, sed al ŝi tio ŝajne plaĉis, kvankam ŝi plej ofte kontraŭdiris al li. Eble ĝuste tion ŝi ŝatis. Paĉjo estis sufiĉe ridinda, kiam li afektis por plaĉi al Camilla, sed evidente ŝi trovis tion amuza.

"Vi devas pardoni, ke li agas tiel ridinde", Stefan diris iuvespere, post kiam la patro foriris.

"En ordo. Li efektive estas sufiĉe ĉarma. Mi dezirus, ke Christer estu iom pli kiel Billy, sed li estas damne teda kaj ŝtipkapa. Mi ne komprenas, kion Panjo vidas en li."

Ŝajne Paĉjo kaj Camilla parolis ankaŭ pri Stefan antaŭ ol li venis hejmen. Almenaŭ Paĉjo. Unufoje li aŭdis la voĉon de Paĉjo venante en la vestiblon.

"Mi ne tre zorgas pri la lernejaj rezultoj de Stefan, pri notoj kaj simile. Gravas ke li kondutas bone kaj ne okupiĝas pri iaj fekaĵoj. Mi mem ne estis tre lernema, kaj mi ja rezultis bone, ĉu ne? Sed mi devas senti, ke mi povas fidi lin. Jen la ĉefaĵo."

"Kaj ĉu vi povas?" diris Camilla.

"Mi esperas ke jes. Kion vi pensas?"

Ĝuste tiam Stefan demetis la ŝuojn, kaj ili brue surteriĝis sur la ŝubreton, do li neniam eksciis, kion ŝi pensas.

Eble li devus peti ŝin ne babili pri li kun Paĉjo, sed iel li hontis mencii tion. Ŝi ja rajtis paroli kun ĉiu ajn pri ĉio ajn, kion ŝi volas. Samtempe li pensis, ke eble ŝi faras tion, ĉar ŝi ne vivas kun sia propra patro, kvankam ŝi ja vizitas lin de temp' al tempo.

Ŝi venis al li en tiuj tagoj, kiam Paĉjo laboros vespere. Do, kiam tiu foriris, ili senvestiĝis kaj seksumis. Estis iel malreale imagi tion – li seksumadis plurfoje semajne, kvazaŭ tio estus tute normala afero! Nu, ĝi ja estis normala, tamen iel ne por li. Camilla prenis siajn pilolojn, kaj li devis zorgi pri nenio. Nur pri tio, ke ŝi havu plian ĝuon. Ŝi jam montris al li kiel helpi pri tio.

Kelkfoje ŝi diris, ke ŝia postaĵo tro grandas. Tute senkaŭze, ĉar laŭ lia opinio ĝi estis perfekta. Krom tio ŝi neniam plendis pri sia aspekto. Li trovis tion simpatia, ĉar liasperte aliaj knabinoj senĉese gurdadis pri tio. Ĉefe la belulinoj; la malbelaj neniam tuŝis tiun temon. Kaj Camilla ja estis vere bela. Ĉiuokaze li trovis neniun mankon ĉe ŝi.

Ili kuŝis en lia lito kun fermita pordo, kvankam neniu alia estis hejme. Sed ŝi ŝatis seksumi ankaŭ en aliaj lokoj. Li ne vere komprenis kial. Laŭ li tio estis ĉefe malkomforta, sed kompreneble li akceptis. Krom en la lito de Paĉjo. Tie li rifuzis. Tio ja estus plene perversa! Sed sur la lavtablo, surbalkone kun la parapeto kiel ŝirmilo, starante en la duŝejo, kaj kompreneble sur la sofo. Sed tie li metis mantukon sube, por ke ne estu makuloj.

Iutage ŝi volis meti mantukon ankaŭ en lia lito.

"Kial?"

"Vi komprenas, ĉu ne? Mi menstruas, sed nur iomete."

"Bone. Eble ni do prokrastu. Kiel longe tio kutime daŭras?"

"Ne, mi ne volas atendi. Venu, tio ja ne gravas! Poste ni duŝos nin. Se vi ne volas havi sangon sur la kaco, mi povas lasi la tamponon, sed tiam vi ne povos penetri tre profunden."

Ili faris tiel, sed poste li devis plenumi longan operacion en ŝi por eligi la enpremitan tamponon. La ŝnureto malfiksiĝis, do li fospalpis perfingre kaj unge elrastis ĝin pecon post peco.

"Mem kontrolu, ĉu restas al vi io", li diris.

"Ne facilas senti."

"Do, kiel facile povas esti por mi?"

Fine ili interkonsentis, ke ĉio jam malaperis, kaj poste ili staris sub duŝo dum kvaronhoro. Tamen restis al li sango sub la ungoj dum kelkaj tagoj.

La panjo de Camilla vojaĝis al Stokholmo por viziti teatron kaj loĝi en hotelo kun sia kunulo Christer. Camilla invitis siajn amikojn kaj lin, kaj ankaŭ ŝia fratineto Marita partoprenis. Vere estis knabina festeno, sed unu el ili kunvenigis sian koramikon Johan. Plejparte Stefan sidis babilante kun tiu, trinkante lian bieron. Ili parolis pri filmoj kaj konzolludoj, la knabinoj pri televidserioj kaj famuloj, kaj Stefan ne sciis kio estas plej kliŝa el tio.

Unu el la amikinoj de Camilla kunportis grandan botelon kun ia sorĉistina miksaĵo, kiu gustis pli abomene ol forte.

"Kion vi fakte verŝis en ĉi tion?" li demandis.

"Vi ne volas scii."

"Ne, sed la kuracisto, kiu notos la mortokaŭzon, eble demandos."

Li fritis sandviĉojn el melongeno kun baziliko kaj Parma fromaĝo. Ili rapide voris tiujn, kvankam ŝajnis dube, ĉu ili vere aprezis ilin. Ili simple glutis kaj postverŝis trinkaĵon.

Li trovis la plej multajn el tiuj knabinoj relative naivaj, kaj ankaŭ Camilla estis alia, kiam ŝi kunestadis kun ili. Eble li pensis tiel, ĉar li ne konis ilin. Sed li jam preskaŭ ĉesis renkonti siajn malnovajn amikojn el la elementa lernejo. Ili iĝis ege infanecaj. Kaj la knabinoj en lia nuna klaso ne estis aparte allogaj. Camilla estis miloble pli havinda.

Li vidis Maritan preni grandan gluton el la sorĉistina botelo, do li iris ĝis ŝi kaj forprenis ĝin de ŝi.

"Kion vi faras?" ŝi kriis. "Redonu ĝin!"

"Ne trinku tion."

"Tio ja ne tuŝas vin!"

Li donis la botelon al Camilla.

"Via fratino devus ne trinki ĉi tiun aĉaĵon."

"Ĉesu do! Ŝi ja bezonas iom da amuzo."

"Sed ŝi estas nur dekkvarjara."

"Nu, kaj do? Malstreĉiĝu, Stefan! Ne estu tia tedulo!"

Li demetis la botelon kaj foriris. Li rigardis, kiaj kompaktdiskoj troviĝas. Paĉjo ankoraŭ ne aĉetis diskilon por tiaj. Ŝajnis esti plejparte kantoj el muzikaloj kaj similaj. *Cats* kaj *La cage aux folles*. Nenio kion li ŝatus aŭskulti. Kompreneble ili estis de ŝia patrino.

Li revenis al la biero de Johan, sed ĝi baldaŭ elĉerpiĝis, kaj poste nenio iĝis pli amuza. Li enlitiĝis en la ĉambro de Camilla kaj aŭskultadis la festenon tra la vando, esperante ke ĝi baldaŭ finiĝos.

Li vekiĝis iam nokte pro tio ke Camilla dormante turnis sin kaj ŝovis kubuton inter liajn ripojn. Li komencis iomete karesi ŝin, sed ŝi ne volis vekiĝi, kaj ankaŭ li efektive estis tro laca.

Matene ŝi mishumoris.

"Mi ne komprenas, kial vi ĉeestis kaj nur plendas. Oni devas iom malstreĉiĝi."

"Kompreneble. Sed mi ne trovas viajn amikojn tre amuzaj."

"Tute ne necesas, ke vi trovu ion ajn. Ili estas miaj amikoj. Fek, mi tiel tediĝas de uloj kiuj ne respektas min."

"Sed mi ja faras tion. Vi estas ege pli lerta ol tiuj inoj."

"Ne, mi ne estas."

"Kaj pli bela. Pli alloga."

"Aĥ, ĉesu!"

Ŝi sidiĝis turnante al li la dorson, sed li vidis ke ŝi jam iom moliĝas.

Strange, ke eblas vidi tion de dorso en ĉifita noktoĉemizo kaj nuko kun harfaskoj, kiuj hirtas en ĉiu direkto krom la ĝusta.

Li volis relogi ŝin enliten, sed ĝuste tiam aŭdiĝis krako ie ekster la ĉambro.

"Marita ellitiĝis. Mi devas demandi kiel ŝi fartas."

"Postebria, supozeble."

Camilla turnis sin al li.

"Ŝi ne drinkis tro multe. Kaj tio ne estis la unua fojo. Ne necesas ke vi estu maltrankvila."

Poste ŝi eliris al sia fratino.

Camilla pruntis videokameraon en sia lernejo por ia projekto, kaj nun ŝi muntis ĝin sur tripiedon antaŭ lia lito.

"Kion vi faras?" li diris. "Ĉu vi registros pornan filmon? Ĉu tio estas via hejmtasko?"

"Amuze. Mi volas vidi, kiel ni aspektas dume. Ĉu vi ne?"

"Ĉu vi ne vidas tion per viaj okuloj?"

"Ne tiel. Kaj poste mi vendos la kasedon publike. Ne, mi ŝercas. Ni spektos ĝin unufoje, kaj poste mi viŝos ĝin."

"Bone, do ne forgesu tion antaŭ ol redoni la kasedon al la lernejo."

Post la registrado ili spektis la filmon per la televidilo. Ĝi estis ĝismorte teda, do ili plejparte rapidturnis ĝin. Camilla volis vidi, kiam ŝi orgasmis.

"Oni vidas preskaŭ nenion. Mi pensis, ke tio vidiĝos pli multe."

"Filmu kiam vi rajdas."

"Mi celas la vizaĝon. Sed mi aspektas pli-malpli kvazaŭ mi havus dentodoloron aŭ ion tian."

"Do mi tiom laboris tute vane."

"Ne blagu. Vi mem aspektas kiel vera zombio."

"Tio ne estis mia ideo. Ĉu mi povas konservi kopion?"

"Ne provu. Nun mi viŝos."

Ĉi-foje Paĉjo faris ceviĉon, kiun li ĵus metis en la fridujon por mariniĝi, kiam Stefan venis hejmen.

"Mi ne faris, sed Camilla", diris Paĉjo.

"Ne, mi nur iom helpis kaj premis limedojn."

"Mi dirus, ke vi faris multe pli. Sed nun ni ekzorgu pri la cetero."

Li tranĉis blankan panon kaj surmetis kaprofromaĝon, kiun li intencis grateni, kaj Camilla metis tranĉaĵojn de sekigita ŝinko sur pladon.

"Jen eta aŭtuna bufedo", diris Paĉjo. "Iom da etaĵoj."

Li afektis antaŭ Camilla, jen evidentaĵo. Stefan trovis tion ridinda, sed ŝajne ŝi ne malŝatis. Li devis fari salaton kaj primeti la tablon, dum Paĉjo montris al ŝi kiel dismeti la ŝinkotranĉaĵojn en formo de ventumilo sur la pladon.

Poste li rakontis pri sia kariero kiel gastronoma kuiristo en altklasa restoracio. Stefan jam malkaŝis al ŝi, ke li plej multe lavis vazaron kaj purigis la ejon, krom iom da helpo al la vera kuiristo. Sed ŝi ŝajnigis kredi lin kaj ridis pri ĉiuj bizaraj detaloj, kiujn Stefan jam delonge sciis parkere.

Tamen la manĝo estis bona. Sendube li iel sukcesis kapti ion tie.

Post kiam Paĉjo foriris, la domo silentiĝis. Ili supreniris en la ĉambron de Stefan, sed iel restis nenio por diri. Li volis ke ili kuŝiĝu sur la liton.

"Dio, mi estas tiel sata", diris Camilla. "La ventro kvazaŭ balonas."

"Ĉu mi povas esplori ĝin?"

"Ne, mi sentas min tro dika kaj pufa. Sendube mi devos baldaŭ hejmeniri. Mi havas grandan hejmtaskon pri la sveda. Necesas verki recenzon, kiu estu preta morgaŭ, kaj mi ankoraŭ ne finlegis la libron."

"Vi povus demandi Paĉjon", li diris.

"Pri kio? Kion vi volas diri?"

"Li kutime scias ĉion pri libroj, kiujn li neniam legis."

"Ĉu vi koleras?"

"Tute ne. Venu kuŝiĝi ĉi tie iomete."

"Mi kredeble ne havas la forton."

"Sed mi sopiras."

Ŝi suspiris kaj etendis manon, ŝovis ĝin en lian pantalonon.

"Hm, evidente. Eble mi povus masturbi vin. Sed poste mi devos hejmeniri. Ni ja baldaŭ revidos nin."

Li cerbumis pri tio dum kelka tempo. Sed li plej multe sopiris je ŝia korpo.

"Ni faru alifoje", li diris.

"Vi ja koleras! Mi ne povas suĉi vin, ĉar se jes, tiu fiŝo sendube revenus supren."

Efektive ŝi neniam prenis ĝin enbuŝe. Ĝis tiam li ne petis ŝin, kaj nun definitive ne estis konvena momento.

"Ne gravas", li diris.

"Bone, do mi ne plu komplezos, se vi koleras."

Ŝi restis ankoraŭ iom kaj plu suspiris pri kiom ŝi satas. Poste ŝi foriris, kaj li sentis, ke io jam perdis la elanon. Sed tio eble devos okazi, post kelka tempo. Ilia rilato jam daŭris preskaŭ jaron kaj duonon, kaj tio ja estis eterno. Tamen espereble estos pli bone la venontan fojon. Li simple zorgu, ke ŝi ne manĝu tro multe.

Do li faris salaton, kiam ŝi venis al li sabate. Kaj tio iris glate, ili havis bonegan tempon, spektis filmon kaj parolis pri kiam ili renkontiĝis ĉe la lageto antaŭ pli ol jaro. Kaj poste ŝi restis ĉe li dum la tuta nokto. Tio ne okazis tre ofte. Lastfoje li vidis ŝin matene ĉe ŝi post la festeno, kiam ŝi estis postebria. Nun ŝi estis vigla kaj ĉarma, kvankam li kiel kutime estis matene laca. Paĉjo ne montris sin; li dormis post nokta deĵoro.

Denove estis ĵaŭdo, kaj tempo por la lasta leciono de la tago. Post unu horo Camilla kiel kutime staros babilante kun Paĉjo en la kuirejo, kiam li venos hejmen. Sed hodiaŭ iu ĉefinstruisto enlasis ilin en la lernoĉambron kaj sciigis, ke Gunilla Wide, ilia instruisto pri la angla, estas malsana, do ili laboru sendepende. Leciono sen instruisto. Post kiam li foriris, apenaŭ duono de la klaso sidiĝis kaj elsakigis siajn lernolibrojn pri la angla. La ceteraj sendube pensis kiel Stefan: Jes! Jen la enuo finiĝis por tiu tago! Kaj tamen ne atendis ilin hejme la plej alloga knabino de la urbo.

Li scivolis, kian manĝon Paĉjo preparos ĉi-foje, kaj kion li enmanigos al ŝi. La sola afero tute certa estis, ke lia buŝo laboros senĉese, kaj ke ŝi de temp' al tempo kontraŭos lin.

Kiam li eniris kaj demetis la ŝuojn, estis tute silente en la kuirejo. Eble ŝi ankoraŭ ne venis. La kuirejo estis tute senhoma. Strange. Ĉu ne estis ĵaŭdo? Jes ja, li ja havus lecionon pri la angla, se la instruistino ne malsaniĝus. Nek Paĉjo nek Camilla ĉeestis. Tamen, nun li aŭdis pordon malfermiĝi en la supra etaĝo. Li plandis supren laŭ la ŝtuparo, kaj duonvoje li ekvidis Camillan eliri de la banĉambro kaj plupaŝi foren. Ŝi turnis al li la dorson kaj estis malzorge envolvita en bantuko, nudkrura kaj nudpieda. Li vidis akvogutojn sur ŝiaj nudaj ŝultroj, antaŭ ol ŝi malaperis en la dormoĉambron de Paĉjo fermante post si la pordon. Restis ŝiaj malsekaj piedsignoj surplanke. Li staris tute senmova kun la piedoj sur du ŝtupoj, povante nek moviĝi nek fari sonon. Tiam li aŭdis el la ĉambro de Paĉjo, ke tiu diras ion kaj poste ridas. Stefan ne aŭdis kion, sed la voĉo sonis mole, karese. Li rekonis tiun voĉon, kvankam li jam forgesis ĝin. Ĝi sonis kiel pli frue, kiam iu virino vizitis Paĉjon ĉi-hejme.

Li ne komprenis kial, sed subite li timegis ke ili venos el la ĉambro kaj ekvidos lin tie sur la ŝtuparo. Dum li ŝteliris suben al la vestiblo, iom post iom nebuliĝis la ŝtuparo kaj ĉio alia ĉirkaŭ li. Kiam li retrovis sin, li estis jam eksterdome, trenante sian mopedon preter la najbaraj domoj kun la kasko enmane. Evidente li ne konsciante, kion li faras, tretis en la ŝuojn, prenis la mopedan kaskon de la breto, eliris, fermis la dompordon, malŝlosis la mopedon kaj trenis ĝin ĝis najbara domo. Li rigardis malantaŭ si. Neniu homo videblis sur la strateto. Li surkapigis la kaskon, ekigis la motoron kaj ekveturis urben.

Li sidiĝis en la rapidmanĝejo ĉe Norrtull kaj mendis falaflon kaj kolaon. Li scivolis kion Paĉjo planis por tagmanĝo hodiaŭ. Nun la manĝo sendube malfruos. Fakte, ĝi estis iom malfrua ankaŭ en la lasta ĵaŭdo. Subite li sentis intensan malamon kontraŭ Gunilla Wide, la instruistino pri la angla. Se ŝi ne malsaniĝus, ĉi tio neniam okazus. Pli ĝuste, se ŝi restus sana, li nenion ekscius. Li venus hejmen, aŭskultus la babiladon de Paĉjo kaj Camilla, komentus ion, primetus la tablon, manĝus, atendus ke Paĉjo foriru, kaj poste. Jes, ĝuste tiel. Poste.

Li sentis naŭzon kaj aĉetis duan kolaon, sed ĝi ne helpis.

Post horo kaj duono li eliris, prenis la mopedon kaj komencis veturi tien-reen. Ekzistis neniu loko, kien li povus iri. Li sidiĝis sur benko apud la rivero kaj rigardadis la akvon preterfluantan. Poste li denove veturadis iom kaj sidiĝis sur alia benko. Estis mallume kaj jam komencis malvarmiĝi.

Li reiris al la rapidmanĝejo por ankoraŭ unu kolao. La televi-
dilo montris popularan humurserion pri du fratoj en aŭtoriparejo.
Li neniam komprenis, kial ĉiuj homoj adoras ĝin, kaj nun ĝi estis eĉ pli
sensenca ol iam ajn antaŭe. Li klopodis trinki la kolaon plejeble mal-
rapide, tamen ĝi finfine finiĝis. Nenio alia fareblis, ol mopedi hejmen.
Survoje hejmen li ekpensis, ke li povus iri al la geavoj. Sed tiuokaze
li devus inventi ian klarigon. Li simple ne kapablis tion. Tiumomente
li ne fortis pensi. Li devis iri hejmen.

En la domo ĉiuj fenestroj estis mallumaj, kion ajn tio signifis. Estis
kvin antaŭ la deka, kaj Paĉjo sendube estis for ŝoforante en sia taksio.
Camilla estis hejme ĉe sia patrino, li supozis.

Li eniris, supreniris al sia ĉambro kaj enlitiĝis sen lavi la dentojn.
Poste li tamen devis ellitiĝi por iri pisi. Li ne volis eniri la banĉambron,
do li ŝtuparis suben al la necesejo por gastoj, pisis kaj reiris supren.

Vendrede li estis en la lernejo kiel kutime. Poste li telefonis al Avino de
telefonbudo por invitigi sin tien dum la semajnfino. Li lasis mesaĝon
al Paĉjo en la telefonrespondilo, ke li estos ĉe la geavoj.

En la sekva semajno li tamen devis loĝi hejme. Li ne interparolis
kun Paĉjo. Ankaŭ tiu parolis malpli ol kutime. Ĵaŭde vespere li kaptis
la brakon de Stefan kaj rigardis en liajn okulojn.

"Mi komprenas, ke vi havas problemon kun Camilla ĝuste nun",
li diris. "Vi estas nek la unuaj nek la lastaj, al kiuj aperas hoko en
la ezoko. Sed ĉio refariĝos bona, fidu min. Zorgu pri ŝi, ĉar ŝi estas
bonega knabino!"

Li deŝiris sin kaj foriris.

Iutage Camilla atendis lin ekster la lernejo, kiam li finis. Li preterpasis
ŝin, sed ŝi kuniris apud li.

"Ĉu Billy diris ion?" ŝi demandis.

Li ne respondis.

"Ne kredu lin. Ne estas, kiel vi pensas."

"Mi ne pensas. Mi scias."

Li jam bedaŭris, ke li respondis. Li devintus resti silenta.

Ŝi akompanis lin ĝis la bushaltejo.

"Vi ne posedas min", ŝi diris tie. "Vi pensas, ke vi povas decidi pri
mi, sed vi ne povas."

Ĉe la haltejo staris aro da aliaj homoj, kiuj ŝajnigis nenion aŭdi. "Vi estas damne malmatura", ŝi diris, kaj ŝia voĉo iomete rompiĝis ĉe la fino.

Lia tuta interno tremis, ĉar li tiom sopiris proksimiĝi al ŝi kaj brakumi ŝin. Li pugnigis la manojn enpoŝe kaj streĉis la muskolojn por stari senmove. Tiam alvenis la buso, li suriris ĝin kaj sidiĝis. Kiam ĝi ekveturis, li vidis ŝin foriri de la haltejo. Hejme li sidis rigardante la telefonon. Se ŝi telefonus, li ne respondus. Kredeble ŝi dirus, ke ĉio estas stulta miskompreno. Sed li miskomprenis nenion. Li ankaŭ komprenis nenion. Li dubis, ĉu li iam faros. Dum kelka tempo li rigardis la silentan telefonon. Poste li supreniris al sia ĉambro. Nenio alia fareblis.

En la sekva somero li ne plu vizitis la lageton Lillsjön, sed iris pli foren al Ågelsjön. Ĝi estis pli granda kaj profunda, kun pli pura akvo. Li iradis tien kun Jonas kaj Fredrik. Ili kutime kunportis malfortan bieron kaj sidis tie trinkante avide por senti ion. Necesis trinkegi kaj pisegi, ĉar la kvociento de alkoholo ne estis granda. Krome ili faradis lignofajrojn.

Tie la rokoj estis pli altaj kaj krutaj. Ne ekzistis ŝnurego, sed eblis salti de sufiĉe alta krutaĵo. Pli fore la bordaj rokoj estis tute vertikalaj, tiel ke ne eblis suriri ilin.

Iufoje li vidis ŝin apudlage kun nekonato, iu pli aĝa junulo, eble studento. Li vidis ŝin nur de fore. Cetere li ne emis gapi tiudirekten. Kial li gapu? Ŝi rajtis veni tien kun ĉiu ajn; lia haŭto ne jukis pro tio. Li jam ne zorgis pri ŝi.

La lastan fojon Jonas kunportis ankaŭ kelkajn fortajn bierojn, kiujn li ricevis de sia kuzo. Estis en la fino de la somero, meze de aŭgusto. La lerneja semestro komenciĝis post kelkaj tagoj. Do ili havis bonan kialon por iom festeni. Eble la lasta apudlaga vizito de tiu somero.

Fakte tio iĝis lia lasta vizito tie. Li neniam poste revenis. Nenio logis lin tien. Tamen li ne vidis ŝin malaperi. Li nur aŭdis ŝian kunulon voki al ŝi, foren al la lago. Li vokis, ke ŝi revenu. Stultulo. Kial paŝadi surtere vokante? Li devus mem naĝi al ŝi por helpi. Sed kredeble li ne plu vidis ŝin. Tiu lago estis sufiĉe granda kaj profunda. Kaj ĝia akvo neniam tre varmiĝis.

Cetere, se ŝia kunulo ne povis helpi, kion do Stefan povus fari? Li staris apud la eta lignofajro, vidante nenion krom la flamoj. Ĉio cetera estis absoluta nigro. Eĉ tretinte la fajron, li longe vidis nur la ruĝajn braĝojn, kiuj malrapide griziĝis. Nur tiam reaperis la ĉirkaŭantaj rokoj, arboj kaj lago el la plena mallumo.

Poste li paŝis ĝis sia mopedo, ĉar li volis esti sola, sed Jonas algluis sin kun siaj stultaj komentoj.

"Ĉu vi komprenas, kial ŝi faris tion?"

Stefan ne respondis, do li pluis.

"Eble ŝi havis aidoson, kaj preferis morti ĉi tiel."

"Vi deliras. Kial ŝi havus aidoson?"

"Nu, ŝi ne tre elektemas, laŭdire."

Stefan volis batfermi lian faŭkon, sed tute mankis al li energio. Li simple turnis al li la dorson kaj startigis sian mopedon.

Iel li sentis kontentiĝon, kiam ŝi mortis. Iasence ŝi meritis morti. Sed samtempe tio teruris lin, kvazaŭ forta mano premus lian koron. Li neniam plu vidos ŝin, neniam tuŝos ŝin. Ja pasis nur duonjaro de kiam li lastfoje tuŝis ŝian korpon, kaj nun ĝi jam estis malvarma kadavro. Li esperis forgesi ŝin, kaj samtempe li volis memori. Nun ŝi jam estis nenio krom memoro. Neniam plu li povos fari al ŝi ion ajn, nek bonon nek malbonon. Kaj reciproke ŝi neniam povos logi lin, nek turmenti lin. Li sentis al ŝi egan koleron. Ŝi trompis lin, ŝi forlasis lin jam tiufoje, kaj nun ŝi definitive foriris de li. Li volis iel vundi ŝin, venĝi kontraŭ ŝi. Li volus esti tiu, kiu dronigis ŝin. Tiu, kiu puŝis ŝin en la lagon. Sed ŝi jam estis nevundebla. Ŝi finfine eskapis de li.

* * *

Estas vespero. Oni jam forportis la manĝopleton, sur kiu restis eĉ ne panero. Li anoncis deziron viziti la necesejon. Ne eblas antaŭvidi, ĉu daŭros kvar minutojn aŭ kvardek ĝis oni bonvolos konsenti pri tiu peto. Ial rekomenciĝas jukado sur la brusto kaj mandorsoj. Kial do? Ĉu revenas la skabio? Ĉi tie neniu povas kontaĝi al li ion ajn. De kie originas tiu jukado? Li ŝovas manon subĉemizen por grati la bruston, li eligas ĝin por alterne grati unu manon per la dua. La mandorsoj havas ruĝajn striojn, sed ĉu pro la jukado aŭ pro lia propra gratado? Li devas rezigni grati kaj poste ekzameni ilin. Sed kontraŭvole la manoj revenadas, la ungoj fojon post fojo skrapas la haŭton. Dum momento tio forigas la jukadon. Poste ĝi revenas. Li ŝatus fluigi malvarman akvon laŭ la manoj. Kiam li estos neceseje, li faros. Necesas nur atendi. Atendi kaj ne grati. Ne grati. Damne! Ne povas esti skabio. Li ja ne estas kronika skabiulo! Eble li alergias kontraŭ io. Ĉu tiu fruktokaĉo? Sed kial do tio trafus la bruston kaj mandorsojn? Li ŝatus gugli, sed ĉi tie ne eblas. Nek telefoni, nek serĉi en biblioteko. La libro pri Karlo la dekdua, kuŝanta sur la tableto, nenion rakontos pri jukado. La reĝo havis pli gravajn problemojn. Ĉe Poltavo li komandis la armeon kuŝante sur portilo, pro pafvundo sur la piedo ricevita semajnon pli frue. Poste, perdinte la batalon kaj sian armeon, li fuĝis, tio estas, oni forportis lin per la sama portilo kaj pluen per boato trans Dnepron, sur kies bordo la restanta armeo dume kapitulacis. Iom da jukado ĉe la haŭto ne estus rimarkata de tiuj homoj. Ili eĉ ĝojus pro jukanta piedo. La jukado pruvus al ili ke la piedo restas. Sed ĉi tie ne eblas malatenti ĝin.

Denove la hurlanta najbaro ekaktivas. Ne eblas distingi kion li volas komuniki, se entute ion ajn. Eble temas nur pri erupto de emocioj. Ĉiuokaze tio signifas etan distraĵon. Li iĝis unu el malmultaj spektakloj, kiuj rompas la enuon de rutino. Supozeble la estado ĉi-momente ŝajnas al li neeltenebla, sed per sia reago al tio li helpas igi ĝin iomete pli tolerebla al Stefan, kaj eble al aliaj arestitoj. Ĉu ankaŭ al la gardistoj? Malfacilas diri. Stefan ne povas imagi, kiel estus plenumi tian laboron. Sendube li neniam ekscios. Ĝi devas esti monotona, tamen kun interrompoj de eventoj ne antaŭvideblaj, kelkfoje eĉ danĝeraj. Kredeble ĝi prezentas bonajn okazojn al personoj, kiuj emas diversmaniere ĝeni, puni, eĉ turmenti aliajn homojn. Jen kaj jen li legis pri arestitoj, kiuj mortis en la arestejo. Kaj por ĉiu tia morto devas esti multaj, kiuj suferis vundojn. La oficiala klarigo ĉiam estis, ke ili furioze kontraŭbatalis la policistojn aŭ gardistojn, kiuj do devis uzi perforton por pacigi ilin. Kompreneble oni aŭdas nur pri fizikaj vundoj, ne pri psikaj turmentoj, kiuj eble eĉ pli oftas.

Stefan spertis nenion el tio, se ne kalkuli la fakton, ke li ankoraŭ atendas sian necesejan viziton. Kredeble li devos atendi ankoraŭ iom, ĉar la hurlanto estas pli urĝa tasko. Aŭ male, oni uzos lian bezonon kiel prekston por atendigi la najbaron. Ne eblas scii. Ili estas objektoj de absoluta arbitro, la hurlanto kaj li.

Dume li plu gratas al si la manojn. Fakte, dum kelka tempo la najbara spektaklo forgesigis al li la jukadon. Tamen longe tio ne efikis. Necesus pli intensa distra programo por konstante mildigi la urtikadon. Ĉu li petu ian medikamenton? Eble oni havas haŭtkremon, kiu helpus. Sed plej probable oni ne donus ĝin sen preskribo de fakulo. Li demandos, sed ne indas esperi.

Kial do la jukado revenas? Kion ĝi celas? Kion ĝi volas? Ĉu memorigi al li ion forgesitan? Tio ne eblas. Kion li forgesis, tio ne okazis. Kion li forgesis, tio ne povas juki. Li puŝis neniun. Neniam oni sukcesos konvinki lin, ke li puŝis. Kial li puŝus? Kaj li tutcerte tranĉis nenies gorĝon. Nek strangolis iun. Vere, li ja tretis la fajron, sed li ne puŝis. Fredrik falis suben en la akvon sen helpo. Ankaŭ Camilla. Ŝi dronis, kaj tio tute ne rilatis al li. Li jam delonge ne rilatis al ŝi. Li ja tretis, sed neniam puŝis. Aŭ eĉ se li puŝis, li ne tranĉis la gorĝon. Kie li kaŝus la kadavron? Kiel forlavi la sangon? Se li tranĉus, ŝia sango ankoraŭ restus sub liaj ungoj. Liaj manoj estas puraj; li neniun mortigis.

Kiom li scias, ŝi mem saltis de la rokoj, suben en la lagon. Kiel li povus puŝi, se ŝi jam estis fore? Li ja tretis sur la lignofajron por estingi ĝin, sed ne por kaŝi ion, nek por ke ŝi nenion vidu. Li tretis ĝin por ke... li ne plu scias kial. Eble por ke ĝi ne bruligu ŝin, por ke ĝi ne disvastiĝu kaj flamigu la tutan lagon. Nu, ne la lagon, evidente, sed la ĉirkaŭon. La randon. La homojn. Ŝin. Li ne volis vundi ŝin, li eĉ ne sciis, kie ŝi estas. Kaj se li puŝis ŝin suben en la akvon, tio estis nur... Kial do? Jes ja, por savi ŝin de la fajro. Li tretis la fajron por estingi ŝin, ne por dronigi. Poste li rapidis for, ĉar li ne volis ĉeesti, kiam ŝi mortis. Li ne volis vidi ŝian kadavron. Li tute ne ŝatas mortintojn. Diablo scias, kial ili hantas lin. Li mem ne kapablas mortigi eĉ kuniklon. Do li absolute ne puŝis ŝin, nek tretis sur ŝin, nek strangolis ŝin. Tio estas falsa akuzo, falsa verdikto. Jam delonge li estas enfermita en ĉi tiu arestejo, do li ne povas strangoli ŝin. Li devas esti senkulpa. Li senkulpas pri ĉio. La arestejo estas lia alibio. Ĉi tie eblas nek puŝi nek treti, krom la plankon. Ĉi tie eblas nenio.

Ha, kiaj stultaĵoj! Kio okazas al li? Ĉu li ne plu kapablas pensi logike?

Li stariĝas kaj tretas surloke, skuas la kapon, frapetas al si la vangojn. Vekiĝu do! Li ne dronu en fantazioj kaj freneza revado! Li devas akrigi la menson. Necesas distingi la realon disde puraj deliroj. Ial ĉio miksiĝas, konfuziĝas, kaj li ne plu certas, kio estas kio. Evidente li tro multe cerbumas. Necesus ĉesigi la pensadon. Estingi la imagojn. Sed tio ja ne eblas. Li ne regas siajn pensojn. Nur ke ili ne regu lin! Li restu klarmensa!

La hurlanto momente paŭzas, kaj tra la subita silento aŭdiĝas preterpasanta vagonaro. Eble rapida vespera trajno suden, al Malmö aŭ Kopenhago. Se li povus salti sur ĝin, post tri horoj li jam estus en Lund kaj povus promeni tra la urba parko ĝis sia kvartalo. Li liftus supren, ŝovus la ŝlosilon en la seruron, malfermus la pordon kaj enirus. La apartamenta aero estus malfreŝa, do li tuj irus malfermi la balkonan pordon. Eble li starus dum kelka tempo surbalkone, rigardante al la lumoj dense borantaj tra la pala somera krepusko. Li flarus la odorojn de kampoj, de verdaĵoj, portatajn de vespera vento el la markolo.

Tia salto tra la krado tamen ne eblas, kaj lian apartamentan ŝlosilon konservas la gardistoj kune kun lia mono, bankokartoj, kondukpermeso, poŝtelefono kaj aliaj posedaĵoj. Kaj li ne certas. Eble tiu sono venis de vartrajno portanta svedan ŝtalon al germanaj aŭtofabrikoj, aŭ paperon al italaj skandalĵurnaloj.

Cetere, kion li faru en sia apartamento, krom flari la kamparan parfumon? Esence ĝi estas nur iom pli granda aresteja ĉelo ol ĉi tiu. Lia laborejo ne estas tie, nek Karin, Alice kaj Oskar. Li ne scias kien li povus iri por retrovi sian vivon. Neniu povas redoni ĝin al li, tio ja evidentas. Ĝi estas definitive perdita. Ĉu li iam ie povos krei novan? Ŝajnas neeble. Ŝajnas tro malfrue.

* * *

Li staris gapante en la montrofenestron de hobia butiko, kiam ŝi preterpasis portante pican skatolon surbrake. Ŝi haltis apud li.

"Hej, bebeto", ŝi diris. "Ĉu vi rigardas ludilojn?"

"Saluton. Kion vi faras ĉi tie?"

Li eble devus diri "ĉaŭ ĉaŭ ĉinino" aŭ ion similan, sed li ankoraŭ memoris ke ŝi lukte surterigis lin malantaŭ la grimpoframo kiam li estis ok- aŭ naŭjara. Ne indis inciti ŝin.

"Ĉu vi volas pecon da pico?"

Kredeble tio estis nura blago. Sendube ŝi simple rikanus kaj fortirus ĝin, se li etendus la manon. Sed li decidis riski tion. Ili sidiĝis surrande de la ŝtuparo surplace, kaj ŝi mane disŝiris la picon. Ĝi surhavis mitulojn, kiujn li neniam antaŭe manĝis. Tamen li maĉis kaj glutis almenaŭ duonon el ĝi, aŭskultante ŝin. Ŝi parolis, mordis picon kaj parolis plu. "Ĉu vi restas en la sama lernejo? Mi devis ŝanĝi al la Valdorfa. Ĝi estas sufiĉe pigra loko. La instruistoj estas ridinduloj, kaj ankaŭ la lernantoj, sed mi fajfas pri ili. Restas al mi nur la naŭa klaso, kaj oni ĉiuokaze ne ricevas notojn en tiu lernejo. Ĉu vi plu desegnas bildstriojn? Mi konas magazinon, kien vi povus sendi por eble publikigi ilin. Sed mi mem ĉesis verki kantojn, tio estas tro infaneca. Ĉu vi plu loĝas kun via avino en la domego? Mi ne ŝatis ĝin. Tro da plendemaj najbaroj. Propra domo estas ege pli bona ol apartamento."

Li respondis murmure jen kaj jen, sed ŝi apenaŭ atentis tion.

Li konis ŝin de antaŭ kvin jaroj, kiam li ĵus ekloĝis ĉi tie. Åsa el numero kvardek ses. Tiam ŝi estis ege ĝena, antaŭ ol ŝia familio transloĝiĝis al la apuda kvartalo de unufamiliaj domoj. Kompreneble li sciis, ke ŝi estas samlernejano. Oni ne facile perdas korean knabinon, precipe ne, se ŝi estas tiel kriema kaj protestema bubino kiel ŝi. Sed li ne vere konis la pliaĝulojn en la pli altaj klasoj. Nek enmigrintojn. Nu, ŝi kompreneble ne estis vera enmigrinto, nur adoptita koreino. Ŝi ne parolis kaj agis kiel enmigrinto. Kaj ŝi ne estis ano de bando aŭ kliko. Åsa estis solulino, kiu ĉiam iris sian propran vojon.

Li sciis, ke ŝi estas du jarojn pli aĝa ol li. Antaŭ unu-du jaroj li ofte renkontis ŝin en la postlerneja klubo, kvankam ili kompreneble okupiĝis pri malsamaj aferoj tie. Unu el la gvidantoj instruis desegni bildstriojn, kaj tio plaĉis al li tiel ke li poste daŭrigis hejme. Kelkfoje li eĉ sidis en lerneja koridoro desegnante, kiam Åsa preterpasis. Ŝi haltis por rigardi, sed nek kritikis nek laŭdis.

Dume ŝi okupiĝis pri muziko, se eblis tiel nomi ŝiajn kantojn.

"Panjo volis devigi min ludi pianon", ŝi iam diris. "Tio estas diable enua. Sed sintezilo estas sufiĉe mojosa."

Vere ŝi devus ludi en bando. Prefere en punkbando aŭ io simila, kaj ŝi efektive iam provis. Tio tamen daŭris mallonge. Verŝajne ŝi ne povis subiĝi al la volo de iu alia. Do, ŝi verkis siajn proprajn kantojn kaj iam prezentis ilin en la postlerneja klubo. Sed ankaŭ tio ĉesis. "La ĉefo tie malpermesis al mi prezenti ilin antaŭ la aliaj", ŝi iam diris. "Ne pro ili, sed por protekti min, laŭdire. Li estas sencerbulo." Ŝiaj kantoj temis precipe pri knaboj, amo kaj sekso. Li neniam kaptis tre multe de ŝiaj tekstoj kaj ne imagis, kial oni malpermesis ilin. Eble tio tute ne okazis, sed estis nur unu el ŝiaj kutimaj blagoj. Printempe en la oka klaso ŝi malaperis de la lernejo. Li aŭdis ian vagantan onidiron, laŭ kiu ŝi seksumis kun anstataŭanta instruisto de sporto, sed li suspektis ke ŝi mem disvastigis tiun diraĵon. Jen kia ŝi estis. Eble ŝi tutsimple estis frustrita aŭ malfeliĉa. Kaj eble ŝi devis ŝanĝi lernejon nur ĉar ŝiaj gepatroj malkontentis pri la ordinara.

Post tiu okazo, kiam ŝi dividis kun li sian picon, ili ofte renkontiĝis sur la placo. Kelkfoje ŝi kunhavis amikinon aŭ junulon. Tiam ŝi ne konis Stefanon. Sed plej ofte ŝi estis sola, same kiel li. En tiu Stokholma antaŭurbo, kie li vivis ĉe Avino Sonja, li havis malmultajn amikojn. Plejparte ŝi parolis kaj li aŭskultis, sed tio estis normala. Homoj ege babiladis kaj ege rapidis. Li bezonis kelkajn minutojn da pensado antaŭ ol diri ion, kaj tiam kutime jam estis tro malfrue. Do, prefere li lasis ilin paroli.

Estis same en la lernejo. La instruistoj preferis mem gurdi sen interrompoj. Kaj liaj samklasanoj ne tre ŝatis pensi antaŭ ol paroli. Do li sciis, ke oni konsideras lin silentema kaj iom stranga. Evidente kelkaj instruistoj trovis lin stulta. Ili klarigadis fojon post fojo, kvankam li komprenis jam antaŭ ol ili komencis. Sed li volonte akceptis ke ili pensas tiel, kondiĉe ke ili almenaŭ lasu lin en paco por cerbumi pri siaj aferoj.

La plej multaj homoj ne aprezis, kiam li pensis alimaniere aŭ eltrovis ion novan. Ili simple ne aŭskultis. Ĉio devis resti tia, kia ĝi estadis de ĉiam. Precipe en la lernejo. Tie li rikoltis nur riproĉojn, kiam li alportis ion alian. Kiel tiufoje, kiam li montris al la instruistino multobligi per duobligoj kaj duonigoj. Ŝi ridetis afable, kvazaŭ li estus kreteno. Ŝi eĉ ne atentis kontroli, ĉu la rezulto estas ĝusta.

Åsa havis ĉiamajn problemojn pri knaboj. Pri siaj koramikoj, pri tiuj, al kiuj ŝi enamiĝis, pri tiuj, kiuj provis hoki ŝin, aŭ kiuj turmentis ŝin. Kaj ŝi ŝajne ne havis vere proksiman amikinon, al kiu paroli. Do, li iĝis tiu, kiu devis aŭskulti pri ŝiaj ĉagrenoj.

"Tony estas ega idioto. Li pensas ke mi jesu al ĉio ajn, simple pro tio ke ni kunas."

"Ĉu li ne nomiĝas Klas?"

"Dio, tio ja estis antaŭ eterno! Li estas tiel diable teda, mi simple ne eltenas, li neniam ĉesas, mi povas diri kion ajn, li neniam komprenas eĉ grajneton."

"Kiu el ili?"

"Aŭskultu do! Mi parolas pri Tony, damne! Vi estas tute perdita, diabla bebeto, mi ne scias kial mi babilaĉas al vi, tio tute vanas."

"Do, kial vi kunestas kun li?"

"Tion vi komprenos, kiam vi kreskos iomete, bebeto. Sed vi eble estos gejo. Mi esperas ke jes, ĉar tiam ni povos plu babiladi ĉi tiel."

Ili kutime sidadis sur la placo aŭ sur deklivo apud la fervojo. Kelk-foje ŝi iel sukcesis akiri doson da biero, kiun ili kundividis. Kiam ŝi aĉetis picon, li ricevis almenaŭ duonon de ĝi. Li mem neniam havis monon. Se li havis, li uzis ĝin por feltkrajonoj, desegnokartono kaj bildstriaj kajeroj el brokantejo. Sed Åsa ŝajne facile akiradis monon. Sendube ŝiaj gepatroj gajnis sufiĉe. Aŭ eble ili ne povis rifuzi doni al ŝi, ĉar ili hontis pri tio ke ŝi estas adoptita.

Ŝi havis fratineton, kiu estis nur dekjara kaj ankaŭ venis el Koreio. Sed Åsa malamegis ŝin. Ŝi malamis la plej multajn homojn, precipe gapantajn viraĉojn. Ial ŝi akceptis Stefanon, eble ĉar li aŭskultis. Li jam spertis, ke tio estas malofta kutimo.

Dekomence li ne volis montri al ŝi siajn desegnojn, ĉar li timis mokon. Ŝi tamen ne petis, sed simple kaptis la kajeron el lia mano kaj foliumis ĝin. Poste ŝi nek laŭdis nek kritikis. Sed iutage ŝi havis proponon.

"Vi devus komenci pri grafitio. Ĉu vi jam provis?"

"Mi ne havas monon por farbo."

"Ne zorgu pri mono. Ni akiros ĝin."

Do ili biciklis al farbobutiko en Handen kaj ŝi klarigis al li kiel fari.

"Mi eniros unue kaj aĉetos unu doson. Kiam mi staros ĉe la kaso, vi eniru kaj komencu palpi la ŝprucfarbojn. La komizo certe venos al vi por demandi, kion vi volas. Do vi ekzemple demandos, kiom kostas la farbo. Poste vi iros al alia breto kaj palpos ion alian. La komizo sendube gardos vin, kaj dume mi aranĝos pri kelkaj pliaj dosoj." Li tute ne kredis je tiu plano, sed li akceptis provi, ĉar li mem devis nenion ŝteli. Do ili ambaŭ iris, unue ŝi, poste li, kaj ĉio okazis plimalpli kiel ŝi antaŭdiris. Poste ŝi levis sian lernejan sakon, kantetante vortojn el la furora ŝlagro de Carola – *fremdul', kion kaŝas vi al mi?* – kaj poste ŝi malzipis ĝin kun triumfa mieno. Videblis kvin dosoj da ŝprucfarbo en diversaj koloroj.

Ili trovis muron malbele grizan inter la fervojo kaj flankstrato iom ekster la kvartalcentro de Handen, kaj tie ili komencis ŝprucigi. Estis ege pli malfacile ol li pensis. Fakte la unua provo iĝis nur konfuza fuŝŝmiraĉo. Krome li malbonfartis pro la akrodora solvilo de la farbo. Li rimarkis, ke Åsa pli lerte uzas la ŝprucfarbon, sed ŝi ne talentis pri desegnado. Ŝi pentris ion similan al dika hundo, kiu laŭ ŝi estis drako. La dua provo, duonvoje reen al ilia propra antaŭurbo, estis pli sukcesa. Pli precize ĝi komenciĝis pli bone, sed poste alvenis iu viro, kiu komencis krie minaci ilin pri la polico, do ili devis fuĝi.

"Ni revenu ĉi-nokte por pretigi ĝin", diris Åsa anhelante post la rapida biciklado.

"Mi kredeble ne povos eliri nokte."

"Kial ne? Simple eliru!"

"Jes, sed Avino sendube vekiĝos. Ŝi dormas tre malpeze."

"Nu, kaj do?"

"Ŝi estos furioza, se ŝi rimarkos", li diris evite.

"Ĉu vi timas batadon, bebeto?"

"Ne, sed mi ne volas. Ŝi jam sen tio tro plendadas."

Åsa kraĉis kaj fermis la sakon kun farbodosoj.

"Bone. Se vi ne kuraĝas, mi trovos iun alian. Iun pli aĝan, kiu ne timas sian avinon. Do, vi povos dormi trankvile en via vindaĵo, bebeto."

Malgraŭ tio, ili plu renkontiĝadis de temp' al tempo. Ŝi kelkfoje fanfaronis pri siaj noktaj ekspedicioj, sed ŝi neniam montris grafitiaĵon, kiun ŝi faris en tiuj noktoj. Ili tamen plu ŝprucigis en kaŝita loko malantaŭ vico da garaĝoj en Jordbro, sed la farbo de la ŝprucdosoj baldaŭ elĉerpiĝis. Ili ne refaris la trukon de la butiko en Handen, kaj alian farbobutikon ili ne konis.

Jes, tamen. Unufoje ili ripetis la trukon, sed tiufoje temis ne pri farbo, sed pri dolĉaĵoj en kioska butiketo. Tie tamen la komizo vidis, ke Åsa enpoŝigis ion, do li turnis sin al ŝi por kapti ŝin. Sed li ne sukcesis. Ŝi kuris for rapide kiel leporo, se eblus imagi leporon kun nigraj haroj kaj verda kamuflaĵdesegna pantalono. Tiam la komizo anstataŭe kaptis Stefanon je la brako.

"Voku al ŝi, ke ŝi revenu!" li diris.

"Kiu? Mi ne konas ŝin."

"Ne blagu. Ĉu ŝi estas via fratino?"

"Ne, mi ne havas fratinon. Ĉu vi vere pensas, ke ŝi similas min?"

"Kiel vi nomiĝas? Mi telefonos al viaj gepatroj."

"Mi faris nenion."

La komizo plu demandis kelkfoje pri lia nomo, sed li ripetis, ke li nenion faris kaj ne konas la knabinon, ĝis li finfine lacigis la komizon.

"Se vi provos duafoje, mi tuj venigos la policon."

Kiel li supozis, Åsa atendis ĉe la placa ŝtuparo, kie ŝi dividis kun li la dolĉaĵojn. Li ja manĝis iom, sed li neniam estis granda ŝatanto de dolĉaĵoj. Komence ili ja bongustis, sed baldaŭ ili satigis kaj eĉ naŭzis lin.

"Telefono por vi", iusabate diris lia avino. "Estas knabino."

Li tuj komprenis, ke estas Åsa, kvankam ŝi neniam antaŭe telefonis, kaj kvankam li ne sciis, kiel ŝi trovis la numeron de Avino.

Ŝi petis lin veni al la placo. 'Petis' cetere ne estis la ĝusta vorto. Ŝi pli-malpli ordonis, sed kompreneble li iris tien. Kiel kutime ŝi atendis ĉe la ŝtuparo.

"Vi devas akompani min al la urbocentro", ŝi diris.

"Kial?"

"Mi renkontos ulon en la centra stacidomo. Sed mi ne konas lin. Ni interparolis per publika numero. Li estas ege mojosa, kaj nun li volas ke ni renkontiĝu. Sed komprenu, en tiuj numeroj ekzistas maljunaj naŭzuloj, kiuj ŝajnigas esti junuloj. Tamen mi preskaŭ certas, ĉar ili neniam povus trompi min, kaj li sonas tute en ordo. Li nomiĝas Erik. Tamen mi volas, ke vi staru je certa distanco por kontroli. Por la okazo ke li estus maljunulo."

"Kion mi faru, se li estas maljuna?"

"Mi ne scias. Iru al li kaj kriu, aŭ faru iel ajn. Por ke li ektimu kaj forkuru."

"Kiel aĝa li sonas telefone?"

"Tiom, kiom li efektive aĝas! Dudek! Li estas vera mojosulo, sed tion vi ne komprenas, bebeto."

Li pensadis dum iom da tempo. La publikaj numeroj estis iaj telefonnumeroj, kiujn multaj gejunuloj alvokis samtempe, por paroli kun nekonatoj. Li ne konis la numerojn kaj ne komprenis, kio bonas en tio ke amaso da homoj babilas samtempe per la sama linio. Sed kian utilon ŝi efektive havos de li? Kutime ŝi neniam timis. Eble ŝi simple volis pruvi al li, ke ŝi povas renkontiĝi kun dudekjarulo.

"Mi ne havas monon por trajnbileto", li diris. "Vi devos pagi."

"Vi povas ŝteliri senbilete. Mi havas karton, do ni trairu la barilon samtempe. Sed ni ne iros tuj. Mi devas esti tie je la sesa, do ni iros de ĉi tie je la kvina kaj duono. Ni renkontiĝu en la atendejo je dudek post."

Eble li aspektis hezitema, ĉar ŝi aldonis:

"Mi mortigos vin, se vi ne estos tie."

Ŝi almetis pli da ŝminko ol kutime kaj vestis sin kvazaŭ por festeno. Malstrikta oranĝkolora pantalono kaj helflava bluzo preskaŭ sen manikoj, tiel ke ŝia mamzono videblis. Kutime ŝi ne surhavis mamzonon, ĉar ŝiaj mamoj ne estis grandaj. Sed nun eble la mamzono igis ŝin pli plenkreska. La lipoj estis frambe ruĝaj kaj la vangostoj rozaj. Surtrajne ŝi sidis kun unu pendolanta kruro, tiel ke la piedo iomete kikadis lian kruron. Li sidis oblikve kontraŭ ŝi, ĉar la apuda sidloko estis distranĉita. Dume ŝi ripetis tion, kion li faru.

"Paŝu iom post mi, ne tro proksime. Kiam vi vidos lin kaj ĉio ŝajnas en ordo, simple turnu vin kaj reiru trajne hejmen."

Li kapjesis konsente.

"Ĉu vi komprenas?" ŝi diris.

"Jes ja."

"Bone. Pro ĉiuj diabloj, ne alproksimiĝu al mi krom se io misas!"

"Kial vi pensas, ke io misas?"

"Mi ne pensas tion, sencerbulo! Mi diris *se*!"

"Sed vi ja parolis kun li telefone", li diris.

"Ĉiu ajn povas babilaĉi telefone."

"Mi scias. Sed oni aŭdas, ĉu estas la voĉo de maljunulo, ĉu ne?"

"Ĝuste. Mi diris, ke estas en ordo, ĉu ne? Damne, ne ripetu ĉion, ĉar mi elĵetos vin en Älvsjö."

Li ne zorgis pri ŝia tono. Ĝi estis la ŝia, tutsimple. Kaj li delonge alkutimiĝis. Sed kial ŝi entute volis, ke li akompanu? Por kio ŝi bezonis lin, kiu aĝis du jarojn malpli? Ili ne estis kunuloj, almenaŭ tiom li komprenis.

"Mi pensis, ke vi kaj Tony estas koramikoj."

"Kaj?"

"Kaj nun vi renkontos tiun Erikon?"

"Nu, kaj do? Ĉu mi ne rajtas renkonti kiun ajn mi volas? Kresku, bebeto, vi komprenas nulon!"

"Do kial vi renkontadas min?"

Ŝi ridetis al li eligante rozkoloran langon inter la akre ruĝaj lipoj.

"Ĉu vi ne komprenas?"

"Ne."

"Kvankam vi laŭdire estas ega saĝulo."

Li tiris la ŝultrojn.

"Vi estas mia maskotulo, bebeto."

Apud ili trans la paŝejo sidis du viroj en grizaj jakoj diskutante laŭte pri la lastatempaj observoj de submarŝipoj en la Stokholma insularo. La pli juna ne kredis je ili, sed la pli maljuna opiniis, ke ili ja ekzistas, kaj ke ili estas rusaj.

"Komprenble ili spionas pri nia marbordo", li diris. "Nur naivuloj pensas, ke ili senkulpas."

Dume Stefan vidis la viron spioni pri Åsa, kiu sidis oblikve kontraŭ li. Ankaŭ ŝi rimarkis tion kaj faris grimacon.

"Ekzistas gluokulaj porkaĉoj ĉie", ŝi diris.

La viro verŝajne aŭdis ŝin kaj komprenis, tamen li ne povis regi sian rigardon. Stefan trovis naŭze, ke tiu kaduka kvindekjarulo kun duobla mentono gapas al dekkvinjara knabino. Sed verŝajne ĉiuj maljunuloj sopiris seksumi kun koreino.

Ili alvenis al la centra stacio de Stokholmo, eltrajniĝis kaj iris en la grandan atendejon, kiel Åsa antaŭdiris. Preskaŭ tuj iu ulo en leda jako kaj sunokulvitroj paŝis al ŝi. Komprenble li facile distingis ŝin laŭ la haroj kaj okuloj. Supozeble la ulo estis tiu, kun kiu ŝi parolis. Stefan ne povis distingi, ĉu li aspektas dudekjara aŭ dudekkvinjara. Li estis brunhara, fortika kaj pli alta ol ŝi je pli ol kapo. Aspektis komike, kiam li metis brakon ĉirkaŭ ŝi kaj ili promenis for tra la stacidoma halo, altulo apud malaltulino. Ĉiuokaze li ne estis maljunulo, kaj Åsa eĉ ne turnis la kapon al Stefan, akompanante lin al la elirejo.

Por ŝteliri trans la barilon al la trajno reen Stefan devis atendi kaj poste paŝi proksime malantaŭ aro da kompletuloj. Sed li sukcesis. Ili ne atentis pri li, kaj la kontrolisto supozis, ke li estas kun ili.

Li atendis, ke Åsa baldaŭ kontaktos lin por rakonti pri sia rendevuo kun Erik en la centro de Stokholmo. Sed la telefono mutis, kaj ŝi ne videblis en la kutimaj lokoj ĉirkaŭ la placo. Post semajno li serĉis ŝian numeron en la telefonlibro, sed li ne telefonis. Ial li ne kuraĝis.

Pasis monato ĝis li revidis ŝin. Tio estis en la antaŭurba centro, sed li ne povis paroli kun ŝi, ĉar ŝi estis kun iu virino, sendube ŝia patrino.

Post ankoraŭ du semajnoj li finfine trovis ŝin sur benko ĉe la placa ŝtuparo. Li iris ĝis ŝi kaj sidiĝis apude, sed ŝi eĉ ne rigardis lin.

Fine ŝi tamen ekparolis.

"Do, kion vi volas, bebeto?"

"Nenion. Mi nur iom scivolas, kiel estis kun tiu Erik."

"Fermu la faŭkon. Vi certe jam scias, eta fekulo."

"Kion?"

"Vi jam aŭdis, ĉu ne?"

"Ne."

"Ne mensogu. Mi scias, kion homoj babilas."

"Mi aŭdis nenion", li diris.

"Tio eĉ aperis en ĵurnaloj. Nur pro tio ke mia stulta panjo vokis la policon."

"Kio? Ĉu vi estis en la ĵurnaloj?"

"Ne laŭnome aŭ per bildo, stultulo. Oni skribis 'dekkvinjara knabino el Haninge'."

"Sed... kio do okazis? Ĉu li ne estis tiu, kun kiu vi parolis?"

"Certe ja estis tiu diablo. Kaj liaj du damnitaj kunuloj, kiuj atendis en lia aŭto."

"Sed... kion ili do faris?"

"Ne zorgu pri tio, bebeto. Vi estas tro juna. Restu ĉe viaj bildstriaj herooj."

Li tamen ja komprenis, kion Erik kaj liaj amikoj faris al Åsa. Sed ĉar li ne legis ĵurnalon, li neniam eksciis, ĉu ili estis kaptitaj de la polico aŭ ne. Li esperis ke jes, sed la sola persono, kiun li povus demandi pri tio, estis Åsa mem, kaj nun ili ne plu renkontiĝis. Tamen li povis nenion fari. Kompreneble ŝi mankis al li. Ŝi estis aparta, kaj li havis bonan senton estante kun knabino, eĉ se ili ne estis veraj kunuloj. Kelkfoje li pensadis pri ŝi vespere antaŭ ol endormiĝi. Li imagis, ke ŝi estas tie kun li. Sed ĝenis lin tiuj junuloj, la dudekjarulo en leda jako, kiu nomis sin Erik, kaj liaj du sennomaj kaj senvizaĝaj amikoj. Li ne volis pensi pri tio, kion ili faris al ŝi. La demando estis: ĉu li kulpis? Ĉu li devintus alkuri kriante, kvazaŭ la dudekjarulo estus maljuna naŭzulo? Kaj kiel eblus scii, ĉu li estas tio aŭ ne?

Dum kelkaj semajnoj li koleris kontraŭ ĉio, Avino, la lernejo, la uloj kiuj trompis kaj perfortis Åsan. Sed finfine li koleris plej multe kontraŭ ŝi mem. Kial ŝi faris tiun idiotan vojaĝon, devigante lin akompani? Kial ŝi entute parolis per tiu stultega telefonnumero? Kial ŝi ne restis kontenta en la antaŭurbo, ĉiutage vaganta kaj babilante kun li? Kial li ne estis pli aĝa? Se jes, li povus fari al ŝi tion, kion nun faris la tri fiuloj. Li sentis, ke li estas tiu, kiu rajtas tion. Neniu alia, nur li devus fari tion al ŝi. Sed li ne povis. Li estis tro juna. Li estis ŝia maskotulo, nura ludilo.

Dum tiu tuta vintro li ne ofte vidis ŝin. Sed printempe ŝi kutimis sidadi kun kelkaj razkapuloj en la sama loko kie li renkontadis ŝin aŭtune – apud la ŝtuparo surplace. Ŝajne unu el ili estis ŝia koramiko. Tio aspektis sufiĉe strange – du aŭ tri razkapuloj kun nigrahara koreino. Li trovus pli logike, se li trovus ŝin kun punkuloj kun krestofrizaĵoj, sed tiajn li delonge ne plu vidis en Jordbro.

Vidante ŝin unufoje sola apud lia lernejo, li iris por saluti ŝin. Ŝi ne respondis, sed rigardis lin ŝajne trankvile. Li pensis kelkan tempon. Li sentis, ke post tiu kuna trajnveturo en la centron de Stokhomo, ĉio malaperis inter ili. Eble ŝi ne plu bezonis lin. Ial li sentis, kvazaŭ ŝi trompis lin, kvankam li sciis, ke ŝi estas la trompito. Fine li diris:

"Ĉu viaj novaj amikoj ankoraŭ ne forpelis vin? Ili ja ne ŝatas fremdulojn."

Ŝi rigardis lin malame kaj kraĉis sur liajn piedojn.

"Mi estas svedo, eta idioto. Klopodu kompreni tion."

Li ne sciis kion respondi. Ŝi ja pravis, tamen ŝajnis al li, ke ŝi malpravas.

Post tiu renkontiĝo li plu restadis ofte sur la placo. Sed li ne plu vidis Åsan tie. Eble ŝi ne plu bezonis maskotulon. Aŭ eble ŝi mem nun rolis kiel maskoto.

Printempe li interkonsentis kun Avino, ke li pasigos la someron ĉe Paĉjo en Norrköping. Tio estis je duhora trajnveturo de Stokholmo, kaj li jam kelkfoje vizitis lin tie. Paĉjo ĵus aĉetis vicoserian domon iom norde de la urbo, kaj li devis labori kiel frenezulo por pagi la interezon de la monprunto. Vespere li laboris en restoracio, tage li veturigis taksion.

Stefan estis kontenta, ke Paĉjo komencis la taksian laboron, ĉar pro tiu li ne plu povis drinki. Sed ne eblis kompreni, por kio li bezonis tiel grandan loĝejon. Pli frue li loĝis en sola ĉambro, sed nun li havis tutan domon kun kvar ĉambroj, kuirejo, aŭtejo, provizejo, teraso kaj ĝardeneto kun milo da lekantetoj sur sovaĝe kreskanta gazono.

"Mi ja bezonas normalan loĝejon por akcepti vin ĉi tie", li diris. "Krome neniu virino volus viziti min en tiu sola ĉambraĉo."

Bone, eble virinoj ŝatus viziti lin en tiu granda domo. Sed ili ne povis fari tion, ĉar li neniam estis hejme, krom por dormi. Stefan ricevis poŝmonon kaj karton por la loka buso, do li ofte iris al la urbocentro kaj esploris tiun. Li ekkonis ankaŭ siajn patrajn geavojn, kiuj loĝis sufiĉe proksime de Paĉjo. Ili ŝajne ŝatis renkonti lin, ĉar la aliaj genepoj, liaj gekuzoj, loĝis en Britio kaj preskaŭ neniam vizitis Svedion. Ĉi tiuj geavoj ŝajnis simpatiaj kaj trankvilaj.

Dum pluvaj tagoj li ofte nestis en hamburgerejo, sed en sunaj tagoj li biciklis al apuda lageto, kie li naĝis kaj ekkonis kelkajn knabojn. Kiam li diris, ke li venas el Stokholmo, ili komencis fanfaroni pri sia loka futbalteamo nomata IFK.

"Kiun vi subtenas? Ĉu AIK?" demandis unu el la knaboj.

"Ne, tute ne. Hammarby."

Efektive li fajfis pri futbalo, sed ĉiuj konatoj estis fanoj de tiu teamo, la plej populara klubo de suda Stokholmo.

"Bone por vi. Se vi estus AIK-ano..."

La knabo faris geston per la mano tra la kolo, kaj ĉiuj ridis. Entute ili estis tute en ordo, tiuj knaboj. Iel ŝajnis pli facile interkonatiĝi kun homoj ĉi tie ol hejme en Jordbro. Eble ĉar al Jordbro li venis el la kamparo; ĉi tien li venis el la ĉefurbo. Aŭ eble ĉar li sciis, ke li restos ĉi tie nur dum la somero. Tio tamen montriĝis misa ideo. Komence de aŭgusto Paĉjo prezentis al li surprizon.

"Stefan, mi parolis kun via avino en Stokholmo, kaj ni interkonsentis, ke vi restu ĉe mi kaj komencu la okan klason ĉi tie. Estas bona lernejo tute apude, do tio estos oportuna, ĉu ne?"

Baze li trovis tion tute bona ideo. Li tamen koleris, ĉar ili ne diskutis la aferon kun li. Kiel longe la plenkreskuloj decidos pri lia vivo sen konsulti lin? Li trovis tiun konduton sufiĉe ofenda. Tamen, li neniam vere ŝatis vivi en la Stokholma antaŭurbo, des malpli lastatempe, post tio, kio okazis al Åsa. Do, li esperis, ke la vivo ĉe Paĉjo en Norrköping estos pli bona.

* * *

Oni kondukas lin necesejen por ke li pisu kaj lavu la dentojn. Ĉi tie ĉio okazas laŭ decido de la gardistoj. Kaj kompreneble, ĉi tie ankaŭ la necesejoj estas ŝlosataj nur de ekstere. Sed kiam li fluigas akvon, li trovas ion. Malantaŭ la necesseĝo iu kaŝis ĵurnalon. Tre supozeble ĝi estas destinita al iu alia trovonto, sed li senhezite ŝovas ĝin sub la ĉemizon antaŭ ol signali, ke oni revenigu lin hejmen al lia ĉelo.

Post gardista decido, ke li jam sufiĉe pisis, oni do rekondukas lin. Finfine estas vespero, kaj post mallonge oni estingos la lumon. Li tamen atendas minuton, por la okazo ke oni ekhavus la ideon gvati lin tra la porda vazistaso. Poste, jam kuŝante surlite, li eligas kaj malfaldas la trovaĵon kvazaŭ sekretan spionmesaĝon.

Montriĝas, ke ĝi ne estas kompleta ĵurnalo, sed nur la kultura kaj sporta sekcio de loka ĵurnalo. Li foliumas ĝin konstatante, ke en Stokholmo okazis bapto de ĵusnaskita princino, kiu meritas dupaĝan bildraporton, kaj plue ke morgaŭ komenciĝos la monda ĉampionado de futbalo en Brazilo. Sporto ne tre interesas lin, kaj precipe futbalturniro, al kiu Svedio ne sukcesis kvalifiki sin, ŝajnas al li sensenca. Malgraŭ tio li komencas zorge tralegi la paĝojn. Kion fari? Tio almenaŭ donas ian varion, kompare kun la milito de Karlo la dekdua. Al tiu Svedio ja kvalifikiĝis, kio estis eĉ pli sensenca.

Kontraŭ la kutimo aperas ankaŭ politika novaĵo sur la sportaj paĝoj. Normale oni hipokrite supozas, ke sporto superas politikon. Sed nun brazilanoj protestas kontraŭ la grandegaj sumoj investitaj en la ĉampionado fare de la brazila ŝtato, kaj kontraŭ la manko de investoj en socialaj servoj kaj infrastrukturo por la popolo. La ĵurnalisto cinike komentas, ke se Brazilo gajnos la pokalon, tiuj protestoj estos forgesitaj.

Krome li ekscias, ke Anglio plej meritas venki, laŭ angloj, ĉar ili inventis la ludon, kaj Argentino laŭ argentinanoj, ĉar Messi kaj Dio (en tiu vicordo) ludas iliaflanke. Do, ĉio estas kiel kutime, kaj supozeble Germanio fine ĉampionos.

Li atingis la mezon, kiam oni senaverte estingas la lumon. Nenion vidante li faldas la ĵurnalaĉon. Estas freneza ideo, ke tiuj stultaĵoj povus ĝeni la krimenketadon, tamen li ŝovas ĝin sub la matracon.

Do, jam restas nenio farebla krom dormi. Tamen dormi ne eblas, ĉar malgraŭ ĉiama laceco ĉi tie li neniam dormemas. Li tamen ja enlitiĝu, kvankam la dormo sendube longe evitos lin. Atendante, li povus masturbi sin. Ne pro tio ke li sentas egan urĝon. Sed kion fari? Neniu televido, neniu komputilo, nenio ajn por klavi. Restas nur fingrumi tion, kion li senĉese kunportas.

Sen granda emo li ŝovas suben la kalsonon kaj ekas tiradi. La reago estas nula. Necesas imagi ion. Imagi iun inon. Kiun? Ne, ne. Neniun realan. Li devas krei iun fantaziulinon. La realaj alportas tro da problemoj. Do, iun fantazian. Junan, prefere. Tre junan, li ne hontu pri tio. Pura fantazio, do ne estus krimo, eĉ se li farus ŝin tro juna. Tamen ne infano. Li ja ne estas tia. Juna, eble adoleska. Li vekos ŝin, montros al ŝi kiel amori. En mallonga jupeto, kun nudaj kruroj. De malantaŭe ŝi similas – aĉ, diable, tio ja estas lia Alice. Kia fiaĵo! De kie ŝi aperis? Li ne volis tion, ŝi aperis tute senintence. Viŝu, viŝu.

Li rekomencu. Inon, ĉi-foje ne tiel junan. Eble du inojn, jes, jam pli bone. Du inoj en minijupoj, sen kalsonetoj. La jupoj apenaŭ kovras la postaĵojn. Li karesu tiujn postaĵojn. Unue karesi, poste bati. Eble mordi. Nun ili turnas sin kaj rigardas lin defie, invite. Unu estas blonda, unu nigrahara. Aŭ ĉu brunhaŭta? Ha, jen tiuj danaj knabinoj sur la strando. Ĉi-foje ili ne forkuros de li. Eble tamen unu el ili estas orienta. Diable, tuj aperas Åsa, por kiu li estis nura maskotulo. Ne estas tre ekscita rolo, reduktiĝi al senseksa simbolo. Ŝi ja volis lin ankaŭ kiel gardiston, sed tio iĝis fiaska gardado. Kiel li povus protekti ŝin de fiuloj? Sendube tiam li trovis ŝin havinda, kvankam neniam havebla. Li ja estis preskaŭ nur infano. Sed nun la memoro pri ŝi tute ne vekas emon. Eble li lasu la tutan aferon. Se lia imago ne trovas amorindan figuron, do li rezignu. Li ĉiuokaze nur pro enuo komencis ĉi tion. Do li ĉesu pri tiu vana vankado. Prefere li dormu. Se almenaŭ tio eblus.

Li vere volus dormi, sed por tio necesus fermi la okulojn. Kaj tuj kiam li faligas la palpebrojn, sur la interna ekrano li ekvidas homojn transiri la parapeton de tiu damnita ponto kaj fali suben en la nigran akvon de la rivero Stikso. Falas Fredrik, falas Camilla, falas Åsa kaj ankoraŭ vico da homoj senvizaĝaj, fantomoj sennomaj, viroj, virinoj. Falas ankaŭ Alice, lia kolombeto, pri kies noktoj li jam scias nenion. Jen ŝvebas foren kaj suben tiu putino Livia kun la tranĉita gorĝo – damne, de kie ŝi ricevis tiun makabran vundon? Li nenion faris al ŝi, precipe ne tranĉi al ŝi la gorĝon. De kie li prenus tranĉilon en tiu bruna hotelĉambro? Li eĉ ne strangolis ŝin. Tio estas pura halucino. Ankaŭ devas esti halucino, kiam li vidas sin puŝi Fredrikon de la ponto. Kaj kion li faris al Karin? Nenion, tamen ankaŭ ŝin li vidas fali en la riveron, se li foje provas fermi la okulojn. Li devas iel eviti tion. Li devas endormiĝi kun malfermitaj okuloj, sed tio nature ne eblas. Kion fari por ke ĉiuj ĉi homoj lasu lin en paco? Ili obsedas lin, negrave ĉu ili jam mortis aŭ plu vivas. Do, kial mortigi, se tio esence ŝanĝas nenion? Kial puŝi Fredrikon trans tiun parapeton, se li ĉiam denove malfalas reen kaj hantas lian imagon? Kial do mortigi, se li rifuzas morti? Tamen li ja mortis, laŭdire. Tion asertas Skullman, kaj same la advokato. Ĉu li mortis vane?

Ĉiuokaze Stefan neniun mortigis. Almenaŭ tiel li supozas. Vere li ne plu scias. Ĉiuj konfuziĝas en lia kapo, kaj li vidas ilin fali en nigran akvon, negrave ĉu tio vere okazis aŭ ne. Li vidas sin puŝi ilin, senkonsidere ĉu li tion faris aŭ ne. Li vidas tiun tranĉitan gorĝon, senkonsidere ĉu li iam ajn posedis tranĉilon aŭ ne. Li levas la manojn al la nazo por flari la sangon. Ne eblas vidi ĝin en ĉi tiu mallumo, sed la odoro de liaj manoj naŭzas lin. Ĉio rondiras kaj ŝanĝiĝas senĉese, jen unu jen alia falas en la nigran riveron kvazaŭ en lantmova sekvenco. Ĉi tio jam similas deliron. Li devas peti dormigilon. Sed oni ne donos, ne sen kuracista preskribo, kio signifas ne ĉi-nokte. Kion fari? Ĉu imiti la najbaron, hurlante per plenaj pulmoj? Ne, li ne povus, kaj cetere tio ŝanĝus nenion. Do, kion fari? Ĉu alsalti por bategi la kapon al la muro? Tamen, ĉu li svenus, ĉu li restus konscia, neniu rimarkus. Ĉu li provu frakasi la tablon permane? Tiu tablo estas fortike konstruita, kiel ĉio ĉi tie, sendube pro pli fruaj provoj. La sola afero, kiun li frakasus, estus la manoj.

Tamen li sentas, ke li proksimiĝas al ia limo, trans kiu li ne plu povos racie agi nek pensi. Lia menso jam laŭiras iajn primitivajn vojojn, kvazaŭ tiu de malkontenta infano, kiu ĵetas sin surplanken por barakti kaj ploregi, ĉar la vivo ne donas tion, kion ĝi devus doni. Se li farus, li spertus, ke la malmolkoraj gepatroj neniel reagus por helpi, sed nur rigardus lin atendante, ke la erupto ĉesos.

Ĝis nun li faris nenion el tio. Li dubas, ĉu li eĉ kiel infano agis tiel. Se jes, li ĉesis pri tio tre frue kaj ne plu memoras, supozeble ĉar li gajnis nenion per tio. Sed ĉu infano vere agas tiel prudente kaj celkonscie? Dubinde. Verŝajne oni bezonas multajn jarojn por lerni pri la rilato inter kaŭzo kaj efiko. Des pli ĉar tiu rilato tre ofte estas mistera kaj ne antaŭvidebla eĉ de plenkreskulo. Tion li vidas ne nur en la ĉiutaga vivo. Ankaŭ science, en lia propra fako, li oftege devas demandi sin, ĉu efektive ekzistas kaŭza interrilato. Kaj se jes, ĉu A kaŭzis B-on, aŭ B A-on. Plej ofte ĉe ajna konstatita korelacio li devas supozi, ke ia nekonata fona C kaŭzis kaj A-on kaj B-on.

Reaperas al li memoro pri prelego, en kiu li ekzemplis tion per infano spertanta, ke du homoj geedziĝas. Post duonjaro naskiĝas al ili bebo. La infano naive pensas, ke la geedziĝo kaŭzis la bebon, dum plenkreskuloj cinike konkludas, ke male la bebo kaŭzis la geedziĝon. Stefan mem – kiel ĝisosta romantikulo – preferus trian klarigon. Amo kaŭzis kaj la geedziĝon kaj la bebon.

Tiam li antaŭsupozis, ke liaj studentoj trovos tiun klarigon amuza, sed li nun ne memoras, ĉu iu efektive ridis. En la lastaj jaroj liaj studentoj ne plu tre ridemas. Kaj logika rezonado apenaŭ povus malhelpi al li ŝovegi la kapon al la muro, se lia pacienco kaj prudento elĉerpiĝus. Des malpli haltigi aŭ konsoli infanon, kiu ploregante baraktas surplanke.

Cetere, li konas alian anekdoton pri la rilato inter kaŭzo kaj efiko. La sovaĝan floron *odora galio* oni iam nomis *kverelherbo* en partoj de Svedio. Laŭ Lineo iuj kamparanoj klarigis al li, ke oni kutimas ŝuti tiun herbon surplanken okaze de festenoj, kvankam ĝi havas la malavantaĝon kaŭzi malamikecon kaj kverelojn inter la festenantoj. Lineo seke komentis, ke oni neniam ŝutas galiojn krom nur por festenoj, sed neniam okazas festeno sen brando, neniam aperas brando sen ebrio, kaj neniam ebrio sen kverelo, do jen la sekreto de la kverelherbo.

* * *

Iutage Panjo rakontis al li novan ideon. Baldaŭ li rimarkis, ke ĝi estas pli ol propono. Praktike ŝi jam decidis.

"Aŭskultu, Stefan", ŝi diris. "Ĉu vi ne povus loĝi ĉe Avino dum kelka tempo? Tion vi ja ŝatos, ĉu ne?"

"Ne. Mi volas resti hejme."

"Sed ni ne povos plu loĝi ĉi tie. Oddvar ricevis laboron en Norvegio, kaj mi devas akompani lin tien. Kaj baldaŭ venos la bebo. Estus pli trankvile por vi ĉe Avino."

"Mi ne ŝatas ŝin."

"Kia stultaĵo! Vi ja ŝatas viziti Avinon. Se vi loĝus ĉe ŝi, vi povus komenci la duan klason tie, en Stokholmo. Tio estus multe pli bona. En Norvegio vi eble devus rekomenci la unuan, por lerni la norvegan. Onklino Kerstin nun ne povas zorgi pri vi. Estus pli bone por vi ĉe Avino. Poste ni vidos. Tio estus la plej bona solvo dum kelka tempo."

"Mi volas resti en mia klaso kun miaj amikoj."

"Tio ne eblas. Kaj en Stokholmo vi havos multajn novajn amikojn."

Li jam longe vivis kun Panjo en kampara dometo, unue kun Bengt-Åke kiel vicpatro, sed nun li apenaŭ plu memoris lin. Poste ili vivis nur duope, Panjo kaj li. Lastjare li komencis en vilaĝa lernejo, kien li iris buse ĉiutage. Samtempe nova viro komencis viziti ilin. Li estis

Oddvar, kaj Stefan ne ĉiam bone komprenis lin, ĉar parolante li miksis la norvegan kaj svedan. Cetere li ne tre ofte parolis al Stefan. La plej bona afero pri Oddvar estis, ke li ofte alportis manĝaĵon kaj igis Panjon kuiri. Dum Panjo kaj Stefan estadis solaj, ŝi ne tre emis kuiri. Ofte ŝi donis al li saketon da ĉipsoj, dum ŝi mem nur trinkis vinon.

Lastatempe Panjo iom dikiĝis. Unue li pensis, ke tio okazas pro la manĝaĵoj de Oddvar, sed poste ŝi rakontis, ke aperos gefrato el ŝia ventro. Nun tiu gefrato ŝajne estos norvego, kaj same eble lia patrino. Tio tute ne plaĉis al li.

Kelkfoje Panjo kaj li vizitis lian avinon en Jordbro, sed ŝi neniam venis al ili. Avino opiniis, ke ne eblas loĝi en ilia domaĉo. Por li la Stokholma antaŭurbo estis granda kaj fremda, kun amaso da samaspektaj domegoj, kie li facile perdiĝus sen Panjo. Ĉi tie en la kamparo li havis malmultajn amikojn, kaj ili ne loĝis tute proksime. Tie, en Jordbro, male estis tro da infanoj, kiujn li ne fidis. Sendube ili kuniĝos kontraŭ li por turmenti lin. Kaj Avino estis maljuna virino, kiu ne kapablus protekti lin. La kampara domo estis iom kaduka kaj vintre malvarma. Sed nun li jam alkutimiĝis al la trablovo de la fenestrofendoj, la kuirejaj musoj kaj la putra odoro en la vestiblo. Ĝi estis lia hejmo, tutsimple.

"Ni iros viziti Avinon dum kelkaj tagoj", diris Panjo. "Poste ni interkonsentos, kiel aranĝi."

Li povis nenion fari kontraŭ tio. Kion ajn li diris, ŝi ne aŭskultis. Do ili vojaĝis al Stokholmo kaj tranoktis ĉe Avino. Ili alvenis nur vespere, kaj tuj post la vespermanĝo estis tempo ke li enlitiĝu, dum Panjo kaj Avino sidis en la kuirejo trinkante ion el grandaj glasoj, babilante pri ĉio kaj nenio.

Panjo kaj li dormis en la salono, sed kiam li vekiĝis matene, Panjo ne plu restis tie. Li serĉis ŝin en la tuta apartamento, sed ŝi estis for. Restis nur la valizo kun liaj vestaĵoj. Li rondiris palpante la amason da ornamobjektoj, kiuj plenigis la loĝejon de Avino, kvazaŭ Panjo povus kaŝiĝi inter ili. Li serĉis eĉ en la vestoŝrankoj kaj en la necesejo.

Avino staris kuireje preparante kafon kun cigaredo en buŝangulo. Ŝi rigardis lin nenion dirante, dum li kuradis serĉante Panjon. Post iom ŝi surtabligis matenmanĝon.

"Estos bone por vi ĉi tie ĉe mi, Stefan", ŝi diris kaj elblovis fumon.

Li iris ĝis la fenestro kaj rigardis eksteren sen respondi.

"Vi baldaŭ alkutimiĝos. Ne indas plori."

Li ne ploris. Li faris nenion kaj diris nenion.

"Nun sidiĝu kaj manĝu."

Ankaŭ tion li ne povis fari. Li reiris en la salonon kaj rekuŝiĝis sur la sofoliton. Li fermis la okulojn kaj pensis pri sia hejmo ĉe Panjo.

Dum la sekvaj tagoj Avino klopodis multe por logi lin eksterdomen, kie li trovos novajn amikojn, laŭ ŝi. Ŝi plu babilis pri tio ke li vivos bone kaj bonfartos ĉe ŝi.

"Ĉi tie plej bonas por vi, Stefan", ŝi diris. "Iam vi ja loĝis ĉe Kerstin kaj la gekuzoj, sed ili devis forlasi sian domon kaj ne plu povas akcepti kroman infanon."

Li entute ne parolis. Li trovis nenion por diri. Li jam diris al Panjo, ke li volas resti ĉe ŝi, ke li volas loĝi kie li loĝis. Jen ĉio. Krom tio li havis nenion por diri, kaj precipe ne al Avino. Li ankaŭ ne iris eksterdomen. Li staris ĉe la fenestro rigardante la korton inter la domegoj, kaj tie li vidis nenion, kio logis lin. Li vidis vastan gazonon kun padetoj trairantaj kiel reto, vicon da bicikloj en biciklorako, baskulon, balancilon kaj grimpejon, sed nenie videblis arboj, nek ŝtonegoj, nenio hejmeca. Ankoraŭ la korto estis seninfana, sed li sciis, ke se li irus tien, ili aperus centope por moki kaj bati lin.

"Stefan, vi devas diri ion", petis Avino. "Vi ne povas daŭre silenti. Tio ne estas bona."

Sed li trovis nenion por respondi al tio. Efektive, ju pli da tempo pasis, des pli malfacile ŝajnis al li diri ion, kaj des malpli da aferoj ŝajnis al li meriti parolon. Se neniu atentis, kion li diras, kial do diri ion ajn?

"Mi ŝatus, se ni povus telefoni al via panjo", ŝi pluis. "Sed verŝajne daŭros, ĝis ili akiros telefonon tie fore."

Ankaŭ pri tio li povis nenion aldoni.

Post du semajnoj Avino promenis kun li al granda lernejo tute apuda kaj prezentis lin al instruistino. Tiu estis alta kaj maldika, kun pala haŭto, palaj lipoj kaj rufa hararo.

"Do, bonvenon al nia lernejo, Stefan", ŝi diris premante lian manon. "Mi estas Annika Landkvist. Espereble vi bone progresos en mia klaso."

Ili ambaŭ rigardis lin, Avino kaj la instruistino. Li eltiris sian manon el la ŝia kaj enpoŝigis ĝin. Ili staris en koridoro kun vesthokoj kaj pordoj. Ĝi estis malbela lernejo. Ĝi similis fabrikon. Efektive li neniam eniris fabrikon, sed li imagis ĝin ĉi tia.

"Lastatempe li ne tre parolemas", diris Avino. "Sed tio certe baldaŭ ŝanĝiĝos."

"Nu", diris Annika Landkvist kaj ridetis al li, "espereble vi laboros pli ol vi babilos. Ĉu vi volas rigardi nian klasĉambron?" Li ne respondis sed sekvis ŝin tien. Ĝi estis pli granda ol lia malnova klasĉambro en la vilaĝa lernejo. Ĉe ili la tabloj staris pli-malpli en rondo, sed ĉi tie en rektaj vicoj. Sur la muroj estis najlitaj duoblaj vicoj da infanaj desegnoj. Hejme ankaŭ li ŝatis desegni, sed li sentis, ke ĉi tie li neniam desegnos.

"Bone, do bonvenon ĉi tien post semajno, kiam la semestro komenciĝos!"

Li ne volis iri tien, sed li sciis, ke li devos.

En la unua leciono la instruistino montris al li lian tablon. Ĝi staris en la plej dekstra vico, plej fore de la fenestroj, kaj ĝi estis la tria de antaŭe. Maldekstre sidiĝis knabino kun brunaj haroj. Dekstre estis la muro kun stultaj desegnoj. Antaŭe kaj malantaŭe sidiĝis knaboj. La knabino rigardis lin kolere.

"Tio estas la tablo de Amanda", ŝi diris.

Li rigardis la dorson de la knabo antaŭ si ĝis la instruistino ekparolis.

"Kore bonan revenon al vi ĉiuj!" ŝi diris. "Mi ege ĝojas revidi vin brunaj kaj kontentaj, ŝajnas al mi. Espereble vi havis agrablan someron kaj nun ĝojas rekomenci en la lernejo. Nun vi jam estas grandaj duaklasanoj, do en la paŭzoj vi devas konduti bone al la novaj infanoj de la unua klaso."

Ŝi paŭzis rigardante ĉirkaŭe en la ĉambro kun larĝa rideto.

"Apartan bonvenon mi diras al Stefan, kiu estas nova lernanto en nia klaso."

Ĉiuj rigardis lin scivole aŭ malamike.

"Kie sidos Amanda?" demandis la knabino apud li.

La instruistino ĉesis rideti.

"La familio de Amanda transloĝiĝis, do ŝi ne revenos al ni. Eble ni poste povos skribi leteron por deziri al Amanda ĉion bonan en ŝia nova lernejo. Sed unue eble Stefan povus rakonti al ni iom pri sia antaŭa lernejo."

Denove ĉiuj gapis al li, krom du knaboj, kiuj flustris ion inter si.

"Kie vi loĝis pli frue, Stefan?" ŝi reprovis.

Li ne respondis.

"Tio estis apud Gnesta, ĉu ne? En la kamparo."

Li nenion diris, sed ĉirkaŭ li komenciĝis ia subridado, kiu kreskis ĝis ĝi sonis kiel tondra koruso.

"Ŝŝ, silentu, mi petas", diris la instruistino. "Stefan certe rakontos al ni poste. Ne urĝas."

Ĉi tiuj subridoj estis malamikaj. Subite li ekmemoris alian subridan koruson, pli amikan. Kie li aŭdis ĝin? Ia nebula bildo aperis al li, bildo de strangaj infanoj en arbaro. Kie ili estis? Eble en filmo. Sed kia filmo estus tio? Ĉu en televido?

Ia malĝojo kreskis en li, kiam li pensis pri tiuj amikaj arbaruloj, dum ĉi tie ĉirkaŭis lin bando da malamikoj. La knabino, kiu pensis ke li prenis la tablon de iu Amanda, evidente ne ŝatis lin. Same la knaboj antaŭe kaj malantaŭe. La instruistino ja ŝajnis bonvola, sed kiel longe daŭros tio? Sendube ankaŭ ŝi malŝatos lin post mallonge. Kaj li povis nenion fari por ŝanĝi tion.

Denove oni rigardis lin scivole. Evidente la instruistino refoje faris al li demandon, aŭ diris ion pri li. Sed li ne aŭdis, kion ŝi diris. Li pensis pri alio. Do li ne povis respondi nek klarigi ion ajn. La sola afero, kiun li povis fari, estis imagi, ke li tute ne estas ĉi tie. Li ne ĉeestis; li estis fore, hejme ĉe Panjo. Sed samtempe li pensis, ke li eble neniam plu revidos ŝin.

Finiĝis la unua lerneja tago. Sed sekvis ĝin dua tago, kaj pluaj, tute samaj. Nenio ŝanĝiĝis, kaj nenion li povis ŝanĝi.

La klaso havis dudek kvin infanojn, sed la plej multaj el ili estis tro okupitaj de siaj malnovaj amikecoj kaj malamikecoj por rimarki la novulon. Kaj Stefan strebis fari nenion por esti rimarkata. Li parolis al neniu. Li ne respondis demandojn de la instruistino, nek de la aliaj infanoj. Jen kaj jen li tamen ne povis eviti kunpuŝiĝi kun iu knabo, kiu volis interbatali. Sed ili estis unuopuloj, kaj li baldaŭ lernis kontraŭstari ilin, aŭ – kiam li malsukcesis pri tio – toleri la batadon.

Iutage la instruistino petis Avinon vespere veni en la lernejon. Ili paŝis tien kune. Ŝi donis kafon al Avino kaj fruktsukon al li. La du virinoj iomete interparolis pri la varma vetero kaj la konstrulaboroj sur la strato antaŭ la stacidomo. Poste Annika Landkvist petis lin atendi en la koridoro, ĉar ŝi volis paroli sola kun Avino Sonja.

Li sidis sur fenestrobreto, atendante ke Avino elvenu, kaj rigardante al la dezerta lerneja korto. Li ŝatis ĝin pli multe nun, kiam ĝi estis senhoma, ol dumtage, kiam li devis defendi sin kontraŭ puŝoj kaj mokoj. Tamen ankaŭ nun ĝi ŝajnis fremda kaj malamika, kompare kun la korto de lia vilaĝa lernejo, kie li konis ĉiun angulon, ĉiun arbuston kaj ĉiun ŝtonegon.

Fine Avino elvenis. Ŝi ekbruligis cigaredon kaj ili paŝis reen al ŝia domego. Ŝi suspiris kelkfoje antaŭ ol ekparoli.

"Via instruistino diris, ke se vi ne parolos, vi ne povos resti en ŝia klaso."

Li trovis tion bona, la unua bona novaĵo en longa tempo.

"Oni sendos vin al ia speciala klaso en alia lernejo. Verŝajne tio estos ia klaso por mense malfruaj infanoj. Tiaj, kiuj nenion komprenas kaj ne povas lerni."

Do, tamen ne estis tre bona novaĵo.

Ŝi denove suspiris.

"Mi diris al ŝi, ke vi ne estas stultulo. Ke vi bone lernas. Tio estas vera, ĉu ne?"

Ili jam iris duonvoje al ŝia domo kaj devis transiri straton. Li rigardis maldekstren kaj dekstren. Poste li transiris apud Avino.

"Do vidu, Stefan", ŝi pluis trans la strato. "Vi devas rekomenci paroli. Se vi nenion diros, oni kredos, ke vi estas stulta."

Li pripensis tion. Se li estos tro stulta ankaŭ por tiu speciala klaso, oni eble sendos lin al Panjo en Norvegio. Sed kredeble ne. Certe ekzistas eĉ pli speciala klaso por specialaj stultuloj, kaj tiel plu senfine. Tamen li sciis, ke nun li simple ne kapablas ekparoli. Tio ne plu estis afero de volo.

Malgraŭ ĉio, nenio ŝanĝiĝis dum ankoraŭ kelkaj tagoj. Li plu sidadis en la sama klaso ĉe la sama instruistino en la sama lernejo. Li plu mutis. La aliaj infanoj ŝajne laciĝis moki lin, bati lin kaj provi paroligi lin. Ĉio pluis pli-malpli kiel antaŭe.

Iutage la instruistino petis lin resti post la lasta leciono, do li restis sidanta ĉe sia tablo, kiam la sonorilo tintis kaj la aliaj infanoj foriris brue kaj babilante. Annika Landkvist sidiĝis apud li kaj metis libron sur lian tablon. Ŝi malfermis ĝin. Ĝi estis ilustrita infanlibro.

"Bonvolu legi ekde la komenco", ŝi diris.

Li rigardis la tekston kaj eklegis silente, sekvante la vortojn perfingre, kiel li kutimis. Estis bildlibro kun malmulte da teksto ĉiupaĝe, kio plaĉis al li. Ĝi temis pri knabo kiu kondutis sovaĝe, kiam li devis enlitiĝi. Tiam ekkreskis arbaro en lia ĉambro. Post kelka tempo Annika metis sian manon sur la lian. Ŝiaj ungoj estis verdaj, kaj sur unu fingro sidis ora ringo. Tiu ringo impresis lin. Nek Panjo nek Avino havis oran ringon. Li komprenis, ke Annika Landkvist estas gravulo.

"Mi pensas, ke vi legas tre bone, Stefan. Ĉu vi volus provi ion?"

Li rigardis ŝin scivolante, kion ŝi celas.

"Ĉu vi povus legi tute same kiel ĵus, sed flustri la vortojn en mian orelon? Neniu alia aŭdos."

Ŝi klinis sin antaŭen kaj ŝovis buklon de sia rufa hararo flanken. Ŝi havis rozkoloran orelon kun iom refaldita rando. De la haroj aŭ eble de ŝia vango li flaris ian agrablan odoron.

Li rekomencis en tiu paĝo, kie li haltis, kaj provis flustri, kiel ŝi diris. Li alproksimigis la buŝon al ŝia orelo. Ŝi iom kapklinis atendante. Sed lia buŝo estis seka kaj neniu sono aŭdiĝis. Li turnis la paĝon kaj provis denove per la sekva paĝo. Tie la knabo velis per barko sur maro, sed daŭre nenio aŭdiĝis. Li rigardis ŝin kaj ĉesis legi.

"Ne gravas", ŝi diris. "Simple legu plu."

Do li plu legis la tutan libron silente. La knabo alvenis en foran landon, kie li renkontis strangajn sovaĝbestojn. Li iom sovaĝumis kun ili kaj poste reiris al sia hejmo por vespermanĝi. Stefan trovis ĝin iom infaneca, sed sufiĉe amuza, kaj li ŝatis, ke estas pli da bildoj ol vortoj.

"Bone, Stefan", diris Annika, post kiam li finlegis la libron. "Vi povas pruntepreni ĝin hejmen kaj provi denove ĉi-vespere, kiam vi estos sola en via ĉambro. Provu tiam legi flustrante al vi mem."

Li faris tion kaj legis ĝin en sia lito. Denove neniu sono aperis. Li relegis la komencon trifoje, sed silente. Fine li provis sub la kovrilo, en la mallumo. Tiam li ja ne vidis la tekston, sed li jam konis la vortojn de la komenco parkere, kaj nun li sukcesis flustri ilin mallaŭte, tiel ke nur li mem aŭdis.

En la sekva tago li provis denove sola kun Annika. Refoje neniu sono aŭdiĝis, sed lia buŝo moviĝis laŭ la vortoj. Ŝi almetis fingron sur liajn lipojn. La fingro estis mola, kun brile verda ungo. Li legis plu kun ŝia fingro sur lia buŝo.

"Bone, Stefan. Mi sentas kaj vidas, ke vi legas bone. Simple daŭrigu, kaj la sono sendube venos."

Li rigardis ŝin.

"Mi povis en la lito", li elspiris.

Tio sonis strange. Lia voĉo estis raŭka, duone flustra, duone pepa. Annika ridetis.

"Bone. Mi sciis, ke vi kapablas."

Post tio li rekomencis paroli iomete de temp' al tempo, kiam estis io dirinda. Tio okazis malofte, sed iom post iom pli ofte. Li parolis unue al Annika, kiam ŝi demandis lin pri io, poste al iu samklasano, kiam tiu diris ion nekutime stultan. Fine li komencis paroli ankaŭ al Avino. Unue li diris preskaŭ nur 'ne' kaj 'jes', sed post kelka tempo la vortoj komencis kvazaŭ malfiksiĝi kaj aperi pli flue. Nur kiam Avino diris ion pri Panjo, li ne sukcesis respondi aŭ entute diri ion ajn. Sed tio okazis malofte.

Ĉe Avino li komence dormis en la salono. Baldaŭ ŝi komprenis, ke tio estas maloportuna, ĉar ŝi volis kelkfoje sidi tie vespere televidante, fumante kaj trinkante ion, dum li devis enlitiĝi kaj provi endormiĝi. Tiam ili ŝanĝis; li ricevis la dormoĉambron kaj ŝi lokis sian liton en la salonon.

Avino estis subflegistino kaj multe laboris, do li ricevis propran ŝlosilon kaj plej ofte zorgis pri si mem. Ŝi ne havis edzon aŭ koramikon, sed kelkajn amikinojn, kun kiuj ŝi kelkfoje iris en restoracion aŭ dancejon. Tiam li devis resti sola vespere kaj enlitiĝi antaŭ ol ŝi revenis hejmen. Li tamen kutime ne endormiĝis, sed kuŝis legante librojn pruntitajn en la lernejo, aŭ ŝiajn magazinojn por virinoj. Nur aŭdante ŝian ŝlosilon en la seruro kaj ŝiajn paŝojn en la vestiblo, li estingis la lampon. Tiam ŝi ofte estis ebrieta kaj iom kunpuŝiĝis kun mebloj. Matene ŝi estis silentema kaj fartis malbone pro kapdoloro, dum li eĉ pli dormemis ol kutime. Kelkfoje ili ambaŭ decidis, ke ili malsanas. Tiam ŝi anoncis tion telefone al sia hospitalo kaj al lia lernejo. Ŝi neniam venigis kun si akompananton hejmen, sed du-trifoje ŝi entute ne revenis hejmen nokte. Almenaŭ tiel li supozis. Li finfine endormiĝis kun lumanta lampo, ne aŭdinte ŝin reveni. Matene ŝi tamen ĉeestis, kiam li vekiĝis malfrue. Estis sabato, do li povis resti enlite sen iri al sia lernejo, dum Avino duonkuŝis sur la sofo kun cigaredo kaj glaso da io, spektante televidan programon je malŝaltita sono. "Tio trankviligas miajn nervojn", ŝi diris. "Mi devas iom refortigi min. Poste ni vidos."

Iam antaŭ Kristnasko Panjo sendis foton de bebo, kiu laŭdire estas lia fratino Turid. Laŭ Avino ŝi ege similis lin, sed li ne vidis tiun similecon. Ŝi aspektis kiel tute ordinara bebo sen haroj, kun pufaj vangoj, kuŝanta sur plejdo. Ŝi pugnigis la manojn; eble tio estis familia trajto, ĉar ankaŭ li ofte faris same. Avino sufiĉe multe grumblis, ĉar Panjo nenion diris pri kiam ŝi revenos en Svedion por zorgi pri li. Li komprenis, ke ankaŭ Avino ŝatus liberiĝi de li. Sed ŝi ne sciis, kie lasi lin.

Kiam ŝi montris al li la foton kaj parolis pri tiu bebo, li volis demandi, kial li ne povas loĝi kun Panjo, sed li ne sukcesis elparoli la demandon. Tiam li iris en sian ĉambron kaj kuŝiĝis surlite kun la kuseno super la kapo. Post kelka tempo Avino venis en lian ĉambron, rondiris dum kelka tempo murmurante, kaj poste sidiĝis sur la randon de lia lito.

"Ĉu vi ne fartas bone ĉi tie?" ŝi diris.

Li respondis 'ne' senvoĉe, sub la kuseno.

"Mi scias, ke vi fartas bone. Ĉi tie vi havos multajn amikojn."

Ŝi ĉiam ripetadis tiun stultaĵon pri amikoj. Li volis diri al ŝi, ke li fajfas pri amikoj. Li volis sian Panjon. Li volis scii, kial Panjo ne ŝatas lin. Sed refoje li ne kapablis paroli. Avino suspiris kaj ekbruligis cigaredon. Li jam konis ŝiajn suspirojn. Eble ankaŭ ŝi ĉesos paroli kaj anstataŭe nur suspiros. Li pli-malpli deziris tion. Parolante ŝi ĉiuokaze plej ofte plendis.

La fumo tiklis al li la nazon. Ŝi iris en la salonon por alporti sian cindrujon. Ĝi estis duonplena jam de hieraŭ.

"Komprenu, Stefan. Via panjo havas nek tempon nek spacon por zorgi pri vi, post kiam naskiĝis via fratineto. Ŝi estas plene okupita de la bebo."

Li pensis, ke li ja povus helpi ŝin. Sed poste li komprenis, ke ne. Bebon devas prizorgi la panjo. Tamen ankaŭ li bezonis ŝin. Ŝi estis ankaŭ lia panjo. Li volus klarigi tion al Avino, sed li ne povis. Eĉ per la plej forta voĉo tio ne sukcesus. Ŝi devus mem kompreni tion. Ankaŭ Panjo devus kompreni. Sed ŝajne plenkreskuloj ne komprenis eĉ la plej simplan aferon.

Avino stumpigis la cigaredon kaj rigardis lin penseme.

"Sciu, Stefan, ke via panjo estis tre juna, kiam vi naskiĝis. Tro juna." Li ne komprenis tion. Ŝi estis nek juna nek maljuna. Avino estis maljuna, preskaŭ kvindekjara. Sed Panjo estis lia panjo. Ŝi ne havis aĝon.

Nun Avino ŝajnis iom laca.

"Tiu Oddvar ŝajnas en ordo, kun bona laboro kaj tiel plu. Nu, pli orda ol la antaŭaj, ĉiuokaze. Ni vidu, sed espereble ĉio estos bona por la eta Turid. Dume vi vivos bone ĉi tie, ĉe mi. Almenaŭ dum kelka tempo. Poste ni vidos. Eble ili iam revenos al Svedio. Aŭ eble vi povos iri al Norvegio, kiam vi estos pli granda. Mi ne scias, Stefan. Sed ĝis plue vi restos ĉe Avino, ĉu ne?"

Li ne respondis. Ne gravis, kion ajn li dirus. Panjo lasis lin ĉi tie, kaj ŝi ne reprenos lin. Li devos resti ĝis Avino trovos lokon, kie lasi lin.

Avino volis ke Panjo kaj la bebo venu viziti ilin en Stokholmo. Sed Panjo respondis, ke tio estus tro komplika vojaĝo kun la bebo. Anstataŭe ŝi invitis Stefanon veni vizite al ŝi kaj Oddvar. Ili vivis en la urbo Ålesund, kie li laboris en ŝipkonstruejo. Tamen ili ne havis spacon gastigi ankaŭ Avinon, kaj la vojaĝo estus tro malfacila por Stefan sola. Krome, Avino ne volis sendi lin en ia ajn vojaĝo.

"Vi ne povas iri sola, Stefan. Imagu, se okazus io neatendita, kaj vi denove ne kapablus paroli. Mi ne kuraĝus lasi vin."

Do el tiu invito rezultis nenio.

Fakte, li jam plej ofte parolis normale. Li ja ne babiladis tiel multe kiel aliaj, sed tio ne gravis. Sufiĉis al li paroli, kiam li bezonis ion diri. Ĉio kroma estis sensenca. Kaj nun li perdis la voĉon nur de temp' al tempo, kiam li ekpensis pri Panjo. En la lernejo tio ne plu okazis. Li jam amikiĝis kun Annika Landkvist, la rufa instruistino kun la rozaj oreloj kaj verdaj ungoj. Kaj la infanoj ne estis tro aĉaj. Li jam povis diri al ili ĉion necesan. Kelkfoje li devis batali, sed ankaŭ tion li lernis sufiĉe bone.

Iufoje pli aĝa nigrahara knabino embuskis al li kaj atakis lin, kiam li paŝis hejmen de la lernejo. Ŝi loĝis en la sama domego kiel Avino kaj li, sed en pli fora ŝtuparejo. Ŝi estis tro forta, pli forta ol li, sed li eltenis tion. Iom da batado ne estis grava. Li pensis, ke ŝi nur atendu kelkajn jarojn, ĝis li estos pli aĝa. Tiam li batos ŝin, ĉar knaboj pli fortas ol knabinoj. Li bezonis nur iom kreski, kaj tiam li venkos ŝin.

Do, Panjo ne venis vizite al ili, sed en la nova jaro Avino kaj li havis alian vizitanton. Estis vintra sabato kun sufiĉe da neĝo, kiam subite aperis nekonata viro donacante al li ruĝan plastan sledeton, kvazaŭ li estus infaneto. Li estis la patro de Stefan, kiun li iam konis sed ne plu memoris. Iel Avino sukcesis retrovi lian adreson, kvankam li jam kelkfoje transloĝiĝis.

"Vi povas nomi min Billy, se vi ne volas diri Paĉjo", li diris.

Stefan respondis nenion. La situacio estis tute nova, kaj li ne sciis kiel agi. Do li silentis atendante. Li nebule memoris la iaman vicpatron Bengt-Åke, kaj poste Panjo estis kun Oddvar, kvankam li neniam pretendis esti la paĉjo de Stefan.

"Mi loĝas en nur unu ĉambro ĉi-momente", diris Billy. "Mi studas en lernejo por adoltoj. Sed poste, kiam mi laboros, mi akiros ion pli grandan. Tiam vi eble povus viziti min. En Norrköping."

Stefan trovis strange, ke plenkreskulo lernas en lernejo. Ĉio montris, ke li ne povas esti normala paĉjo, kiel tiuj de liaj samklasanoj. Sed el liaj vortoj Stefan pensis kompreni, ke Panjo ne revenos al li. Ŝi lasis lin ĉi tie kaj havigis al si novan infanon, kiun ŝi preferas antaŭ li. Anstataŭe nun aperis ĉi tiu strangulo, kiu estas lernanto, kvazaŭ infano.

Malgraŭ ĉio li eliris kun tiu stranga Billy por gliti per la sledeto sur apuda deklivo. Billy surhavis ordinarajn ŝuojn, kaj post dek minutoj en la neĝo liaj piedoj estis tute malsekaj kaj frostaj. Tio videblis de lia senĉesa tretado surloke. Tamen li restis kun Stefan dum duonhoro sur la neĝa deklivo, inter grego da infanetoj kaj patrinoj. Kaj Stefan restis kun li, glitante per la sledeto, ĉar li ne volis elrevigi la patron.

Poste Avino regalis la patron per kafo kaj buterpanoj, kvankam ŝi ne sonis tre amika al li. Eble ĉar li metis la piedojn kun malsekaj ŝtrumpoj sur ŝian tapiŝon.

"Ĝis revido, Stefan!" li diris vespere antaŭ ol paŝi al la fervoja stacio en siaj malsekaj ŝuoj.

"Ĝis revido", respondis Stefan, kvankam li tre dubis, ĉu li iam revidos tiun patron.

Tamen li efektive revenis, unufoje printempe kaj denove en la sekva aŭtuno. Tiam Stefan nomis lin Paĉjo. Preskaŭ ĉiuj aliaj infanoj ja havis paĉjojn, hejme aŭ aliloke, do ankaŭ li rajtis je tio. Sed li ne plu menciis, ke Stefan venu viziti lin. Nek Avino parolis pri tio. Kaj de Panjo venis nur nova foto. Sur ĝi ŝi staris ĉe la maro apud Oddvar kaj kun Turid surbrake. Avino diris, ke ĝi estas geedziĝa foto. La familia nomo de Panjo nun estis Ryhaug, same kiel de Oddvar kaj Turid. Tiu de Stefan restis Eriksson, same kiel de Avino. La familian nomon de Paĉjo li ne sciis. Sendube Avino konis ĝin.

* * *

Ne eblas dormi sur ĉi tiu lito, kiu fetoras je ĉipa lesivo. Ne eblas spiri en ĉi tiu ĉelo. Regas silento, pli-malpli. Almenaŭ tio estas dankinda. Aŭ ĉu pli facilus dormi je ia fona sonkuliso? Ne, certe ne. Ĉi tie la bruoj neniam havas tian lulan karakteron. Temas nek pri plaŭdado de marondoj al strando, nek pri susurado de vento tra arboj, nek pri dormiga zumkantado de mola ina voĉo.

Kion do fari? Ĉu kalkuli ŝafojn? Stranga ideo. Li scivolas, kiu kreteno elpensis tiun metodon por dormigi sin. Imagi ŝafojn, kiuj saltas trans barilon en senfina vico, kaj dume kalkuli ilin. Tio povus teni ĉiun ajn eterne sendorma. Kaj kial ĝuste ŝafojn? Nekompreneble. Kion ajn li kalkulus, tio sendube estus vana. Li povus kalkuli loĝadresojn de sia vivo, ekzemple. Sed per kiu komenci? Ĉu ĉi tiu arestejo estas loĝadreso? Ĉu malliberejo estos? Kaj kiu adreso estis la unua, kiam li estis bebo? Li eĉ ne scias, kie li naskiĝis, nek en kiom da lokoj oni poste lasis lin. Prefere do ion alian. Ĉu laborejojn – ne, ili estus tro facile kalku-leblaj. Ĉu inojn? Ne, li ne volas. Kelkaj el tiuj estis tro forgesindaj. Eble jam forgesitaj. Kaj kion li forgesis, tio neniam okazis. Ĉu mortintojn? Kiujn li – ne, lasu tion. Li kalkulu parencojn. Ili devus esti sennom-braj, sed li vere konas nur malmultajn. Ĉu kolegojn? Ne, ili plejparte ne kalkulindas. Diable, kial do entute kalkuli ion ajn? Tio nur stimulas la pensadon kaj forpelas la dormon.

Lastatempe li ĉiam malfacile dormas en fremdaj lokoj. Tamen li ofte devas dormi en nova lito. Nur malofte li vere sentas, ke li hejmas. Strange, iuj homoj ŝajne hejmas ĉie ajn. "Hejme estas, kie ajn mi metas mian..." – kion do? Ĉu ĉapelon? Valizon? Komputilon? Dentbroson? Li ne komprenas ilin. Kiel oni povas senti sin hejme en okaza loko, kie ĉio estas fremda, eĉ la aero? Estante gasto en la hejmo de aliaj homoj? Aŭ en malkomforta hotelĉambro? Kiom da noktoj li kuŝis sendorma en diversurbaj hoteloj! Li ne ŝatas vojaĝi kiel turisto, sed profesie li ja devas. Dumtage tio povas esti en ordo, sed nokte li suferas. Eble pro tio li ofte aranĝas ian akompanon. Almenaŭ poste li povas atingi plian trankvilon, post ŝia foriro. Precipe per helpo de alkoholo. Sed ĉi tie li havas nenion kaj neniun. Nur la proprajn pensojn, kiuj rondiras karu-sele, neniam haltante.

Ĉu vere post ŝia foriro? Sed kio pri tiu en Berlino? Ĉu ŝi efektive foriris? Li ne kapablas vidi ŝin eliri el lia ĉambro. En lia imago ŝi plu restas en la necesejo, trans tiu pordo. Li plu aŭdas ŝin murmuri tie transe, en nekonata lingvo. Li plu sentas ŝian postlasitan kalsoneton en la mano. Kio sekvis? Kiel li seniĝis de ŝi? Ĉio nigras – aŭ blankas. Estas vakuo. Li tamen ja ne forportis ŝian korpon en sako! La banĉambro ne havis fenestron. La sola eblo estas, ke li iel sukcesis konvinki ŝin malfermi la ŝlositan pordon kaj veni eksteren. Kaj poste? Li provu memori. Kion li farus en tia situacio? Ĉu elpeli ŝin el la ĉambro? Ĉu iel silentigi ŝin kaj atendi ĝismatene? Ĉu tranĉi al ŝi la kolon?

Stultaĵo. Kompreneble ŝi eliris proprapiede, kiel ĉiuj aliaj. Kial do ŝi agus alie? Nun li jam certas pri tio. Li vidas ŝin promeni tra la pordo en siaj altaj, striktaj botoj, kun aŭ sen kalsoneto sub la jupo, kun sia mansaketo enmane, fosante en ĝi por certiĝi, ke la mono restas. Li eĉ pagis al ŝi plian sumon, siajn lastajn eŭrobiletojn, por ke ŝi forgesu ĉion pri li. Jen evidenta afero. Jen rutina fino. Tute forgesinda. Ne mirinde, se li ne memoras. Li pagis; li senŝuldigis sin! Kaj poste li glutis ion el la hotelĉambra fridujeto, kaj finfine li endormiĝis. Ŝian kalsoneton li piedŝovis sub la liton, apud la malplenan kondomon. Ne, tamen ne. Tion li nur imagis. Li redonis ĝin al ŝi enmane, ĉifitan kun la monbiletoj, kaj ŝi metis ĝin en la mansakon. Sendube ŝi poste vestis sin en la lifto. Ŝia kolo restis tute senvunda. Da sango estis neniom. Li nek tranĉis nek mordis ŝin. Eĉ kismarkon li ne faris. Jen la sola eblo. Ke li nur fragmente memoras, ŝuldiĝas sole al la pli fruaj viskioj kun kaj sen glacio. Ĉio okazis rutine, kiel kutime. Ne indas nun rompi al si la kapon pri tio, post pli ol duonjaro. Li jam havas pli grandajn problemojn. Cetere, neniu krom li mem scias ion ajn pri ŝi. Do li ĉesu okupiĝi pri tiu obskura epizodo. Li forgesu ĉion pri ĝi, ne nur tion, kion li ne sukcesas memori!

Kaj tiu tranĉita gorĝo? De kie aperis tiu imago? Ĉu halucino? Ĉu deliro?

Kaj la hotelpordisto? Ĉu li devis venigi tiun por malfermi la pordon kaj liberiĝi de ŝi? Se jes, ekzistas atestanto.

Damne! Li lasu tiun aferon. Li lasu Livian, li ĉesu pensi pri ŝi. Li fajfu pri ŝia kolo! Tiaj inoj ĉiam riskas perfortan finon. Li ne respondecas pri tio!

Fek! Estas tro varme ĉi tie. Kaj mankas aero. Li devas forigi la litkovrilon por stariĝi dum momento. Promeni kelkfoje la tri metrojn tien-reen. Eble tion li kalkulu, la nombron de rondiroj en la ĉelo. Se almenaŭ eblus malfermi ion por enlasi freŝan aeron. Li sufokiĝas ĉi tie.

Tro rapide li paŝas. Li jam anhelas, kaj ŝvito ekfluas de la akseloj. Li devas trankviliĝi. Ĉi tie li ne kuras post knabinoj surstrande. Bone, li kuŝiĝu denove, tamen sen kovrilo. Li klopodu spiri kviete, regule, ne tro profunde. Nek maltro; li ja bezonas oksigenon. Eble li kalkulu la spirojn. Aŭ la korbatojn, la pulsadon de sango. Li ne plu pensu pri ĉiaj timigaj fantazioj, imagoj, sonĝoj. Estas nature, ke aperas tiaj. La cerbo suferas pro manko de perceptoj, do ĝi komencas produkti imagojn el nenio. Ĉiuj ĉi homoj, kiujn li vidas senĉese fali, estas nuraj fantomoj. Ĉiuj ĉi kadavroj estas nura iluzio. Kial do ili plu hantas lin? Kion li faris, tion ne eblas malfari. Kaj cetere li faris nenion. Li ne kulpas. Se ili mortis, kulpas ili mem. Kaj cetere ili tute ne mortis; ili plu vivas. Ili ja devas vivi, se li senĉese vidas ilin. Sed ili malaperos per si mem, kiam li liberiĝos, kiam li venos hejmen, kiam li rekomencos labori. Ha, labori. Ĉu li sukcesos denove labori? Li ne povas imagi tion. Oni ekzilis lin el la instituto, devigis lin labori hejme. La studentoj postulis tion, laŭdire. Sed ĉu eblos labori hejme? Ankaŭ tie li estos inter kvar premantaj muroj, en malfreŝa aero. Tamen eblos tie malfermi fenestron. Sed povas esti, ke li ne revenos tien. Eble sekvos jaroj en malliberejo. En alia ĉelo. Ĉu pli granda ol ĉi tiu? Supozeble ne. Kiel li travivos tion? Kiel li eskapos de la halucinoj? Kiel li evitos pensi pri tiuj mortintoj, mortigitoj, malaperintoj?

Fredrik. Tiu stultulo. Kio efektive okazis al li? Ĉu li puŝis lin? Ĉu li ŝanceliĝis? Ĉu ili koliziis? Oni diras, ke li dronis. Supozeble tio estas la vero. Oni diras, ke Stefan puŝis lin trans la parapeton. Iu nokta vaganto laŭdire vidis tion. Ĉu tio estas vero aŭ truko por konfesigi lin? Kial li ne vidis tiun atestanton? Ĉu li puŝis?

Kredeble ili pravas. Sendube li puŝis. Sed kial? Fredrik ja babilis nur sensencaĵojn. Nenion seriozan. Nenion atentindan. Li ridis pri Fredrik. Tion li memoras. Li ridis. Ĉu li puŝis ridante?

Laŭdire ili kverelis. Jes, ili ja kverelis. Kial ne, se Fredrik ne ĉesis ripeti siajn stultaĵojn? Kial li ne puŝus? Li devis iel silentigi lin. Li devis liberiĝi de tiuj stultaj akuzoj, de tiuj memorigoj pri Camilla. Li ne volis memori ŝin. Li jam faris ĉion por forgesi ĉion pri ŝi. Kaj tiu stultulo Fredrik rekomencis kirli la malnovan kaĉon, mergi lin denove en ĝin, suben ĝis la feĉo. Kion li faru? Li devis silentigi lin. Ne plu restis alternativo. Li devis puŝi. Fredrik mem devigis lin puŝi. Kulpas Fredrik!

Poste li rifuĝis en tiu bierejo. Li eniris tien; li fuĝis de la neeltenebla ekstera mondo, el la nuno kaj el la memoroj. Li urĝe bezonis iun lokon, kie li estas sekura. Tiu bierejo situis ekster la nuno. Ĝi estis bierejo el tempo antaŭ ol ĉio fuŝiĝis. Komprenble tio daŭris nur mallonge. Ne eblas daŭre eviti la nunon. Tamen tia loko devas ekzisti ie en la mondo. Eble li iam povos retrovi ĝin. Iam estonte aŭ estinte. Li devas trovi rifuĝejon, kie ne hantas lin la agoj. Iun ejon el antaŭ la paseo aŭ post la futuro, kie ekzistas neniu nuno. Ĉu malliberejo estos tiu loko?

* * *

Li staris sur gruza pado iom fore de la kradpordo, rigardante la domon. Ĝi turnis sian dorson al la arbaro kaj la vizaĝon al li. Ĝi estis flava kaj havis du etaĝojn plus kelon. Antaŭ la granda bruna pordo, kiu ĉiam estis fermita, situis ĝardeno, poste ŝoseo, poste paŝtejo de ĉevaloj, kaj trans tiu sekvis malalta bordo de lago kun kanoj kaj akvolilioj. Sed malantaŭe arbaro atingis ĝis la domo. Li ne kuraĝis sola ĉirkaŭiri la domon.

"Estas fantomoj en la arbaro", diris Jens.

Stefan ne kredis je fantomoj. Ne dum li estis ĉe la antaŭa flanko aŭ en la domo. Sed malantaŭe li jam ne certis.

Li pasigis la tutajn tagojn tie. Ĉiumatene li vekiĝis en lito en la supra etaĝo. Ĉiuvespere li enlitiĝis tie. Dum la tutaj tagoj li estis tie kun onklino Kerstin. Kiam estis tempo manĝi, ŝi riproĉis lin, ĉar li venis tro malfrue kaj ne lavis la manojn.

"Vi devas lerni atenti pri la tempo", ŝi diris.

Pri la tempo decidis la horloĝo, sed li ankoraŭ ne sciis legi la horloĝon. Kiam li rigardis ĝin, la montriloj senmovis, sed tuj kiam li ne rigardis, ili komencis moviĝadi tien-reen. Ne eblis lerni la horloĝon, kiam ĝi tiel kaprice ŝanĝiĝis.

Kelkfoje neĝis, alifoje estis suno, iam estis degelaĵo. Tiel estis, ĉar nun estis vintro. Kiam li alvenis, ne estis vintro. Eble somero, aŭ io alia. En iuj tagoj la neĝo degelis kaj forfluis. Kiam li ludis en la neĝokaĉo la pantalono malsekiĝis, kaj oni ne facile vidis, se li pisis en la pantalono. Sed onklino Kerstin tamen rimarkis tion kaj riproĉis lin.

"Tuj iru ŝanĝi kalsonon", ŝi diris. "Kaj poste tralavu la pantalonon kaj pendigu ĝin sur la ŝnuro."

Kiam li pisis en la pantalono, li devis surmeti piĵamon kaj resti endome. La alian pantalonon li rajtis surhavi nur dimanĉe. Antaŭ longe li ja havis plurajn pantalonojn por ŝanĝi, sed tiuj eble restis hejme, kie li vivis kun Panjo.

Li memoris la aspekton de sia ĉambro. Kaj Panjon, kiam ŝi parolis per telefono aŭ legis libron. Ofte ŝi sidis antaŭ la televidilo trinkante vinon. Tiam li ne rajtis ĝeni ŝin. Iufoje ankaŭ Paĉjo venis por viziti ilin. Kiam Paĉjo ludis kun li, Panjo trovis tion tro brua kaj sovaĝa. Sed plej ofte li kaj Panjo estis solaj.

Jens ne havis paĉjon, nur panjon, kaj tiu estis onklino Kerstin. Li havis ankaŭ grandan fratinon, kiu nomiĝis Viola. Stefan havis kaj panjon kaj paĉjon, sed li ne sciis, kien ili malaperis. Kial Panjo forveturigis lin de hejme kaj lasis lin ĉi tie? Li demandis la onklinon, sed ŝi ne volis respondi.

Por onklino Kerstin plej gravis ordo. Devis esti ordo en ĉio. Ŝi neniam forgesis kuiri tagmanĝon, kiel ofte okazis al Panjo. Kaj ĉiuj devis manĝi samtempe kaj gustumi ĉion. Tamen li ne povis manĝi ŝiajn makaroniojn, ĉar ŝi kuiris ilin kun lakto, tiel ke ili similis vermojn kaj odoris kiel vomaĵo. Kaj da keĉupo li ricevis nur iomete. Ŝi mem porciumis ĝin al Viola, Jens, Stefan kaj si mem; poste ŝi fermis kaj formetis la botelon. Kun la manĝo li ricevis nur akvon por trinki, kaj por matenmanĝo kaj vespermanĝo li devis trinki varman kakaolakton, neniam malvarman kiel ĉe Panjo. La varma ne plaĉis al li, ĉar ĝi tuj ekhavis naŭzan haŭton. Post la manĝo ŝi kranis varman akvon en la lavkuvon, kaj ĉiu devis mem lavi sian glason, teleron kaj forkon.

Krome li devis ordigi kaj purigi en la ĉambro de Jens kaj li. Jens montris al li kiel balai polvon kaj sablon sub la liton, kie ĝi estis nevidebla. Tamen onklino Kerstin ja vidis ĝin, kaj li devis elbalai ĝin denove.

Iufoje Viola venigis kun si amikinon hejmen post la lecionoj. Ili ludis plejparte en ŝia ĉambro malantaŭ fermita pordo. Jens volis ke li kaj Stefan spionu pri ili. Tio signifis, ke ili ŝtelrigardis tra la ŝlosiltruo. Tamen ili vidis nenion tie, kaj tiam Jens malfermis la pordon, kiu ne estis ŝlosita, ĉar la onklino kaŝis ĉiujn ŝlosilojn. La knabinoj tre koleris al li, kaj Viola elkuris kaj ĉasis lin. Ŝi ne sukcesis atingi lin, sed ŝi kaptis Stefanon, kaj post tio la knabinoj ludis familion kun li kaj riproĉis lin kaj batis lian nudan postaĵon. Sed poste ili tute demetis lian kalsonon, kaj tiam li kriis ĝis onklino Kerstin alvenis. Ŝi diris al li, ke li revestu sin kaj sendis lin en la ĝardenon por rasti la padon inter la domo kaj la ŝoseo. Tiu pado estis kovrita de gruzo, kiun oni devis ĉiam rasti. Li ne sciis kial. La granda rastilo havis tro longan tenilon, do li uzis infanan ludrastilon el plasto. Sed la gruzo estis tro peza aŭ la rastilo tro mola, do tio estis tute vana laboro. La onklino tamen neniam kontrolis, ĉu la pado estas bone rastita.

Onklino Kerstin havis malnovan verdan aŭton, kiun ŝi nomis 'la skarabo'. Ĝi estis kaduka kaj rusta, kaj estis malpermesite veturi per ĝi. Do ŝi uzis ĝin nur por iri al la butiko, kiu situis je kvar kilometroj de ŝia domo. Iufoje Jens kaj li akompanis ŝin tien kaj helpis ŝin paki la varojn en la kofrujon, kiu estis antaŭe, kie devus esti motoro. La butiko estis tre malgranda, kaj la varoj ofte estis tro malnovaj. Kelkfoje Kerstin trovis putrajn legomojn en la butiko, kaj ovojn de la antaŭa jaro. Tiam ŝi kverelis kun la butikisto, kiu unue pardonpetis, sed fine koleris.

"Vi povas butikumi en la urbo, se vi preferas tion, kaj se via aŭto eltenas veturi tiel foren", li diris kun ruĝa vizaĝo.

"Mi transloĝiĝus morgaŭ, se iu volus aĉeti mian domon. Sed neniu ja volas loĝi, kie ne ekzistas akceptebla butiko."

Stefan demandis al Jens, ĉu ŝi vere vendos la domon kaj transloĝiĝos.

"Ŝi ĉiam diras, ke jes. Sed ŝi ne faros. Kaj ĝi ne estas ŝia domo. Mia patro posedas ĝin, kaj ni povas loĝi ĉi tie dum li ne devas pagi la alimenton."

"Kio estas limento?" demandis Stefan.

"Mi ne scias precize. Mi pensas, ke ĝi estas ia pago por mi kaj Viola."

Stefan trovis tion vere stranga. Ĉu la patro de Jens do vendis siajn infanojn al onklino Kerstin? Se jes, tiam ŝi devus pagi al li. Dum momento Stefan ekpensis, ke ŝi aĉetis ankaŭ lin de lia panjo. Sed poste li komprenis, ke tio ne eblas. Nur en fabeloj okazas tiaj nekredeblaj aferoj. Li estis preskaŭ certa pri tio.

Iutage li tutsimple estis sola meze de la arbaro. Li ne memoris, kiel li venis tien. Li tamen ne volis resti, sed komencis repaŝi al onklino Kerstin kaj Jens. Sendube estis malfrue, do li eble devos enlitiĝi sen vespermanĝo. La ĉielo estis akre ruĝa kaj violkolora inter la nigraj piceaj pintoj.

Li ne plu timis la arbaron, sed nun li ne retrovis la vojon al la domo. Li paŝis, paŝadis, en la direkto, kiu ŝajnis plej ĝusta. Fine li ne plu havis forton paŝi. Sub piceo li trovis molan muskon, kaj sur tiu li kuŝiĝis por ripozi.

Li vekiĝis ĉar iu levis lin. Ne la onklino, sed iu virino kun odoro de fungoj. Li vidis nenion, ĉar estis tute mallume. La virino diris nenion al li, nur mallaŭte zumkantis, dum ŝi portis lin antaŭen tra la nokto. La aero estis malvarma. Jen kaj jen li sentis branĉeton de piceo balai al li la kapon aŭ la brakojn. Fine ŝi haltis kaj starigis lin sur la teron. Ŝi malfermis knarantan pordon kaj ŝovis lin antaŭ si en etan ĉambron. Tie fajro brulis en fajrejo. Odoris je tero kaj musko. Ĉirkaŭe en la anguloj iuj sidis rigardante lin. Ili estis multaj, sed estis tia obskuro, ke li ne povis distingi, ĉu ili estas infanoj aŭ plenkreskuloj. Ĉiuokaze li ne revenis al la domo de onklino Kerstin, jen certaĵo.

La virino estis malalta sed dika. Ŝi paŝis ĝis la fajrejo, verŝis ion en bovlon kaj donis al li. Ĝi estis iaspeca gria kaĉo. Kutime li tute ne ŝatis tian kaĉon, sed nun li estis tiel malsata, ke ĝi gustis tute bone. Li sidiĝis sur lignan benketon kaj komencis kuleri ĝin en la buŝon.

"Dankon pro la manĝo", li diris, kiam la bovlo estis malplena.

Subite li aŭdis koruson el subridoj venantaj el tiuj en la anguloj, kaj tiam li komprenis, ke ili estas infanoj. Sed la virino diris nenion, nur murmuris al si mem kaj spiris tiel ke aŭdiĝis malforta susurado el ŝia nazo. Ŝi prenis la bovlon el lia mano kaj donis ĝin al unu el la infanoj, kiu tuj lekis ĝin kaj la kuleron. Unue li pensis, ke la virino riproĉos la infanon pro tio, sed evidente tiel oni faris ĉi tie.

Poste estis tempo enlitiĝi. Tiam li rimarkis, ke ĉeestas ankoraŭ pli da infanoj, sed la plej junaj jam dormis plej fore en la mallumo. La virino kuŝigis lin kaj siajn proprajn idojn dense unu apud la alia kaj kovris ilin per granda vila feltaĵo, kiu odoris je ĉevalo aŭ bovino. Sed la aliaj infanoj plu baraktis kaj rampadis dum longe, ĝis ili ĉiuj kuŝis kvazaŭ en granda amaso. Tiu estis varma kaj mola kaj plena je ventroj kaj postaĵoj. Supozeble neniu ĉi tie lavis sin antaŭ ol enlitiĝi. Li endormiĝis preskaŭ tuj.

Ĉiuj infanoj jam ellitiĝis kaj nun svarmis ĉie en la dometo. La virino staris ĉe la fajro kirlante ion en poto. Odoris je fumo kaj tero. Tra eta fenestro malforta lumo falis sur tablon meze de la ĉambro. Li ne sciis, ĉu estas mateno aŭ vespero, sed li sidiĝis por rigardi la etulojn, kiuj ludis, luktis, tiris la harojn unu de la alia kaj ridis tiel ke ili perdis la spiron. Ili ĉiuj havis longajn harojn, do li ne povis vidi, ĉu ili estas knaboj aŭ knabinoj.

Li ricevis grandan tason da varmeta lakto, kaj li eltrinkis ĝin tute. Poste unu el la plej grandaj infanoj prenis lian manon, kaj ili eliris el la dometo. Ili paŝadis tra la arbaro, grimpis super ŝtonoj kaj rampis tra veproj. Post iom da tempo ili elvenis el la arbaro, kaj jen staris la domo de onklino Kerstin. Li iris kelkajn paŝojn antaŭen, sed poste haltis. Ĉu li eniru tien aŭ kuniru reen en la arbaron, al tiu stranga familio en la dometo? Sed turnante sin, li estis sola. Li rigardis ĉirkaŭe kaj serĉis inter piceoj kaj juniperoj, sed li rekonis nenion kaj ne sciis, de kie li venis. Eble la arboj jam fermis la vojon, laŭ kiu li paŝis, ĉar ne plu eblis vidi ĝin. Li devis atendi ĝis alifoje por retrovi la arbaran dometon.

En la domo de onklino Kerstin ĉiuj dormis. Li ŝtuparis al la supra etaĝo kaj eniris la knaban ĉambron. Jen en la du litoj dormis Jens kaj li mem. Tio estis ege stranga, sed li estis laca kaj volis dormi. Li demetis la ŝuojn, jakon kaj pantalonon kaj kuŝiĝis subkovrile malantaŭ la dorso de si mem. Li devis iom puŝi por havi dormlokon.

Matene Jens vekis lin kiel kutime. Li serĉis enlite, sed li jam estis nur unu. La alia mio jam malaperis. Li scivolis kien.

Ĉio restis kiel antaŭe ĉe onklino Kerstin. Li matenmanĝis kiel kutime, vidis Violan iri al sia lernejo, ludis kun Jens en la ĝardeno. Kelkfoje fiŝaŭto liveris menditajn fiŝojn, kaj li povis helpi enporti pakaĵon da haringoj en la kuirejon. Li palpis la arĝentajn skvamojn sur la ĵurnal-papero, ĝis onklino Kerstin diris, ke li ĉesigu tion kaj anstataŭe iru lavi la manojn.

La unuaj blankaj anemonoj kaj flavaj fikarioj aperis ĉe la arbara rando malantaŭ la domo. Li venigis kun si Jenson kaj iris por serĉi la dometon kun la longharaj infanoj meze de la arbaro. Sed li ne povis retrovi la vojon al ĝi, kaj Jens ne kredis lin.

"Vi mensogas! Konfesu ke vi blagas!"

"Ne, tio estas vero. Devas esti ie ĉi tie."

"Vi elpensis tion. Aŭ vi sonĝis."

"Ne. Mi estis tie. Mi manĝis kaĉon ĉe ili."

Sed tie estis nur malgajaj piceoj kaj grizaj ŝtonoj kaj ĉiaspecaj veproj, kaj la arbaro tute ne plu estis tiel granda, kiel ĝi estis nokte. Fine Jens lukte surterigis lin kaj frotis lian vizaĝon per malseka musko kaj malnovaj velkintaj folioj. La tero estis malseka kaj kota, do lia pantalono iĝis tute malpura kaj malseka. Ĉio samis kiel antaŭe.

"Mi demandos Panjon, ĉu estas dometo kun infanoj en la arbaro", diris Jens.

"Ŝi eble ne konas ĝin."

Li atendis, ke onklino Kerstin riproĉos lin pro tiuj infanoj, sed ŝi nenion diris. Verŝajne Jens neniam demandis ŝin. Pri la dua mio en la lito li nenion diris al Jens.

Dumtage li ne plu pensis pri la arbaraj infanoj. Sed vespere, kuŝante enlite kaj aŭdante la knaradon de Jens, kiu turnis sin serĉante bonan dormopozon, li memoris ilin. Li povis senti la precizan odoron de la dometo, la senton kuŝi meze de tiu amaso el infanoj.

Pasis iom da tempo, sed iuvespere li malĝojis pro tio ke lia panjo mankis al li. Tiam li iris sola en la arbaron, sen diri ion al iu alia. Li volis sidiĝi sub tiu sama piceo, kiel la antaŭan fojon, kaj li vere trovis unu similan. Eble ĝi estis la sama. Li devis sidi tie sufiĉe longe, sed fine venis unu el la arbaraj infanoj. Tiu prenis lian manon kaj paŝis kun li inter la arboj. Li estis iomete pli alta ol Stefan, kaj multe pli fortika, kaj li havis larĝan vizaĝon kaj preskaŭ same larĝan buŝon. Li paŝis nerapide kaj mole, sed li ĉiam trovis la plej ebenan kaj facile ireblan vojon tra la tereno, kvankam li nudpiedis. Dume la infano kantetis ian melodion, kiun Stefan neniam antaŭe aŭdis. La vortoj ŝajnis esti en alia lingvo; Stefan komprenis ilin dum li kantis, sed poste ne plu.

Post longa tempo ili venis ĝis la arbarorando, antaŭ la domo de onklino Kerstin. Stefan ne volis eniri tien, do li turnis sin por iri kun la infano ĝis la dometo de la dika virineto. Sed nun jam estis tute mallume, kaj la infano silente malaperis inter la arbustoj. Stefan ne plu kuraĝis eniri inter la nigrajn arbojn, do li devis iri en la domon kaj enlitiĝi. Ĉi-foje kuŝis neniu alia en lia lito.

Post tio li nenion rakontis al Jens. Li atendis kelkan tempon, kaj poste li provis denove. Sed tiufoje neniu aperis, nek infano nek virino.

Tamen li revidis ilin ankoraŭ unu fojon. Tio okazis en plena tago. Tiam jam delonge estis somero. Jens kaj Stefan akompanis onklinon Kerstin en la arbaron por kolekti mirtelojn. Ili kolektis ĉiu en sia taso, kaj kiam ĝi estis plena, ili iris ŝuti la berojn en la grandan sitelon de la onklino. Stefan paŝis inter la piceoj, serĉante pli bonajn arbustojn, riĉajn je maturaj mirteloj. Iom da beroj trafis ankaŭ enbuŝen. Post kelka tempo lia taso estis preskaŭ plena, kaj li reiris direkte al Jens kaj Kerstin. Sed ili ne restis tie, kie li pensis. Verŝajne ankaŭ ili serĉis pli bonajn arbustojn. Li paŝis kelkatempe en diversaj direktoj por trovi ilin, jen kaj jen glutante berojn el la taso.

Fine li haltis en maldensejo, kiun li antaŭe ne vidis, kaj vokis. Li vokis kvar- aŭ kvinfoje ĉiudirekte, sed neniu respondis. Li atendis iom. Tiam li aŭdis susuradon inter kelkaj junaj piceoj apude. Li paŝis tien, pensante ke tio estas Jens aŭ la onklino.

Ĉe granda tufo el mirtelaj arbustoj sidis la eta virino surtere, kolektante berojn en korbon. Ŝi kolektis rapide per violkoloraj fingroj, kaj li vidis, ke ankaŭ ŝia buŝo estas tute viola pro mirtela suko. Li rigardis siajn manojn. Ankaŭ la fingroj de unu el liaj manoj estis violaj. Do, eble lia buŝo samis.

Li paŝis al la virino kaj ekstaris tuj antaŭ ŝi. Ŝi sidis kun ambaŭ kruroj etenditaj. La jupo estis parte vila, parte brila, en ia varia koloro inter bruno kaj verdo, kies nomon li ne konis, kaj ĝi atingis preskaŭ ĝis la piedoj. Ŝiaj piedoj estis nudaj, sed la haŭto de tiuj piedoj similis malnovan ledon, kaj sube la plandoj estis terkoloraj.

Ŝi ne ĉesis kolekti, sed rigardis lin kaj lian tason. Poste ŝi etendis sian korbon al li. Li komprenis kaj rigardis en sian tason. Restis kelkaj mirteloj en ĝi. Li klinis la tason kaj ŝutis siajn berojn en ŝian korbon. Tiam li aŭdis subridadon el kelkaj direktoj ĉirkaŭe. Li rigardis ĉiuflanken kaj ekvidis kelkajn el la arbaraj infanoj. Ili havis violajn buŝojn, vangojn kaj manojn. Eĉ la nudaj piedoj estis malhele violkoloraj, kaj en la longaj haroj implikiĝis musko kaj pinaj pingloj. La virino ridetis kaj elpoŝigis pecon da pano, kiun ŝi etendis al li. Ĝi estis duone seka kaj duone mola, sed tre bongusta.

Li kolektis ankoraŭ iom da mirteloj. Poste li iris por ŝuti ilin en ŝian korbon. Li pensis, ke se li helpas ŝin kolekti, eble li povos akompani la virinon al ŝia dometo. Li volis ankoraŭfoje dormi ĉe ŝi, en tiu amaso el infanoj. Sed li jam ne retrovis ŝin, nek la infanojn. Li paŝadis sufiĉe longe en la arbaro serĉante ilin. Fine li elvenis el la arbaro en neatendita loko, ĉe la ŝoseo. Verŝajne estis jam vespero. Do li paŝis sur la ŝoseo por veni al la domo de onklino Kerstin. Post kelka tempo aŭto preterpasis. Ĝi bremsiĝis, haltis kaj retroiris ĝis li.

"Kien vi iras sola?" demandis viro tra mallevita flanka fenestro.

"Al mia onklino."

La viro rigardis antaŭen.

"Ĉu en tiu domo?"

"Jes."

"Bone. Sed atentu pri aŭtoj."

La aŭto forveturis, kaj fine li atingis la domon. Tiam liaj mirteloj jam delonge elĉerpiĝis. Li eniris kaj ricevis teruran riproĉadon de la onklino, sed tio ne gravis. Li samtempe ĝojis kaj malĝojis, tamen ne pro la riproĉo, sed pro la renkontiĝo kun la arbaraj infanoj kaj virino.

Sendube estis jam aŭtuno, kiam granda aŭto turniĝis de la vojo, trairis la malfermitan kradpordon kaj haltis sur la gruza pado. Ĝi estis buseto pentrita en multaj buntaj koloroj. La duopo, kiu elaŭtiĝis, tute ne konvenis ĉi tie. Ili aspektis kiel iuj en televido aŭ magazino. Estis viro en bruna pantalono, vinruĝa jako, kun flavaj haroj sur la lipo kaj vangoj, kaj virino en multaj koloroj. Ŝi surhavis longan vinruĝan jupon, vilajn botojn, kaj iaspecan remburitan bluan jakon. Super tio ŝi surhavis ruĝan kaj blankan ŝalon, sunokulvitrojn kaj verdan kaptukon. Ŝi demetis la sunokulvitrojn kaj okulserĉis ĝis ŝia rigardo haltis ĉe Stefan.

Li sidis sur la ŝtuparo rigardante ŝin. Estis ia eraro. Ŝi ne hejmis ĉi tie.

Dum momento ŝi staris senmova, poste ŝi paŝis ĝis li.

"Stefan! Mia bubeto! Kia granda bravulo vi iĝis!"

Li kuris kaŝi sin malantaŭ la domo.

Ne plu estis fantomoj tie, nur amaso da urtikoj, kiuj odoris je piso. Li volis preni urtikon por bruligi sin, sed la mano ne volis.

Jens alvenis kaj trovis lin.

"Ĉu tiuj estas via panjo kaj paĉjo? Kial vi kaŝas vin ĉi tie? Ĉu ili kutimas bati vin?"

Stefan kaŭris kaj alpremis la manojn sur la oreloj kun sia dorso al la domo. Antaŭ li estis la arbaro. Ie en ĝi troviĝis la dometo kun la infanoj kaj la dika virineto. Sed ne eblis retrovi ilin.

Onklino Kerstin venis kapti lin per siaj malmolaj manoj. Li provis kaŝi sin inter la urtikoj, kiuj bruligis al li la manojn, sed ŝi kuntrenis lin en la domon. En la manĝoĉambro Panjo staris atendante. Ŝi viŝis al si la vangojn per poŝtuko kaj glatumis al li la kapon.

Iom pli malfrue onklino Kerstin helpis paki liajn aferojn. Li devis mansaluti ŝin kaj danki, sed li ne sciis por kio. Poste li iris man-en-mane kun Panjo tra la ĝardeno ĝis la aŭto. Jens kaj Viola staris sur la ŝtuparo rigardante kiam li sidiĝis sur malantaŭa sidloko. Panjo sidiĝis antaŭe, apud la viro, kiu ŝoforis. La aŭto estis plena je dolĉa fumo. "Jen via nova paĉjo, Stefan", ŝi diris. "Li nomiĝas Bengt-Åke. Nun ni iros hejmen. Vi ja ŝatos veni hejmen, ĉu ne?"

La viro ne rigardis Stefanon. Li fumis etan pipon, kaj antaŭ ol ekigi la aŭton, li donis la pipon al Panjo, kiu suĉis ĝin kaj klinis sian dorsapogilon malantaŭen.

Dum ili veturis, Stefan rigardis senĉese eksteren tra la fenestroj. La domo de onklino Kerstin ne plu videblis. Ankaŭ la lago baldaŭ malaperis, kaj dum kelka tempo ili veturis tra densa arbaro ambaŭflanke de la vojo. Urtikis al liaj manoj, kaj li pensis pri la virineto kaj la arbaraj infanoj. Ĉu li iam refoje renkontos ilin?

Post la arbaro sekvis kampoj, kaj alia arbaro. Li jam estis tro malproksime de la arbaruloj. Ili sendube ne povis forlasi sian propran arbaron. Ili venis sur pli grandan ŝoseon kun multe da aŭtoj. Fore li vidis altajn domegojn.

Antaŭ li Panjo redonis la pipon al la viro kaj turnis la kapon por rigardi Stefanon. Ŝia mieno estis stranga. Ŝajne ŝi timis ion.

"Via jako jam estas tro malgranda", ŝi diris. "Ni devas aĉeti novan. Vi tiom kreskis, ke mi preskaŭ ne rekonas vin."

"Ankaŭ vi", li diris.

Tiam ridis la viro blovante fumon, sed Panjo paŭtis kaj turnis la nukon al Stefan.

Lacigis lin ĉio, kio preterkuris ekster la aŭto. Li kuŝiĝis sur la sidlokoj kaj fermis la okulojn. Refoje li volis pensi pri la arbaraj infanoj, sed li ne plu memoris, kiel ili aspektas. Do li ekpensis pri Jens kaj Viola. Ili jam iomete mankis al li.

Kiam li vekiĝis, la aŭto ne plu moviĝis. Li soifis kaj malsatis. Panjo kaj la nova viro estis for, kaj unu el la aŭtopordoj estis malfermita. Li rampis inter la antaŭajn dorsapogilojn kaj eliris. La aŭto staris sur malebena tero kun herboj kaj gruzo. Ambaŭflanke estis kampoj, kaj inter kelkaj betuloj staris eta ruĝa domo. Sur ĝia tegmento kuŝis granda peco da verda plasto, kiu flirtis pro la vento. Li ne konis tiun domon, sed ĝia pordo estis malfermita, do li paŝis tien kaj eniris. Li venis en kuirejon, kie odoris je rubaĵoj. Sur la planko li tretis sur nigrajn grajnojn, kiuj kraketis sub la ŝuoj. Li sciis, ke ili estas musfekaĵoj, ĉar onklino Kerstin ĉiam plendis, kiam ŝi trovis kelkajn en sia kuirejo. Sed ĉi tie estis amaso. Tiam li aŭdis la voĉon de Panjo el alia ĉambro, kvankam li ne komprenis, kion ŝi diras. Li malfermis la pordon kaj paŝis enen. Verŝajne tio estis la dormoĉambro, sed ĝi estis plena je la sama dolĉa fumo kiel pli frue en la aŭto. Panjo kaj la viro jam demetis la vestaĵojn kaj enlitiĝis. Tamen ili ne dormis, sed ludis sur unu el la litoj. Aŭ eble ili batalis. Panjo jam faligis la viron kaj nun sidis sur li, dum ŝi saltetis kaj krietis. Nun li komprenis, kial la viro pli frue ridis en la aŭto, ĉar Panjo tute ne kreskis. Ŝi estis ege maldika. Ŝiaj brakoj estis kiel bastonetoj, kaj sur ŝia nuda dorso li vidis vicon da tuberoj sub la haŭto.

Ŝajne ili volis ludi plu, do li reiris en la kuirejon por serĉi ion manĝeblan. Post la matenmanĝo li ricevis nenion por manĝi, kaj pasis jam longa tempo. Li supozis, ke ĉi tie ne estos kiel ĉe onklino Kerstin. Ĉi tie ne ĉiuj manĝos samtempe, kaj ne indos lerni la horloĝon.

* * *

Li falas kaj surteriĝas en la mallumo. Apude iu kantaĉas malnovan kontrean kanton sen fino. Kie li estas? Ĉu en kelo, aŭ ĉu la aŭto eniris garaĝon? Ie en apuda aŭtejo oni ebrie kantaĉas, aŭ ĉu li mem kantas? Ne, li ne povas esti samtempe ĉi tie kaj tie transe. Li ĵus vekiĝis kaj kuŝas enlite en sia aresteja ĉelo. Do li finfine sukcesis endormiĝi. Sed ne plu. Ŝajne iu nova najbara arestito decidis distri la mondon per konata usona kanto, tamen laŭ tute nova tonalo ĝis nun nekonata. Li mem ne kantas. Kial li kantus? Li mortigis homon kaj estos kondamnita je malliberigo. Espereble la verdikto venos tre baldaŭ, tiel ke li pluiros el ĉi tiu purgatorio. Ĉu homon? Homojn. Sendube oni kondamnos lin pro du murdoj. Aŭ ĉu pro tri? Ne, tio ne eblas. Neniu alia scias pri tiuj. Eĉ li mem ne scias. Kredeble tiuj homoj plu vivas en plena bonfarto. Ne, damne, ili ne povas vivi. Ili dronis. Ili kuŝas surfunde de lago kun trançitaj gorĝoj. La rivero forportis iliajn kadavrojn kaj forlavis la sangon. Aŭ ĉu oni trovis ilin? Li ne scias. Iu puŝis ilin trans la parapeton. Li ne. Iu alia. Li ne puŝis, li nur tretis la lignofajron kaj levis la brakojn por protekti sin per tranĉilo. Li provis protekti, sed ne sukcesis. Li devus voki por averti, sed li ne povis. Kion li povus fari? Nenion, krom treti la fajron kaj puŝi. Nenion. Diable, ĉu li sonĝas aŭ maldormas? Li devas vekiĝi kaj sobriĝi. Tute ne temas pri pluraj murdoj. Temas pri Fredrik, neniu plia. Okazis akcidento. Li puŝetis lin por defendi sin, kaj nun oni akuzas lin, ke li kaŭzis la falon de Fredrik. Jen ĉio. Nenio kroma. Li memoru tion kaj ne deliru. Tiu ulo kantaĉas pri prizono. Pri malliberuloj. Stultaĵo. Kial kanti pri tiaj aferoj? Li devus kanti pri la malo, pri tio, kio estas ekster la ĉelo, trans la krado. Kantu pri la vivo, ne pri la morto. Ĉi tie estas la morto. Kiu mortigis, tiu mem mortas, kaj ne eblas reveni en la vivon. Sed tiu kantanto, li sendube neniun mortigis. Li nur tro drinkis. Li nur drinkis, kverelis kun sia kundrinkanto kaj ŝovis tranĉilon en lin. Li nur strangolis lin kaj tranĉis lian gorĝon. Ne, tio ne eblas. Li ne posedas tranĉilon. Li ne kapablus vundi eĉ kuniklon. Li neniun puŝis, li nur kantaĉas. Kantaĉi ne estas krimo, nek treti la fajron. Morgaŭ oni ellasos lin el ĉi tie, kaj li povos trajni suden al sia hejmo. Ne, ne al la hejmo. Oni jam elpuŝis lin el la hejmo. Sed al sia eta apartamento. Li iros balkonen, flaros la odoron de kampoj kaj poste puŝos sin trans la parapeton. Ŝvebos en la aero, sinkos malrapide suben en la riveron, tra la klara akvo de la lago, surfundiĝos tie sub la estingita lignofajro. Tie li ĉesos kanti, kuŝante surfunde. Ne eblas kanti kontreon per buŝo plena je akvo. Tiam li fine silentos kaj reendormiĝos.

Ho, jen denove li fantazias. Necesas fiksteni la realon. Jen li, Stefan, en ĉi tiu aresteja ĉelo. Transmure iu alia arestito kantas pri usona malliberejo. Lia voĉo ja ne povas penetri tra la betono. Tio devas esti pura halucino.

Tamen la raŭka kantaĉado daŭras tie trans la muro. Tiom da strofoj tamen ne ekzistas. Neniu kanto havas tiom. La gardistoj devus fari ion. Necesus silentigi lin. Aŭ ŝtopi la orelojn. Sed neniu reagas. Neniu faras ion ajn por fini tiun senfinan kontrean kanton. La gardistoj ne plu ĉeestas. Ili jam mortis, dronis en la lago. Oni forlasis lin ĉi tie, en ĉi tiu ublieto, lasis lin tie kun la kantanto ĝis li freneziĝos. Li ne ĉesas kanti, kaj ne eblas ĉesi aŭskulti la kantadon. Ne eblas forgesi ĝin, do ĝi estas reala. Iel la kantanto jam trairis la muron, kvankam tio ja ne eblas, penetris tra la krania osto en la ĉelon de la kapo; iel li jam kantaĉas en la mezo de la cerbo. Tie ne eblas atingi lin. Ne eblas puŝi nek treti lin tie. Li ne povos mortigi lin. Tiu kantanto jukigas al li la cerbon, kaj ne eblas tie grati. Li nestas tie kun la homoj, kiujn li jam mortigis. Li kantaĉas tie kun Fredrik, kun Jonas, kun Camilla, kun Livia, Åsa, Alice, Karin kaj lia patrino, kun ĉiuj homoj, kiujn li puŝis trans la parapeton, ĉiuj kiujn li ne plu sukcesas forgesi. Kiel li povus treti ilin? Ne eblas. Ili estas tute sekure ŝirmataj tie, trans la krania osto. Tie ili restos; tie ili kantaĉos kaj turmentos lin eterne. Li ne povos rompi al si la kapon por atingi ilin. Tie ili ne bezonas gardistojn. Eĉ se li tranĉus al si la gorĝon, ili tamen restus en lia kapo. Cetere li ne posedas tranĉilon. Li devas alvoki gardiston por peti pri tranĉilo.

La kantado enkape intensiĝas. Jam ne nur la ebria najbaro kantaĉas tie, sed tuta koruso, miksita koruso malharmonia. Ne indas ŝtopi al si la orelojn, ĉar ili nestas tie ene, trans la oreloj.

Li voku por helpo. Oni devas nepre doni al li ion, kio forigos ĉi halucinojn. Ĉi tio estas netolerebla. Li devas atingi la klapon, la vazistason, kaj voki por ke la gardistoj helpu lin, por ke oni forpelu la fantomojn, kiuj nestas en lia kapo. Sed li jam ne certas, ĉu la gardistoj estas realaj aŭ ne, ĉu ili gardas ekster la ĉelo aŭ en lia kapo. Kie do estas la klapo de la pordo?

Rekomenciĝas la jukado. Iuj insektoj plugas al li la haŭton, fosas tunelojn tra la karno. Li devas grati. Kie jukas, tie gratu. Sed gratado ne helpas, ĝi eĉ damaĝas. Gratado nur kreskigas la jukadon, tamen ne eblas ne grati.

Ĉi tio devas esti la fina stadio de skabio. Ĝi ne plu restas nur surhaŭte, ĝi rodas tra la haŭto, profundiĝas, eniras lian internon, kie ne eblas grati, nek ŝmiri. Tiu kontrea kantaĉo jukigas al li la cerbon, la gorĝon, la koron. La kontrea skabio konkeris lian kernon kaj iĝis parto de li.

Li jam provis ĉion eblan. Li cedis, li rezistis, li fuĝis, li atakis. Nenio efikis. Nun li pagos. Bone, jen la reguloj de la ludo. Sed kiel longe li devos pagi? Morgaŭ li scios. Ne, tamen ne. Morgaŭ li ekscios, ke necesas pagi, sed ne kiom. Ne ekzistas rifuĝo. Ĉi tiu ĉelo estas nur haltejo survoje al li ne scias kio. Ĝi ne estas finstacio. Ĉi tie ne eblas fini la aferon. Vole nevole li devas daŭrigi, ĝis plue. Ĝis kiam ne eblas scii. Kion do fari por liberiĝi de tiu damnita skabio? Ĝi ja ne povas esti dumviva plago. Devas esti ia kuraco. Ne helpis ŝmiri sin. Ne helpis puŝi, nek treti. Tio estis senefikaj blagoj. Eble oni donis al li nur placebon. Necesas trovi veran kuracilon, vere efikan rimedon, eble trancĉilon. Li ne volas resti skabiulo por ĉiam.

Li forĵetas la litkovrilon, demetas la ĉemizon, forŝiras la kalsonon kaj gratas al si la tutan korpon. La bruston, la ventron, la dorson. Jukas la brakoj, la manoj. Jukas la kapo, la kruroj. Li skrapas la kapohaŭton perunge. Li provas mordi la mandorsojn, la subbrakojn. Kaj jen komenciĝas blekado de ia nekonata besto; ne estas hurlado, nek rorado, sed ia sufokita mortokrio, ia bleko de vundita estaĵo profunde sube en lia gorĝo; li ŝtopas al si la buŝon permane, li gratas al si la langon, sed vane, la blekado ne ĉesas, ĝi nur daŭras plu kaj plu, ĝi neniam finiĝas; la agonia ĝemo elfluas kaj rondiras en la ĉelo, ĉirkaŭe, ĉirkaŭe, kaj nenio povas ĉesigi ĝin ĉar ĝi estas senfina; la bleko kaj la jukado kaj la enkapa kontrea koruso ne havos finon, neniam havos finon, kaj li cedas, li lasas sin sinki suben al la fundo, li lasas la nigran riveron forporti lin ien ajn.

Li rekonsciiĝas kuŝante sur la nuda planko. Li palpserĉas ĉirkaŭ si en la mallumo, trovas la muron, la tablon, fine la liton. Li trenas sin supren sur la liton, ĝismorte laca, kaj kuŝas tie anhelante. Dume la blekado ĉesis. Verŝajne ĉesis ankaŭ la kontrea kantaĉo, kvankam ĝi obtuze plu eĥiĝas en liaj oreloj. Li kuŝas senmova, atendante ke ĉio rekomenciĝos. La jukado, la blekado, la angoro. Ĉu li liberiĝis de ili? Aŭ ĉu ĉio revenos, fojon post fojo ĝis fine nenio plu ĉesos? Li povas nur atendi.

Ĉu li sukcesos dormi ĉi-nokte? Se jes, ĉu ne turmentos lin koŝmaroj? Se ne, ĉu pluaj halucinoj? Ĉu morgaŭ li denove mastros la estadon, scios distingi la realon disde tiaj timigaj spertoj? Jam la centan fojon li diras al si, ke morgaŭ li devos postuli helpon, kuracilon kontraŭ la fantomoj, kontraŭ la jukado, kontraŭ la sensenca kulposento. Sed ĉu oni donos ĝin? Ĉu ekzistas tia kuracilo?

Vortoj ne-PIV-aj kaj alilingvaj:

abituro [AC ACE LPD V]	abiturienta ekzameno
Blood and Soil	angla traduko de Blut und Boden
Blut und Boden	germane = sango kaj grundo, naciromantika esprimo el la 19-a jarcento, favora al la kamparo, poste uzata de la nazia ideologio
bolonja raguo	raguo el hakitaj bovaĵo, porkaĵo kaj legomoj manĝata kun pastaĵoj
Bolonjo [AC EDK EW GW LA PM TS V]	itala urbo *Bologna*
ceviĉo	(keĉue *siwichi*) perua plado el pecoj da fiŝo marinitaj en suko de limeo aŭ limedo
ĉaŭ [V]	saluton! / ĝis!
doso [AC EV HV KVE MG OA PBE]	cilindra ladskatolo
empatio [BL FD]	kunsento kun alia homo
falaflo [V]	(arabe فلافل) kikerbulo, fritita bulo el pistitaj kikeroj kun spicoj
gazpaĉo [V]	(hispane *gazpacho*) malvarma supo el krudaj legomoj, precipe tomatoj, kutime pureigitaj
Gotenburgo [EDK EV JLG V]	(svede *Göteborg*) havenurbo en sudokcidenta Svedio
gugli [BL]	serĉi en Interreto per *Google* aŭ alia serĉilo
Halando [EV V]	(svede *Halland*) provinco en sudokcidenta Svedio
Heim ins Reich	germane = hejmen en la regnon, nazia frapfrazo, laŭ kiu Germanio devus inkluzivi ĉiun regionon, kie loĝis germanoj
kafkeca [V]	angorige absurda, kiel en verko de *Franz Kafka* (= kafkeska [EDK])
karpaĉjo	(itale *carpaccio*) maldikaj tranĉaĵoj de kruda bovaĵo aŭ alio, marinitaj kaj prezentataj kun legomoj kiel antaŭmanĝo
kiki [AC BL EDK EV FD HV]	piedbati (laŭ [NPIV] nur = ŝoti)

knajpo [BL IF]   (germaneca) trinkejo

Kristianio [V]   (dane *Christiania*) alternativula kvartalo
                                                parte memrega meze de Kopenhago

kurlingo [AC ACE EB EĈ EDK EV HL LF MCB OJ PN TM] sporto kie oni glitigas pezajn
                                                ŝtonojn sur glacio

Legolando   Amuzparko kreita de la ludilkompanio
                                                Lego

Little Boxes   angle = skatoletoj, usona kanto de Malvina
                                                Reynolds el 1963

marĉa rubuso [EDK EV JLG]   *Rubus chamaemorus L*, arbusto kun flava
                                                bero kreskanta sur malseka tero
                                                (= kamemoro [NPIV])

maskoto [BL V]   talismano, amuleto, simbola figuro

mekana [AC EDK EV HL]   mekanika

Miĉelino   (france *Michelin*) franca pneŭ-kompanio,
                                                konata pro sia simbolo, dika "pneŭ-ventra"
                                                figuro, kaj pro sia gvidlibro al luksaj resto-
                                                racioj

mojosa [BL RV V]   modernjunstila, bonega aŭ laŭ la sociaj
                                                normoj de la junularo

nimfomano   nimfomaniulino

Nordlando [EDK SE]   (svede *Norrland*) norda parto de Svedio

pedofilo [BL V]   plenkreskulo, kies seksa impulso direk-
                                                tiĝas al infano (= pederasto [NPIV])

Pilzeno [AC EDK EV HV]   (ĉeĥe *Plzeň*) Ĉeĥia urbo, konata pro hela
                                                biero

punko [EDK EV FD V]   junulara protestmovado kaj muzikstilo

sepfolio [WP]   *Aegopodium podagraria L*, trudherbo
                                                (= egopodio [NPIV])

Skanio [AC EDK EV JLG I.F PN V]   (svede *Skåne*) la plej suda provinco de
                                                Svedio

Smolando [EDK EV JLG V]   (svede *Småland*) provinco en suda Svedio

Sturm und Drang   germane = sturmo kaj impeto [V], germana
                                                antaŭromantika literatura movado

tajĝio ^{BL V}	tajĝiĉuano, ĉina batalarto, konata kiel matena gimnastiko
tofuo ^V	kazeosimila manĝaĵo el sojfaboj (= toŭfuo ^{NPIV})
Valdorfa ^V	aplikanta pedagogion bazitan sur ideoj de Rudolf Steiner
vanki ^{Eks}	mane masturbi sin
Vroclavo ^{AC EDK V}	(pole *Wrocław*) urbo en okcidenta Pollando, antaŭ 1945 germana *Breslau*
zombio ^V	vekita mortinto, vivanta homa kadavro

AC	André Cherpillod: NePIVaj vortoj, 1988
ACE	André Cherpillod: Konciza Etimologia Vortaro, 2003
BL	www.bonalingvo.org
EB	Esperanta Bildvortaro, 1988
EĈ	Esperanto-ĉina Vortaro, Pekino 1990
EDK	Erich-Dieter Krause: Großes Wörterbuch Esperanto-Deutsch, 1999
Eks	Fernández, Camacho, Neves, Dek: Ekstremoj, 1997
EV	Ebbe Vilborg: Ordbok Svenska-Esperanto, 1992
EW	E. Wüster: Esperanto-Germana Vortaro, 1920
FD	Fernando de Diego: Gran Diccionario Español-Esperanto, 2003.
GW	Gaston Waringhien: Grand Dictionnaire Espéranto-Français, 1955/76
HL	Hajpin Li: Esperanto-Korea Vortaro, 1983
HV	Henri Vatré: Neologisma glosaro, 1989
IF	Internacia Festivalo
JLG	Sam Owen Jansson, Fritz Lindén, Birger Gerdman: Svensk-esperantisk ordbok, 1934
KVE	Kreuz-Mazzolini: Komerca Vortaro en Esperanto, 1927

LA   Léger-Albault: Dictionnaire Français-Espéranto, 1961

LF   L. Friis: Esperanto-Dana Vortaro, 1969

LPD   J. Le Puil, J.P. Danvy k.a.: Grand Dictionnaire Français-
        Espéranto, 1992.

MCB   M.C. Butler: Esperanto-Angla Vortaro, 1967

MG   Marinko Gjivoje: Esperanto-Serbokroata Vortaro, 1958

NPIV   Nova Plena Ilustrita Vortaro, 2002

OA   O. Avsec: Esperanto-Slovena Vortaro, 1957

OJ   Okamoto Joŝicugu: Nova Esperanto-Japana Vortaro, 1963

PBE   Praktika Bildvortaro de Esperanto, 1979

PN   Paul Nylén: Esperanto-Sveda Vortaro, 1954

RV   Reta Vortaro, http://www.reta-vortaro.de/revo/

SE   Stellan Engholm: Homoj sur la tero, 1931

TM   T. Michalski: Esperanto-Pola Vortaro, 1959

TS   Tibor Sekelj: Mondmapo, aŭ Nepalo malfermas la pordon,
        1958

V   Vikipedio

WP   Wouter Pilger: Provizora Privata Listo de komunlingvaj
        nomoj de plantoj de nord-okc. Eŭropo, 1982

Dankoj

Pro valoraj kritikoj kaj proponoj pri la teksto mi volas esprimi dankojn al Per Aarne Fritzon kaj Edmund Grimley Evans.

www.ingramcontent.com/pod-product-compliance
Lightning Source LLC
Chambersburg PA
CBHW030331020726
47493CB00004B/1232